Buchbeschreibung

Wie viele Chancen hast du verdient?
Wie viele Chancen gibst du dir selbst?
Und können dich diese Chancen vor dem Abgrund retten?

Nash ist bei demselben Pflegevater wie Tanner aufgewachsen, doch er verbirgt ein großes Geheimnis.
Um seine Vergangenheit zu vergessen, greift er immer häufiger zu Drogen, bis er sich selbst dabei verliert. Mithilfe seiner Brüder zieht er die Reißleine und begibt sich in ein Programm, das ihn darin unterstützen soll, clean zu werden. Es führt ihn auf eine Ranch in Texas, wo er auf die verschlossene Elli trifft.
Auch Elli scheint etwas hinter sich zu haben, das sie gebrandmarkt hat.
Ist das der Grund, weshalb sie Nash von Anfang an aus dem Weg geht? Und weshalb kommt sie ihm so unglaublich bekannt vor?
Je mehr Zeit die beiden miteinander verbringen, umso näher kommen sie sich. Doch Nashs Vergangenheit wird ihn niemals gehen lassen. Außerdem ist er sich nicht sicher, ob es ihm hilft, einem Menschen zu vertrauen, der genauso verwundet ist wie er selbst, oder es ihn zurück in den tiefen Strudel zieht. Dorthin, wo er niemals mehr sein wollte.

Können zwei zerbrochene Teile noch ein Ganzes ergeben? Oder würden sich die scharfen Kanten zweier geschundener Seelen nur aneinander reiben und gegenseitig zerstören?

Alle Rechte vorbehalten. Ein Nachdruck oder eine andere Verwertung ist nachdrücklich nur mit schriftlicher Genehmigung der Autorin gestattet. Sämtliche Personen in diesem Text sind frei erfunden.
Ähnlichkeiten mit lebenden oder verstorbenen Personen sind zufällig.

Bitte beachtet: Erfundene Figuren müssen sich nicht um Verhütung oder Krankheiten kümmern! Das sieht in der Realität allerdings anders aus, deshalb seht dieses Buch in diesem Thema nicht zu eng. Außerdem finde ich englische Nachnamen wie Keys, Brown oder Archer klingen besser als Müller, Schmitt oder Schneider. Aus diesem Grund habe ich mich entschieden, dass meine Protagonisten diese tragen dürfen.

1. Auflage, 2018
© 2018 Alle Rechte vorbehalten.
Rose Bloom
c/o Papyrus Autoren-Club
Pettenkoferstr. 16-18
10247 Berlin
info@rose-bloom.de
www.rose-bloom.de
Lektorat: Natalie Röllig, Lektorat Bücherseele
Coverdesign: Adobe Stock; kebox, nadja76, jessicahyde
Herstellung und Verlag: BoD – Books on Demand, Norderstedt
ISBN 978-3-7481-3308-7

Third CHANCE

Rose Bloom

Kapitel 1

Immer drängender bewegte ich meine Hüften vor und zurück, während sich das Gesicht von Paul vor Lust verzog. Ich sah es durch den Schleier, den drei Flaschen Wein über meinen Geist gelegt hatten. Pauls Hände umfassten meine Taille und dirigierten mich. Ich schloss die Augen und stöhnte, doch ich fühlte nichts. Taub. Leer. Doch. Da war etwas. Reue. Hass auf mich selbst. Es war falscher als falsch, was ich hier tat. Trotzdem konnte ich nicht damit aufhören.

»Elli«, wisperte Paul, und ich fühlte mich bei seinen Worten nur noch dreckiger. Seine Bewegungen stoppten plötzlich, und ich öffnete die Lider. Er sah an mir vorbei und riss überrascht die Augen auf. »Shit!«, rief er und drückte mich von sich herunter. Während er aufsprang und Richtung Tür lief, landete ich unsanft mit dem Rücken auf dem zerwühlten Doppelbett.

Mein Herz gefror, als ich sah, wer da stand, obwohl ich eigentlich genau damit gerechnet hatte.

»Mara, Schatz, es tut mir leid! Es hat nichts bedeutet! Ich liebe dich!«, flehte Paul, während mich meine Schwester aus stumpfen Augen einfach nur ansah. Als könnte sie nicht fassen, was für eine erbärmliche Schwester sie hatte. Was für ein Mensch ich geworden war. Galle stieg in meinem Hals hoch, und ich hatte Mühe, mich nicht zu übergeben. Ich versuchte, einfach nur ihren Blick zu erwidern, und entschuldigte mich nicht. Ich wimmerte nicht so wie Paul oder warf mich vor ihre Füße. Weil ich wusste, es würde nichts bringen. Endlich hatte ich es geschafft. Endlich hatte ich den letzten Menschen verletzt, der mir auf dieser Welt noch etwas bedeutete und der trotz allem immer zu mir gestanden hatte.

Und endlich konnte ich in Ruhe gehen, ohne dass mich irgendjemand vermissen würde.

Kapitel 2

Gegenwart
NASH

Der Holzboden unter mir war hart. Kühle Nachtluft wehte über meinen eiskalten Körper. Wie lange lag ich hier schon? Minuten? Tage? Stunden? Ich hatte keine Ahnung. Leer starrte ich von unten aus dem geöffneten Fenster und erkannte den dunklen Nachthimmel. Ein paar Sterne. Sie bewegten sich. Drehten sich im Kreis. Oder tat ich das?

In meinem Mund lag ein schaler Geschmack. Meine Arme und Beine waren ausgestreckt und mein Rücken taub. Wie mein Geist. Bis eben. Bis er ein wenig zurückkam und den Schmerz mitbrachte. Er stach wie eine heiße Nadel in meinen Schädel. Verbrannte jede einzelne Synapse. Drang tiefer vor, bis er mein Gehirn komplett durchbohrte. Wanderte weiter durch meinen Körper und übernahm jeden winzigen Muskel, bis meine Glieder schmerzend anfingen zu zittern. So begann es immer. Wenn sich der Schleier lichtete und Schmerz an seine Stelle trat. Wenn ich wusste, ich brauchte den nächsten Kick, um den Tag zu überstehen. Oder zumindest die nächsten Minuten. Stunden. Sekunden. Zeit war nicht mehr wichtig. Es war nur wichtig, endlich diesen verfickten Schmerz abzustellen.

Ich stöhnte, als ich versuchte, mich aufzuraffen, um in meiner schäbigen Einzimmerwohnung etwas zu suchen, das mir Erleichterung verschaffte. Ich schaute zu der alten Ausziehcouch und wollte die Augen im selben Moment wieder schließen. Vielleicht war sie ja verschwunden, wenn ich die Lider wieder öffnete. Nein. Ich versuchte es noch einmal. Erin lag dort immer noch auf dem Bauch. Ihre hellblonden Haare hingen ihr ins Gesicht. Sie war nackt. Schlief tief und fest. Oder war sie noch so sehr drauf, dass sie nur nichts mitbekam und sich nicht bewegen konnte?

Langsam sah ich an mir herunter. Auch ich war nackt, aber wie ich auf den Fußboden gekommen war, war mir schleierhaft. Irgendeinen Grund würde es schon gegeben haben, und wenn ich nur vor Erin davonrennen wollte und es nicht geschafft hatte. Wieso immer wieder? Wieso machte ich immer wieder diesen gleichen Fehler und rief meine Ex-Freundin an? Normalerweise hätte sie gar nicht hier sein sollen. Ihr größtes Problem waren wohl die Verlustängste, die sie plagten, weil ihre Eltern genau solche Verlierer wie meine gewesen waren und ihr nicht gezeigt hatten, was es hieß, eine Familie zu sein. Im Gegenteil, sie hatten ihr gezeigt, was es hieß, überflüssig zu sein. Und abgefuckt. Und einsam.

Vielleicht zog es mich deshalb immer wieder zu ihr. Weil wir uns ähnlicher waren, als ich mir wünschte. Trotzdem musste ich diese ungesunde Beziehung endlich beenden. Erin musste lernen, auf eigenen Beinen zu stehen, denn meine trugen nicht mal mich allein. Oder hatte sie wieder mit neuem Stoff vor meiner Tür gestanden? Dann, wenn ich mir vornahm, mit dem Scheiß endgültig aufzuhören. Dem Hasch. Dem Koks. Dem Crack. Dem Mehr.

Doch eigentlich wusste ich, es lag nicht an Erin. Ich war schwach. Denn jedes Mal, wenn ich versuchte, mich zusammenzureißen, kam der Schmerz zurück. Wie jetzt. Er übernahm meinen Körper, und ich fühlte mich, als wäre ich nur noch ein Passagier darin. Er lief auf Autopilot, alles, was ich machen musste, war, mich zurückzulegen und es über mich ergehen zu lassen. Immer und immer und immer und immer wieder.

Das Teufelsrad drehte sich, und ich saß mitten darauf. Abspringen bei voller Fahrt unmöglich.

Der Schmerz wurde stärker, genauso wie der Drang, etwas dagegen zu unternehmen. Also stand ich auf und torkelte durch den Wohnraum. Erin drehte sich vom Bauch auf den Rücken und stöhnte. Ein Glück, also lebte sie noch. Ich ging zu meiner Lederjacke, die über dem einzigen Sessel in meiner

Wohnung hing, und kramte in der Innentasche. Meine Finger wurden feucht, als ich merkte, dass sich nichts mehr darin befand. Shit. Meine Haut begann zu jucken. Ich warf die Jacke zurück und ging weiter zu der kleinen Kochnische. Außer dieser, der alten Schlafcouch, dem Sessel und einem Kleiderschrank befand sich neben dem winzigen Bad nicht sehr viel in der Wohnung. Noch nicht mal die Ratten hatten es verdient, hier zu leben. Aber ich hätte mir auch nicht mehr als diese abgeranzte Bude, die sich im Stadtteil North Philadelphia befand, leisten können. Eigentlich kein Ort, an dem Menschen lebten, die noch alle Sinne beisammenhatten. Ein Glück, dass ich meine schon lange verloren hatte.

In der Küche zog ich eine Schublade nach der anderen auf, aber eigentlich war mir klar, dass ich bis auf ein paar Zigaretten nichts mehr im Haus hatte. Ich griff nach einer und zündete sie mir an. Shit. Das Jucken wurde stärker. Der Drang größer. Der Schmerz zuckte durch meinen Körper. Heftig. Erinnerungen schoben sich in meinen Kopf, die ich dort nicht haben wollte.

Ich steckte mir die Kippe in den Mundwinkel und ging zu Erins Sachen, die auf dem Boden vor dem Bett lagen. Auch ihre Taschen waren leer. Nur ein Joint. Ein Zug. Ein einziger. Verdammt! Verdammt!

Ich konnte nicht zu Connor gehen und mir was besorgen. Nicht nach dem letzten Mal, denn ich schuldete ihm noch zu viel. Der Job in dem Lager in Brewerytown hatte mich zwar über Wasser gehalten, reichte aber nicht aus, um endlich meine Schulden bei ihm zu begleichen. Er war nicht unbedingt der geduldigste Mensch, und ich war mir sicher, er richtete mich noch schlimmer zu, als ich sowieso schon aussah.

Ich schnappte mir Boxershorts aus meinem Schrank, zog sie über und ging in mein Bad. Dort spritzte ich mir kaltes Wasser ins Gesicht und sah in den Spiegel. Ich hatte den Tiefpunkt meines Lebens erreicht, da war ich mir sicher. Meine blauen Augen blickten mir müde entgegen, meine schwarzen Haare hätten mal wieder einen Schnitt vertragen können. Oder zumindest eine Wäsche. Scheiße. Ich fühlte mich schäbig. Fertig. Müde. Krank. Ekelte mich vor mir selbst. Wie oft hatte es Momente wie diesen gegeben, in denen ich nicht mehr so leben wollte? Wie oft hatte ich trotzdem nicht geschafft, dagegen anzukämpfen? Zu oft, und auch jetzt würde ich es nicht schaffen. Ich zog die Schublade unter dem Waschtisch auf und hätte weinen können vor Glück. Ein kleines Päckchen mit weißem Inhalt kam zum Vorschein, und ich nahm es in die Hand, als wäre es mein kostbarster Schatz. Ich hatte ganz vergessen, dass ich es als Notration hier verstaut hatte. In diesem Moment war ich der glücklichste Mensch auf dieser abgefuckten Welt!

Es klopfte laut an der Tür. Shit. Hoffentlich war das nicht Connor.

»Baby?«, vernahm ich Erins verschlafene Stimme aus dem Nebenraum. Konnte sie nicht einfach den Mund halten? Es klopfte erneut. Ich schloss instinktiv die Finger und drückte das Päckchen fest dazwischen zusammen. Das würde mir niemand wegnehmen.

»Wir wissen, dass du da bist, Nash.«

Ich stöhnte, als ich die mir bekannte Stimme durch die Tür hörte. Tanner. Und er sprach im Plural. Everett war bei ihm. Die beiden konnte ich jetzt als Letztes gebrauchen! Und woher wussten sie überhaupt, dass ich wieder hier in Philly war?

Mein Bruder Tanner war zwar früher der Impulsivste von uns dreien gewesen, aber seit er vor einem Jahr wieder mit Cassie zusammengekommen war, war er ruhiger geworden. Bei meinem kleineren Bruder Ev brauchte ich nicht auf allzu viel Mitleid zu hoffen. Er dachte, er könne mich nur ändern, indem er mir den Arsch versohlte. Was nicht funktionierte, denn ich wusste ja selbst nicht, wie ich aus dem Albtraum, der sich mein Leben nannte, entkommen konnte.

Obwohl wir keine Brüder im eigentlichen Sinne waren, also nicht blutsverwandt, verband uns doch so viel mehr. Bei demselben Wichser von Pflegevater aufgewachsen, dieselbe miese Scheiße in unserer Kindheit durchgemacht, dieselbe Ablehnung anderer Menschen erfahren, weil wir überflüssig waren. Ungewollte Kinder. Von ihren leiblichen Eltern im Stich gelassen.

Deshalb konnte ich sie nicht einfach ignorieren und schleppte mich zur Tür.

Erin saß aufrecht in meinem Bett und hatte sich die Decke bis zum Hals gezogen. In ihren Augen erkannte ich Angst und den gleichen leeren Ausdruck wie in meinen eben. »Zieh dich an und geh nach Hause«, brummte ich. Wenn meine Brüder sie sahen, würden sowieso wieder die gleichen Fragen aufkommen.

Wieso ich sie weiterhin traf. Wieso ich immer noch auf dem Zeug hängen geblieben war. Wieso ich nicht anrief, damit sie mir helfen konnten. Wieso ich so abgefuckt war.

Ich könnte ihnen diese Frage beantworten, aber ich wollte nicht. Weil es reichte, wenn mich meine Träume daran erinnerten.

»Es tut mir leid«, flüsterte Erin mit belegter Stimme.

»Was?«

»Nash, mach verdammt noch mal auf!« Everett polterte gegen die Tür.

»Was tut dir leid?«, wiederholte ich meine Frage ungehaltener.

»Tanner hat mich angerufen und mir Geld angeboten, wenn ich ihm sage, wo du bist.«

Ich stöhnte. Von ihr wussten sie also, wo ich war. »Geh, Erin.« Mit Zeigefinger und Daumen rieb ich mir die Nasenwurzel. Der pochende Schmerz wurde stärker. Ich fühlte das Päckchen in meiner Hand immer bewusster.

»Es tut mir so leid«, wimmerte Erin, und Tränen rollten ihre Wangen hinunter. Sie reagierte oft über, das nervte mich ebenso an ihr, wie sie mir dabei leidtat.

Es donnerte wieder gegen das Türblatt. »Wenn du jetzt nicht gleich aufmachst, trete ich die beschissene Tür ein!«

»Gleich, Everett!«, rief ich zurück. »Erin, zieh dich jetzt verdammt noch mal an.«

Sie schniefte, strich sich die Tränen mit dem Handrücken aus dem Gesicht, stand aber glücklicherweise auf und sammelte ihre Sachen vom Boden. Ich erschrak jedes Mal vor dem Anblick ihres ausgemergelten Körpers, wenn ich nicht high war. Als sie die Klamotten übergezogen hatte, ging ich zur Tür und öffnete sie.

»Verdammt, siehst du scheiße aus!« Everett kam näher und ging einfach an mir vorbei in meine Wohnung.

»Danke, Ev, auch schön, dich zu sehen.«

Ich trat zur Seite, damit Tanner ebenfalls folgen konnte.

»Hallo Erin«, sagte Tanner, und an seiner Stimmlage erkannte ich, dass er nicht begeistert darüber war, sie hier zu sehen. Everett schenkte ihr nur einen abschätzigen Blick.

»Hallo Tanner.« Sie zögerte und blieb mitten im Raum stehen. Ich hielt immer noch die Tür offen und nickte mit dem Kopf hinaus.

»Tschüss, Erin.«

»Tanner, du sagtest …«

»Geh!«, donnerte ich. Sie würde meinen Bruder jetzt nicht um das verschissene Geld anpumpen! Es reichte, wenn ich ihn damit in der Vergangenheit belästigt hatte. Ich kam mir immer schäbiger vor.

Erin nickte nur und biss sich auf die Unterlippe, dann stürmte sie an mir vorbei, und ich schloss die Tür. Während meine Brüder mich anstarrten, atmete ich einmal durch.

»Wie geht es dir?«, fragte Tanner und betrachtete mit seinen besorgten grünen Augen mein ausgemergeltes Gesicht. Seine dunkelbraunen Haare waren wie immer akkurat gestylt, oben etwas länger, an den Seiten ein wenig kürzer. Darauf hatte er schon damals großen Wert gelegt. Die unzähligen Tätowierungen, von denen ich wusste, dass sie sich über seinen gesamten Körper erstreckten, schauten teilweise aus dem Kragen seines schwarzen Shirts hervor und zogen sich über die kompletten Arme.

»Gut«, log ich und ging an ihm vorbei. Es hatte einen Grund gegeben, warum ich mich, nachdem ich bei Tanner abgehauen war, ein Jahr lang durch die Gegend getrieben hatte und erst seit zwei Wochen wieder hier in Philly war. Und jetzt waren sie trotzdem hier und würden mich bald mit ihren Vorwürfen bombardieren.

Ev stand mit verschränkten Armen vor mir. Er sah aus wie immer. Blondes zerzaustes Haar, braune vorwurfsvolle Augen. Vielleicht war er noch ein wenig breiter geworden, seitdem ich ihn das letzte Mal gesehen hatte. Aber das war auch fast ein Jahr her. Eine verdammt lange Zeit, wenn man clean war, und eine noch längere, wenn man ein Junkie war und jeden Tag darüber nachdachte, wie man an das nächste Zeug kam.

»Schon lange her, Bruderherz«, sagte Everett. Ich ignorierte ihn.

Als Tanners Freundin Cassie ihre Brustkrebs-Diagnose bekommen hatte und zu ihm nach Queens in sein kleines Häuschen ziehen wollte, hatte Tanner mir geschrieben. Ich wollte wenigstens einmal für ihn da sein und beim Umzug helfen. Einmal. Ich hatte schon auf meinem Motorrad gesessen, aber es ging nicht. Ich konnte nicht einfach bei ihnen vorbeischneien und so tun, als wären die letzten verdammten Jahre nicht gewesen.

Tanner hatte mir regelmäßig Nachrichten geschrieben, wie es ihnen ging, aber ich hatte ihm nie geantwortet. Denn wie oft hatte ich meine Brüder schon enttäuscht und ihre Hilfe nicht angenommen? Unzählige Male. Ich schämte mich abgrundtief für mein Verhalten.

Trotzdem freute ich mich für Tanner, dass er mit Cassie endlich dort angekommen war, wo er schon immer hingewollt hatte, und dass sie den Krebs besiegt hatte. Davor war er genauso ruhelos wie ich gewesen. Immer unterwegs, oft in unterschiedlichen Städten, ohne zu finden, was wir suchten. Vielleicht weil wir selbst nicht wussten, was das genau war. Jetzt war ich allein mit diesem Gefühl.

Ev war schon immer besser gewesen als wir beide zusammen. Aber das hatte ich ihm nie sagen können.

»Ich würde euch ja was zu trinken anbieten, aber ich hab es leider nicht geschafft, einzukaufen«, sagte ich.

»Hör auf mit den miesen Scherzen, Bro. Wir sind nicht hier, um uns weiter deine Scheiße anzuhören!«

»Ev!«, ermahnte ihn Tanner, aber Everett zuckte nur mit den Schultern.

»Ist doch so! Wir haben lange genug angesehen, wie du dich zugrunde richtest. Du bist jetzt wahrscheinlich auch wieder high! Wie viel hast du diesmal genommen?«

»Das geht dich nichts an«, brummte ich und wollte an ihm vorbeilaufen, aber er packte meinen Oberarm. Er war ein Stück kleiner als ich, doch sein Griff war erstaunlich fest.

»Deine Augen sind blutunterlaufen und du schwitzt. Denkst du, wir sind bescheuert? Wir wissen, wie ein Junkie aussieht.«

»Überleg dir noch mal gut, ob du weiter durchziehen möchtest, was du da gerade anfängst«, knurrte ich und fixierte seinen starren Blick. Wenn er nur wüsste, dass ich in diesem Moment nicht drauf war, sondern voll auf Entzug und unberechenbar. Ich hatte schon manchen Typen krankenhausreif geprügelt, nur weil er mich schief angesehen hatte.

»Du ebenso. Ich bin gespannt, ob was hinter deinen hohlen Worten steckt. Los. Zeig es mir, *Bruder*.« Er betonte das Wort Bruder, als wäre es ein Schimpfwort. Es sollte mich verletzen, und das tat es, auch wenn ich es mir nicht anmerken ließ.

»Jungs!« Tanner trat an unsere Seite und legte seine Hände auf jeweils eine unserer Schultern. »Hört auf mit dem Scheiß.« Er hatte als der Älteste von uns schon immer das Gefühl gehabt, er müsse auf uns aufpassen. Aber wir waren keine Kinder mehr.

Trotzdem ließ mich Ev los, und ich atmete innerlich auf. Eigentlich wollte ich ihm keine verpassen, doch ich würde mich auch nicht von ihm schlagen lassen, ohne mich zu wehren.

»Nash, setz dich.« Tanner drückte mich zur Schlafcouch, und er und Ev blieben vor mir stehen.

»Was soll das werden?«, murmelte ich und sah zu ihnen hoch.

»Wir haben für dich einen Platz reserviert. In einem Krankenhaus, zum Entzug. Und danach nimmst du an einem Resozialisierungsprogramm in Texas teil.«

»Haha, guter Scherz«, sagte ich und lehnte mich zurück. »Ich brauch keinen verdammten Entzug und schon gar kein Programm für Junkies.«

»Ach nein?« Ev stürzte auf mich zu und schaffte es trotz meiner Abwehr, meine Finger auseinanderzuziehen, die ich noch immer fest verschlossen gehalten hatte. Als wäre das kleine Päckchen schon mit meinem Körper eins, hatte ich vergessen, dass ich es die ganze Zeit über hielt wie das Kostbarste, was ich besaß. Ev schmiss es vor meine Füße. »Was ist dann das? Süßigkeiten?«

Ich kaute auf meiner Unterlippe herum. »Ihr könnt mich nicht zwingen.«

»Und wie wir das können«, antwortete Everett.

»Bitte, Nash, wir können nicht mehr mit ansehen, wie du im Drogensumpf untergehst. Du brauchst Hilfe, Mann«, sagte Tanner versöhnlicher.

»Ja, Hilfe, euch aus meiner Wohnung zu schaffen.« Ich lehnte mich nach vorne und schnappte mir mein Zeug.

»Weißt du, dass Cassie und ich so lange mit der Hochzeit warten, bis wir wissen, dass du daran teilnimmst, weil es dir besser geht?« Tanner setzte sich neben mich. Ich schluckte.

»Ich komme, egal was ist.«

»Ja, aber wie? Dir kann es besser gehen, als in diesem Drecksloch zu hausen und zu versuchen, zu überleben. Glaub mir.«

Wenn er wüsste, dass ich nicht mal versuchte zu überleben, ich versuchte, einfach nur zu atmen.

»Komm, Tan, ich hab gesagt, dass es Zeitverschwendung ist! Er wird sich nicht ändern, auch nicht für Cassie oder dich.« Everett wandte sich zum Gehen, aber Tanner blieb sitzen.

»Du weißt, dass jeder mindestens eine zweite Chance verdient hat, um neu anzufangen?«, sagte er leise.

»Oder eine dritte oder fünfzehnte wohl eher«, sagte Ev und öffnete die Tür.

»Überleg es dir in Ruhe, okay? Aber versprich mir, dass du wirklich drüber nachdenkst!« Ich nickte. »Sag es!«, wurde Tanner noch mal eindringlicher, so wie er es immer tat.

»Ich überleg es mir.«

Tanner lächelte ein winzig kleines bisschen, bevor er aufstand und zu Everett ging.

»Bis dann, Bro.«

Ev zeigte mir nur den Mittelfinger, und ich konnte ihn sogar verstehen. Er hatte genug, wahrscheinlich hätte ich von mir selbst ebenfalls den Hals voll, wenn ich er wäre.

Als die Tür ins Schloss fiel, starrte ich einfach nur an die rissige Wand. Konnte ich mir tatsächlich selbst mein Schicksal aussuchen oder war es bereits für mich bereitgelegt worden? Bisher hatte ich immer Zweiteres angenommen. Ich war dazu verdammt, so zu leben, bis ich endlich den Mut fand und zu viel von dem verfluchten Zeug nahm, damit es ein für alle Mal ein Ende hatte.

Ich drehte das Päckchen in meiner Hand. Konnte ich wirklich ohne den Stoff oder machte es mein Leben nur noch beschissener, wenn ich clean wäre? Weil ich dann tatsächlich mitbekäme, wie scheiße es war. Lag noch etwas anderes für mich da draußen bereit und ich hatte nur Angst, es mir zu holen? Everett glaubte an Schicksal. Ob meines ein gutes oder schlechtes war, konnte mir allerdings niemand sagen. Doch eines stand fest. Ich war schwach. Es ging nicht. Nur damit konnte ich die Erinnerungen abstellen. Die, die mich sonst langsam, aber sicher in den Wahnsinn trieben und jede Nacht ein Stückchen näher an den Abgrund schoben.

Ich zerriss das Cellophan. Ich brauchte keinen Scheißspiegel, ich schniefte das weiße Pulver direkt aus dem Päckchen. Eigentlich sollte meine Nasenschleimhaut davon taub werden, aber die Wirkung war lange nicht mehr so wie am Anfang. Wahrscheinlich hatte das Zeug mir alles weggeätzt, inklusive meinem freien Willen. Denn mir blieb keine andere Wahl, als jeden Tag ein bisschen mehr von mir selbst an diese Kacke zu verlieren. Ich schniefte noch ein bisschen mehr. Und fühlte mich wieder ein bisschen freier. Und ein bisschen besser.

Nur ein klitzekleines bisschen glücklicher.

Dieses Gefühl war alles, was ich hatte.

Kapitel 3

ELINOR

Unten im Haus hörte man bereits das Werkeln in der Küche, draußen die lauten Geräusche des Traktors, der Heu auf den Anhänger lud, um es später auf die Weiden zu den Pferden rauszufahren. Egal wie früh ich aufstand, auf der *Grand Ranch* herrschte niemals Ruhe. Und ich liebte das.

Ich band meine dunkelblonden Haare zu einem hohen Pferdeschwanz und sprang dabei die knarrenden Treppenstufen des Haupthauses hinunter. Unten angekommen, warf ich einen kleinen Blick in den Spiegel, der dort hing. Eine alte Angewohnheit, die ich nicht ablegen konnte. Es hatte einmal Zeiten gegeben, in denen ich mich jeden Tag um mein Outfit oder meine Schminke kümmern musste. Hier war es anders. Keiner legte Wert darauf, wie gut das Makeup saß, und außer ein wenig Mascara, die meine braunen Augen minimal betonte, nutzte ich nichts mehr davon. Ich wandte mich ab und durchquerte das breite Esszimmer, um in die Küche zu kommen. Der Geruch von gebratenem Speck, Rührei und frischem Toast zog mich fast magisch an.

»Guten Morgen, Sophia!«, sagte ich fröhlich. Auch wenn es früh war, war meine Laune bestens. Sophia drehte sich am Herd um und schenkte mir ein warmes Lächeln. Mittlerweile war sie fast so etwas wie meine zweite Mum geworden. Ich hatte vorher noch nie einen so liebevollen und warmherzigen Menschen wie Sophia getroffen, der jeden ohne Kompromisse so annahm, wie er war. Selbst mich.

»Guten Morgen, Elli!« Ihre braunen Locken fanden wie immer einen Weg aus ihrem unordentlichen Dutt, und sie versuchte, die Strähnen erfolglos zurückzustreichen. Dabei verteilte sie den Pancaketeig in ihren Haaren, und ich musste lächeln.

»Und guten Morgen, Grandma Haddy.« Ich schenkte der alten Dame, die in der Sitzecke links neben der Tür saß, ein kleines Küsschen. Sie ließ ihren E-Reader sinken.

»Guten Morgen, Schätzchen.« Seitdem ihr Sohn und Sophias Ehemann, Matthew, ihr den Reader letztes Weihnachten geschenkt hatte, hatte ich sie keinen Tag mehr ohne das Ding gesehen. Sie sagte, richtige Taschenbücher könne sie aufgrund der kleinen Buchstaben nicht mehr lesen, obwohl sie das Lesen immer schon geliebt hatte. Aber durch den Reader und die Funktion, die Buchstaben auf Riesengröße zu ziehen, konnte sie endlich wieder ihrer Leidenschaft nachgehen.

Auf den Kommentar von Matthew, sie könne doch stricken, kam nur zurück, sie sei keine alte Frau. Ich hatte mir immer eine Grandma gewünscht, und mit Haddy hatte ich die beste gewonnen.

»Das Essen für die Männer ist gleich so weit.« Sophia lud haufenweise Speck auf einen Teller und stellte diesen zu dem anderen Geschirr auf das kleine Tablett. »Sie wollen gleich los, bring es ihnen am besten direkt.«

Ich ging zur Kaffeemaschine und füllte die Kanne, die davorstand, randvoll. »Habt ihr gut geschlafen?«, fragte ich.

Haddy winkte ab, weil sie mal wieder vertieft in irgendeine schnulzige Liebesgeschichte war. Überhaupt nicht mein Fall. Wenn, dann genehmigte ich mir einen richtig spannenden Thriller.

Sophia lächelte. »Wie jede Nacht. Und du?«

»Aber sicher doch«, antwortete ich, auch wenn es nicht ganz die Wahrheit war. »Bin gleich wieder da.« Ich schob mir den Henkel der Kaffeekanne über den Arm, schnappte mir das Tablett und ging in den Flur, um in meine Cowboyboots zu schlüpfen.

Jedes Mal, wenn ich am Morgen das Farmhaus verließ, hielt ich einen kleinen Moment inne. Die warme Luft füllte meine Lungen, und ich genoss die texanische Hitze. Ich verband damit Liebe, Zuversicht und neue Chancen.

Nach einem letzten Blick in den wolkenlosen, blauen Himmel lief ich los und ging auf die drei Männer auf der anderen Seite des Hofes zu. Buck und Levin standen vor der breiten Scheune und hoben Heureste mit Mistgabeln auf den Anhänger, während Matthew mit dem Traktor breite Heuballen darauf lud.

»Hey, Jungs!«, rief ich und blieb vor ihnen stehen. Matthew stieg aus dem Fahrerhaus und setzte sich seinen alten Cowboyhut auf die blonden, halblangen Haare. Wenn man länger als eine Viertelstunde hier draußen war, brauchte man auch unbedingt einen Sonnenschutz. Die Temperaturen überstiegen im Sommer nicht selten die Vierzig-Grad-Marke, und die ersten Tage hatte ich einen Sonnenbrand, bei dem ich dachte, ich stünde in Flammen.

Der Vorarbeiter Buck nahm mir das Tablett ab. Er arbeitete schon sicherlich zehn Jahre für die Grands, war breit wie ein Bär und genauso hoch, dafür aber sanft wie ein Lamm. Ich hatte ihn auf Anhieb gemocht und betrachtete ihn wie einen großen Bruder, denn er war gerade mal Mitte dreißig.

Levin war einer der jungen Männer, die aufgrund eines Programmes zur Resozialisierung hier arbeiteten und wohnten. Er kam aus der Nähe von Atlanta, war seit gut drei Monaten hier bei uns und hatte sich von Anfang an riesige Mühe gegeben, alles hinter sich zu lassen und durch das Programm neu anzufangen.

Auch für mich hatte damals alles mit diesem Programm begonnen. Hätte ich gewusst, dass ich hierbleiben und eine neue Familie finden würde, hätte ich den Schritt früher gewagt. Es war mein einziger Ausweg gewesen. Raus aus einem Leben, das mich mehr kaputt als glücklich gemacht hatte. Und genauso ging es Levin und all den anderen, die hier ankamen.

Levin war ein netter Kerl, blond, dünn, groß gewachsen und bescheiden. Er war ein eher stiller Typ. Ich mochte ihn sehr.

Denn wenn ich etwas auf den Tod nicht ausstehen konnte, waren es Männer, die dachten, die Welt drehte sich um sie und jeder müsste den Boden küssen, auf dem sie gingen. Glücklicherweise hatten wir bis jetzt noch nie so jemanden hiergehabt, aber ich kannte diese Sorte zur Genüge aus der Branche, aus der ich kam.

Ich wollte nichts mehr, als mich von solchen Menschen fernzuhalten, denn die Gefahr war viel zu groß, dass sie mich erneut mit sich in den Abgrund rissen. Und ich war mir sicher, noch einmal dort, käme ich nie wieder raus.

Ich stellte die Kaffeekanne auf den Anhänger neben das Tablett. »Wann gehts heute los?«, fragte ich Matthew, der sich bereits einen Teller mit Frühstück geschnappt hatte und es schmatzend verschlang.

»Wenn wir hier fertig sind, aber das wird nicht mehr lange dauern. Dann sind wir wahrscheinlich den ganzen Tag damit beschäftigt, die alten Weidezäune draußen wieder instand zu setzen«, antwortete er mit vollem Mund.

»Nur weil du, alter Mann, immer langsamer wirst«, spottete Buck und schob sich grinsend eine Gabel mit Rührei in den Mund, die in seinen riesigen Pranken wie Puppenbesteck aussah. Tiefe Lachfalten bildeten sich um seine Augen, die nicht nur seinem freundlichen Gemüt, sondern auch den täglichen Sonnenstunden zu verdanken waren.

Matthew lachte. »Bucky, du wirst auch nicht jünger. Vor einigen Jahren konntest du deutlich mehr anpacken.«

Buck legte seine große Pranke auf Levins schmale Schulter. Der zuckte schon gar nicht mehr zusammen, wie er es am Anfang immer getan hatte, wenn ihn jemand berührte. »Glücklicherweise haben wir für die schweren Arbeiten ja jetzt Levin.«

Ich wandte mich lächelnd Richtung Pferdestall ab. »Nehmt ihn nicht zu hart ran.«

»Das würden wir nie tun!« Matthew hob seine Finger zum Schwur hoch.

»Ich geb mein Bestes, Elli«, sagte Levin schmunzelnd.

»Davon gehe ich aus. Stellt die Teller einfach zur Seite, ich nehme sie gleich wieder mit rein.« Damit lief ich auf den Stall zu. Den ersten und letzten Blick des Tages widmete ich immer meiner schwarzen Stute Hope. Matthew hatte sie mir geschenkt, als klar war, dass ich bleiben würde, und ich hätte mir, neben einem neuen Leben, nichts Schöneres vorstellen können.

Ich betrat das Innere durch eine kleine, weiß angestrichene Tür neben dem großen Tor. Als Hope mich durch die seitlichen Boxengitter erkannte, schnaubte sie freundlich, und ich streckte die Hand nach ihr aus, als ich sie erreicht hatte und sie den Kopf aus ihrer halbhohen Stalltür reckte.

»Hallo, mein Mädchen. Wie geht es dir heute?«, fragte ich leise, während sie die Stirn an meiner Handfläche rieb und die Augen schloss. Ich genoss die Ruhe im Stall, die Geräusche unserer Pferde, die ihre Morgenration verschlangen, und den Duft, der von ihrem warmen Fell ausging. Mein Leben davor hatte nur aus Stress und Hektik bestanden, vielleicht gefiel es mir deswegen auf der Ranch so gut. Alles wirkte entschleunigt, nichts war vergleichbar mit dem Leben in einer stressigen Großstadt. Ich wollte nie wieder irgendwo anders sein.

Im Stall standen insgesamt sieben zugerittene Pferde. Der Rest, eine Herde aus Wildpferden, befand sich meistens draußen auf den Weiden oder Paddocks der Ranch. Unsere Aufgabe war es, diese auszubilden und an andere Farmen zu verkaufen. Neben dem Resozialisierungsprogramm veranstalteten wir noch regelmäßig Touristentouren durch die Steppe und die angrenzenden Wälder. Das hielt die Ranch und uns über Wasser.

Und mein Traum, ein ruhiges Leben auf dem Land zu führen, war dank Matthew und Sophia Wirklichkeit geworden.

Kapitel 4

Es hatte nicht ausgereicht. Wie immer. Jedes Mal, wenn der Rausch verflog, hatte ich nur einen einzigen Gedanken.

Wie kam ich an neuen Stoff?

Diese beiden Zustände beherrschten meinen Tagesablauf. High sein und an Stoff denken. Mehr bot mir mein Tag nicht.

Da ich diesmal wirklich nichts mehr zu Hause hatte, musste ich wohl oder übel vor die Tür gehen. Ich hatte nicht mehr viel Geld übrig, aber es reichte noch für eine winzig kleine Portion.

Danach würde ich aufhören.

Das zumindest redete ich mir jedes Mal ein, damit ich mit meinem Gewissen vereinbaren konnte, was ich hier eigentlich tat und dass ich nicht den Mut fand, es endlich zu beenden.

Ich zog mir irgendwelche Sachen über, die am wenigsten dreckig waren, und lief die fünf Stockwerke zu Fuß nach unten durch das Treppenhaus. Der Fahrstuhl war schon, seitdem ich hier wohnte, kaputt. Überall an den Wänden prangten Graffiti, und aus den Türen einzelner Wohnungen hörte man Kindergeschrei, lautes Gebrüll oder Hundebellen. In den Fluren roch es widerlich, und ich versuchte, nicht zu tief einzuatmen. Es war wirklich die schäbigste Absteige, in der ich jemals untergekommen war.

Vor der Tür hielt ich den Arm vor das Gesicht, weil mich die Sonne blendete und meine Augen davon schmerzten. Vielleicht hatte ich Tageslicht länger nicht mehr gesehen als gedacht. Ich wusste nicht mal, was für ein Wochentag heute war. Oder Monat.

Als ich mich an die Helligkeit gewöhnt hatte, dachte ich kurz darüber nach, mit Judy zu fahren, die gut behütet in einer Tiefgarage hier in der Nähe stand. Mein Motorrad, eine mattschwarze Kawasaki ZX12R. Sie war das Einzige, was ich noch besaß, das mir wirklich etwas wert war. Skip, mein alter Chef in der Autowerkstatt, in der ich einige Zeit gearbeitet hatte, hatte sie mir geschenkt. Er kam aus ähnlichen Verhältnissen wie meine Brüder und ich, und es hatte sich eine Zeit lang so angefühlt, als wäre er der einzige Mensch, der mich irgendwie verstand. Skip hatte mich fast so etwas wie adoptiert. Ich durfte mit seiner Familie und ihm regelmäßig zu Abend essen, er nahm mich sogar am Wochenende mit zu Baseballspielen seines Sohnes Bax. Fast fühlte es sich normal an. Richtig. Bis unser alter Pflegevater Glenn mal wieder in meinem Leben aufgetaucht war und mich zurückgeworfen hatte. *Der Wichser*, wie Tanner, Everett und ich ihn nannten.

Ich schüttelte die Gedanken daran ab, denn das Jucken und Zittern meines Körpers wurde schlimmer. Doch kurz bevor ich loslaufen konnte, packte mich jemand grob von hinten. Dunkelheit herrschte, als mir ein schwerer Stoff über den Kopf gezogen wurde. Die Luft wurde knapper. Panik stieg in mir auf. Ich versuchte, mich zu wehren. Trat. Schlug. Doch mehrere kräftige Arme hielten mich fest, drückten mich in eine Richtung, in die ich nicht sehen konnte.

»Was soll der Scheiß?!«, schrie ich panisch, doch es antwortete mir niemand. Stattdessen wurde ich irgendwo reingeschubst. Durch meinen Ellbogen zuckte ein Schmerz, als ich auf einem harten Boden aufkam. Es hörte sich an, als schlösse sich die Schiebetür eines Transporters. Dann presste mich jemand fest nach unten. Irgendetwas Schweres legte sich über meinen Hals und drückte mir heftig die Luftröhre zu. Ich röchelte. Versuchte noch mal um mich zu schlagen. Ein Motor startete. Leises Gelächter drang an meine Ohren. Der Druck auf meine Kehle wurde stärker. Immer stärker. Bis sich mein Bewusstsein langsam von mir verabschiedete und mein Körper immer mehr von seiner ohnehin schon geringen Kraft verlor. Mein letzter Gedanke galt nicht meinen Brüdern oder irgendwem anders.

Das letzte Gefühl, das ich hatte, war Erleichterung. Endlich war alles vorbei.

***

Leider tat mir mein Schicksal diesen Gefallen nicht. Mein Hals schmerzte, und das Atmen fiel mir schwer.

Ich schaffte es gerade so, die Augen aufzuschlagen. Bis ich erkannte, wo ich mich befand, mich ruckartig aufsetzte und ans Ende einer Ledercouch rutschte.

»Sch … Alles gut, Nash.« Connors hämisches Grinsen tauchte vor meinem Gesicht auf. »War dein kleines Nickerchen erholsam?« In einer Ecke des Raumes lachte jemand dreckig, und mein Blick glitt hinüber. Boon, Connors widerlicher Handlanger, sah mich grinsend an. Er hatte seine massigen Arme vor der Brust verschränkt und stand breitbeinig da, als wäre er auf eine Flucht von mir vorbereitet. Das ärmellose Shirt, das er trug, war mindestens drei Nummern zu klein und spannte über seinem dicken Bauch. Boon war mehr klobig als trainiert, trotzdem tat ein Schlag von ihm ziemlich weh. Und ich sprach eindeutig aus Erfahrung.

Ich sah zurück zu Connor.

»Ich war gerade auf dem Weg, dir dein Geld zu bringen, da …«

Connor hob die Hand, und ich verstummte. »Erzähl mir keine Scheiße, Mann.« Obwohl er nur ein paar Jahre älter als ich war, waren seine kurzen Haare fast komplett ergraut. Seine braunen Augen wirkten katzenhaft und hatten etwas Hinterlistiges an sich. Ich hätte mich niemals auf ihn einlassen sollen. Aber jetzt war es zu spät. Außerdem fiel einem das rationale Denken im Schleier eines unfreiwilligen Entzuges verdammt schwer. »Du schuldest mir ne Menge, Nash.«

»Ich weiß.«

Connor stand auf und ging ans andere Ende des Raumes zu einer kleinen Bar. Ich war vorher schon in seinem Haus gewesen. Aber irgendwie hatte ich die Befürchtung, heute würde ich nicht so schnell hier rausspazieren wie sonst.

»Und wie hast du vor, diese Schulden zu begleichen?« Er schenkte sich eine helle Flüssigkeit aus einer Kristallkaraffe in einen Schwenker. Dann setzte er das Glas an seine Lippen und trank einen Schluck, während er mich nicht aus den Augen ließ. Sein ausgeprägter Adamsapfel hüpfte dabei.

Scheiße, ich hatte keine Ahnung, wie ich die Schulden begleichen sollte. Ich hatte ja kaum Geld, um meine Miete zu bezahlen. »Du hast doch noch dieses Motorrad«, sagte Connor.

Ich schüttelte den Kopf. »Nein. Habs verkauft«, log ich. Niemals würde er Judy bekommen.

»Er lügt. Hab ihn vor Kurzem noch damit fahren sehen«, grunzte Boon.

Connor schnalzte mit der Zunge. »Du lügst auch noch.«

Ich stand auf und fuhr mir durch den Nacken. Ich musste irgendwie hier rauskommen. »Was erwartest du von mir? Einem Junkie?«

Connor zog die Augenbraue hoch.

»Ich beschaff dir dein Geld. Ganz sicher. Gib mir eine Woche. Du weißt, dass ich das hinkriege.«

»Wieso hast du es dann bisher nicht getan?«

Berechtigte Frage. Auf die ich leider keine Antwort wusste. Connor stellte sein Glas ab und ging auf mich zu. Er drückte spitz seinen Zeigefinger gegen meine Brust. Mit seinen Worten kam eine Duftwolke aus scharfem Alkohol und Knoblauch aus seinem Mund. »Eine Woche. Wenn du mein Geld bis dahin nicht hast, dann … Du kennst Boon, mehr muss ich dir nicht sagen. Und dieses Angebot mache ich dir nur, weil ich dich mag. Strapazier meine Freundlichkeit nicht.«

Heftig schüttelte ich den Kopf. »Danke, Connor.«

Ich wollte gerade zur Tür stürmen, da hielt ich inne. »Ach, Nash.«

Langsam drehte ich mich um. Eigentlich hätte mir klar sein müssen, dass Connor noch ein Ass aus seinem Ärmel zog. Oder eine Waffe aus seinem Hosenbund.

»Du hast doch nicht gedacht, dass ich so erfolgreich bin, weil ich alle beschissenen Junkies, die mir Geld schulden, einfach davonkommen lasse, oder? Ich will Zinsen.«

»Zinsen?«, fragte ich schrill. Wahrscheinlich bekam ich nicht mal meine Schulden zusammen, wie sollte ich Zinsen bei ihm bezahlen? Connor ging zu seinem Schreibtisch, nahm auf dem Stuhl Platz und zog aus einer Schublade einen Zettel heraus. Nachdem er mir noch einen Blick zugeworfen hatte, setzte er eine Brille mit dünner goldener Umrandung auf seine schiefe Nase und studierte das Blatt, das vor ihm lag.

»Das erste Mal hast du vor zwei Jahren was von mir geliehen. Wow, wie die Zeit vergeht!«

Boon lachte dreckig, und ich schenkte ihm einen bösen Blick, was seine Wirkung allerdings völlig verfehlte. »Zwei Jahre, das sind ungefähr siebenhundert Tage – ich will ja mal nicht so sein – das plus die restlichen Schulden mal die Anzahl der …« Er zog sein Handy aus der Tasche und tippte irgendwas darauf ein, nahm einen Stift und schrieb etwas auf den Zettel. Mein Herzklopfen wurde heftiger, meine Befürchtung wuchs von Sekunde zu Sekunde an. »Boon«, sagte er und hielt ihm den Zettel hin. Der brauchte einen Moment, bis er verstand, nahm Connor das Blatt aus der Hand und brachte es mir. Als ich die Zahl darauf sah, blieb mir alles im Halse stecken.

»Connor, wie soll ich das …«

»Ist mir egal!«, unterbrach er mich. »Krieg es hin. Das ist der Betrag, nicht mehr und vor allem nicht weniger. Wenn du es nicht kannst, muss entweder dein Motorrad dran glauben, oder ich knöpfe mir einen deiner Brüder vor.«

Ich schluckte. Meine Einnahmequellen waren ziemlich begrenzt. Mit Dealen, ein paar kleineren Rauben und Minijobs hielt ich mich gerade so über Wasser. Aber Connor wusste sowieso, dass ich das nicht packen würde, also was sollte ich tun? Mir entweder von Boon an Ort und Stelle eine Kugel durch meinen benebelten Schädel jagen lassen oder abhauen.

»Okay«, erwiderte ich abgehackt und steckte den Zettel in meine Jeanstasche. Ich war eben doch ein zu großer Feigling, als mein Leben jetzt und hier beenden zu lassen, obwohl es wahrscheinlich besser gewesen wäre. Für alle.

»Verschwinde«, knurrte Connor.

Bevor er seine Meinung doch noch änderte, stürmte ich aus dem Zimmer und aus seinem Haus.

Mein Leben war ein noch größerer Scherbenhaufen, als ich vor zwei Stunden angenommen hatte.

Kapitel 5

Gegenwart
NASH

Meine Finger waren eiskalt. Die Kälte kroch aus meinen Händen und breitete sich schon in den Armen aus. Ich saß auf dem Bettrand, rieb die Hände aneinander und pustete hinein. Doch es brachte nichts. Das Zittern übernahm meinen Körper, bis ich die Zähne aufeinanderpressen musste, damit sie nicht klapperten.

»Hast du alles, was du brauchst?« Tanner wirkte nervös, wie er so vor mir stand und ständig von einem auf das andere Bein trat. Mein Blick glitt durch das kahle Zimmer, das nicht größer war als ein Kleiderschrank. Es gab ein Waschbecken, ein Bett und einen kleinen Tisch. Mehr nicht. Es roch nach Schweißfüßen und abgestandener Luft, weil die Fenster verriegelt waren und man sie nicht öffnen durfte. Hier konnte man sich genauso wohl fühlen wie unter einer Brücke in Philly im tiefsten Winter. Nackt.

Trotzdem war ich schon an schlimmeren Orten gewesen.

»Wenn du hier raus bist, kommst du erst mal zu uns. Cassie hat schon das Gästezimmer hergerichtet.«

Ich setzte mich auf. »Ich will euch wirklich keine Umstände machen. Ihr habt schon genug für mich getan.« Vor einer Woche war ich vor Connor aus Philly geflüchtet. Auf dem Weg durchs Nirgendwo hatte ich den Absturz meines Lebens. Fast wäre ich gestorben, wenn mich nicht ein älterer Herr halb tot auf der Straße gefunden und in ein Krankenhaus gebracht hätte. Anscheinend war ich aus einer Kneipe gefallen und wollte gerade mit Judy weiterfahren. Das wurde mir so erzählt. Ich hatte keinerlei Erinnerung mehr an den Tag. Im Krankenhaus lag im gleichen Zimmer wie ich ein Mann, der einen Tag zuvor seine kleine Tochter bei einem Verkehrsunfall verloren hatte. Weil ein besoffener Fahrer eine rote Ampel ignoriert und die beiden auf dem Fußgängerüberweg erwischt hatte.

Ich sah den Schmerz in den Augen des Vaters, den ich kaum ertragen konnte. Sein Weinen in der Nacht war fast, als durchliefe ich seinen unendlichen Kummer selbst. Und eins wurde mir klar: Fast wäre ich es gewesen. Fast hätte ich ein kleines Mädchen seiner Zukunft beraubt. Fast hätte ich jemanden in mein abgefucktes Leben hineingezogen, der seines noch komplett vor sich hatte.

Als ich nach einigen Tagen entlassen wurde, hatte ich Tanner angerufen, und er hatte mich auf halbem Weg zwischen New York und Philadelphia abgeholt. Everett war auch dabei gewesen und hatte Judy heil zu Tanner gebracht.

Diesmal wollte ich den Entzug wie noch niemals zuvor. Auch wenn sich das Jucken bereits wieder auf meinem gesamten Körper ausbreitete und ich mir am liebsten die Haut abziehen würde.

»Tu mir einen Gefallen, Bro.« Everett stieß sich von der Wand ab, an der er gestanden hatte, und ging einen Schritt auf mich zu. »Zieh es diesmal durch. Für Tanner.«

Ich sah ihm fest in die Augen und vergrub meine Fingernägel in meiner Handinnenfläche. Der Schmerz brachte mich ein wenig zurück. »Auf jeden Fall.«

»Gut.« Everett kam ganz zu mir, drückte mir mit der Hand die Schulter und wandte sich zum Gehen.

»Melde dich, wenn du hier rausdarfst, okay?«, sagte Tanner.

»Okay, aber ich denke, ich fahre dann gleich nach Texas zu diesem Programm, von dem ihr gesprochen habt.« Es war sicherlich besser, wenn ich nach dem körperlichen Entzug direkt ging, um keiner Verlockung mehr begegnen zu müssen.

»Wir können dich bringen.«

»Von hier fährt man länger als einen Tag, das müsst ihr nicht auch noch tun. Ich schaff das schon. Und jetzt haut ab, damit ich mich endlich entspannen kann«, versuchte ich einen Scherz.

Tanner nickte, verabschiedete sich noch mal mit einer Umarmung von mir, und die beiden zogen die Tür hinter sich zu. Ich machte mich auf dem Bett breit. Die Matratze war durchgelegen, und die Sprungfedern drückten mir in den Rücken. Das würde allerdings mein kleinstes Problem hier werden.

***

Vor und zurück. Vor und zurück. Vor und zurück.

Das war alles, woran ich mich zwang zu denken. *Vor und zurück.* Mein Oberkörper wippte im Takt. Der Boden unter mir war hart. Meine Beine schmerzten, weil ich viel zu lange im Schneidersitz saß. Aber es lenkte mich ab. Von dem Jucken, das meinen Körper bevölkerte wie eine abgefuckte Feuerameisenbrut. Von dem Schmerz, der alle meine Glieder bezogen hatte. Von den Kopfschmerzen, die sich anfühlten, als würde mein Schädel gleich explodieren.

Vor und zurück.

Wie hatte sich mein erster Kick angefühlt? Es war ein Joint gewesen, den mir irgendeine Tussi auf einer der Partys, auf die wir ständig gegangen waren, in die Hand gedrückt hatte. Ich spürte fast das kratzige Gefühl in meinem Hals. Den herben Geschmack. Den heißen Filter an meinen Lippen. Den Rauch, der meine Brust füllte und füllte und füllte.

Vor und zurück.

Als das THC seine Wirkung zum ersten Mal in meinem Körper entfaltet hatte, schien die Zeit verrücktzuspielen. Es wurde alles langsamer. Immer langsamer. Dann schneller. Die Musik, die auf der Party aus den Boxen dröhnte, vibrierte noch stärker durch meinen Körper. Es kitzelte. Ich musste lachen. So heftig, dass mir auf einmal Lachtränen die Wangen hinunterliefen. Hatte ich vorher schon mal so gelacht? Nein. Auf keinen Fall. Ich hatte vorher nie gelacht. Nie. Ich fühlte mich befreit. Als wäre ein Knoten geplatzt. Es war gut gewesen, so gut.

Vor und zurück.

Ich spürte das Blut erst, als ich nach unten auf meine Arme sah. Es drang unter meine Fingernägel, verteilte sich auf meiner Haut, die ich an den Unterarmen aufgekratzt hatte. Verdammtes Jucken! Wieso hörte es nicht auf! Wieso? Wieso?!

Mein Mund wurde trocken. Ich brauchte etwas zu trinken! Irgendwas! Durst. Hunger. Übelkeit. Mein Fuß begann zu zucken. Es ging nicht. Auf keinen Fall. Ich brauchte jetzt sofort einen Kick. Sofort! Ich würde diesen verdammten Tag nicht überstehen! Nicht mal eine Stunde! Das Zeug, das sie mir gegen die Entzugserscheinungen gaben, half nicht, verdammte Kacke!

Ich stand auf und trommelte mit den Fäusten gegen die Tür.

»Hört mich jemand? Nur einer? Ich will hier raus! Lasst mich hier raus, verdammt!«

Ich trommelte weiter und trat und stieß mit dem Knie gegen das unbeugsame Holz der Tür, aber es bewegte sich keinen Millimeter. Das Zucken in meinem Fuß kam wieder, kroch hoch in mein Bein, verteilte sich im anderen und in meinem restlichen Körper. Ich spürte erst wieder etwas, als ich auf dem Boden aufkam. Der Schmerz fuhr mir in die Seite. Und dann wurde es endlich schwarz.

Kapitel 6

Vergangenheit
NASH

»Du bleibst hier im Auto, ist das klar, Ev?« Tanners Miene wirkte ernst, seine Stimme war hart. Ev verschränkte die Arme vor der Brust und ließ sich gegen den Rücksitz fallen.

»Wieso denn? Nash ist auch erst dreizehn, wieso darf er mit auf die Party gehen und ich muss im Auto warten? Wieso habt ihr mich dann überhaupt mitgenommen?«, nörgelte Ev und pustete sich eine blonde Haarsträhne aus dem Gesicht. Einer von uns musste ihm bald mal wieder seine Haare schneiden, aber er weigerte sich jedes Mal wie im Todeskampf dagegen. Warum auch immer er so eine Angst vor der Schere hatte. Darüber sprechen wollte er bisher nie.

»Weil die Party nichts für einen Elfjährigen ist.« Tanner warf mir einen vielsagenden Blick zu. Auch für uns war es nichts. Aber wir wussten, dass wir keine andere Wahl hatten. »Ich hab nur ein paar Dinge zu erledigen, dann kommen Nash und ich gleich wieder raus.« Er lehnte sich zu mir vor und öffnete das Handschuhfach seines Hondas, um einige Tütchen daraus hervorzuholen und sie in seine Tasche zu stopfen. Wir hatten den mattgrauen Wagen vor zwei Wochen von einem Typen bekommen, weil der kein Geld für das Gras hatte, das Tanner ihm verkaufen wollte. Wahrscheinlich war das Auto sogar weniger wert gewesen, aber es war immerhin ein Anfang. Eine Möglichkeit, zu jeder Zeit unserem abgefuckten Zuhause zu entkommen. Wenn man es überhaupt so nennen konnte. Da interessierte es auch nicht, dass keiner von uns einen Führerschein hatte oder der Innenraum des Autos nach altem Fett roch.

»Nur zehn Minuten!«, versuchte es Ev weiter. »Ich könnte euch doch helfen!«

Tanner drehte sich herum, sein T-Shirt rutschte dabei ein Stück über seinen Oberarm hoch. Vor einem halben Jahr, an seinem fünfzehnten Geburtstag, hatte er sich das erste Tattoo von irgendeinem Kerl auf einer Party stechen lassen. Die Umrandung des Totenkopfes war krakelig, und das ganze Bild war schlecht gestochen, aber es hatte Tanner das Gefühl gegeben, sein Leben selbst unter Kontrolle zu haben. Er bestimmte, was mit seinem Körper geschah, und bisher waren noch vier weitere Tattoos zu dem ersten hinzugekommen. Ich konnte das Gefühl verstehen, aber als ich ebenfalls bei dem Typen auf dem Stuhl Platz genommen hatte, hatte mich Tanner an meinem Kragen davon heruntergezogen. Irgendwann. Irgendwann war ich so weit.

»Wenn du nicht hierbleibst und ich dich irgendwo da drinnen erwische, sperr ich dich im Kofferraum ein! Ist das klar?«, knurrte Tanner.

Ich sah rüber zu dem Haus, in dem die Party stattfand. Es war nicht die erste dieser Art, die wir besuchten, und eigentlich hatte es auch nur einen einzigen Grund. Wir brauchten Kohle, und Tanner konnte uns diese mit dem Stoff, den er verkaufte, beschaffen. Ich selbst hatte noch nichts davon probiert, aber es hatte mich schon immer gereizt. Ich sah Menschen, die sich etwas schmissen oder eine Tüte rauchten und glücklich aussahen. Glück. Ein Gefühl, das ich nicht kannte, seitdem ich ins Heim und danach zu Glenn gekommen war. Aber auch davor hätte ich an einer Hand abzählen können, wie oft ich es gespürt hatte.

»Komm.« Tanner nickte mir zu, und wir stiegen aus dem Auto. Er schloss von außen ab, weniger, damit Ev uns nicht nachkam, sondern eher, damit er in Sicherheit war. Ev streckte uns hinter der dreckigen Scheibe die Zunge raus, und wir wandten uns ab.

Als wir über den schmalen Fußweg auf das schäbige, einstöckige Haus zuliefen, aus dessen geöffneten Fenstern wummernde Musik schallte, entgingen uns die Blicke der Leute hier nicht.

Ein dreizehn- und ein fünfzehnjähriger Junge, die wirkten, als wären sie hier völlig fehl am Platz. Ich hatte nur Glück, dass ich mit meiner Größe nicht so klein war wie die meisten meiner Altersgenossen, sondern jetzt schon den ein oder anderen Erwachsenen überragte. Und ein böser Blick von Tanner reichte, damit die Menschen uns nicht dumm von der Seite anquatschten. Wir hatten nichts zu verlieren, und das wussten sie. Man kannte uns mittlerweile in unserem Viertel.

Wir betraten das Haus durch die Eingangstür. Sofort schlug uns die schlechte Luft entgegen, die nach Alkohol und Schweiß roch. Die Möbel in dem Wohnzimmer, in dem wir nun standen, waren entweder alle weggeräumt worden oder es gab gar nicht erst welche. Denn die Leute hier – die meisten davon nur ein paar Jahre älter als wir – tanzten überall in dem Raum. Die Wände waren mit Graffiti beschmiert, und Türen gab es hier keine. Ich konnte über die Köpfe der Menge in ein Schlafzimmer sehen, in dem sich zwei Kerle und drei Frauen gemeinsam auf einem Doppelbett vergnügten. Ich wandte den Blick ab.

»Bin gleich wieder da. Mach keinen Scheiß, okay?«, schrie Tanner mir über die heftige Technomusik hinweg zu. Ich nickte. Auch wenn ich nicht wusste, was Tanner alles dazu zählte.

Er drückte sich durch die Menschen, begrüßte manche Kerle mit einem Handschlag oder einige Mädchen mit Küssen auf den Mund. Es schien sie nicht zu stören, dass sie nicht die Einzigen waren, die er küsste. Obwohl ich in meinem Alter noch nie so etwas wie eine Freundin gehabt hatte, kam mir das doch irgendwie falsch vor. Aber ich hatte auch keine Ahnung.

Ich kannte hier niemanden, doch ich wollte auch niemanden kennenlernen. Das Einzige, was ich wollte, war, mich abzulenken und nicht allein in Glenns Bude rumzuhängen, bis er nach Hause kam und mich allein erwischte. Denn dann erzählte er mir Dinge, für die ich ihn umbringen wollte.

Ich kam in einer Küche an, in der sich massenhaft Menschen um die Kochinsel in der Mitte tummelten, tranken, sich unterhielten oder rummachten. Ich schubste ein Pärchen zur Seite und nahm mir einen grünen Pappbecher mit irgendeiner Flüssigkeit darin. Alkohol kannte ich, deswegen störte mich der scharfe Geschmack auch nicht, als ich den Inhalt hinunterkippte.

»Bisschen zu jung für so eine Party, oder nicht?« Eine Frau schob sich neben mich und griff ebenfalls nach einem Becher. Sie ließ mich nicht aus den Augen, als sie daran nippte. Ich musterte sie. Ihre braunen Haare waren schulterlang und offen, die Spitzen rot gefärbt. Sie trug viel zu viel Make-up meiner Meinung nach, aber was verstand ich schon davon? Ihr Lippenstift war ein wenig verschmiert, und ihre braunen Augen wirkten glasig, als hätte sie sich irgendetwas geschmissen. Ich kannte den Ausdruck von Menschen, die Drogen genommen hatten. Nur zu gut. Auch vor diesem allen hier.

»Wer sagt, dass ich zu jung bin?«, antwortete ich ihr, ohne eine Miene zu verziehen. Ich hatte Lächeln nie gelernt.

Sie kam näher und fuhr mir mit dem Zeigefinger über die Wange. Ihre pinken Nägel kratzten über meine Haut, und die vielen Silberarmbänder an ihrem Handgelenk machten klingende Geräusche, als sie ihren Finger daraufhin wieder zurückzog. »Eigentlich keiner. Ich steh auf Frischfleisch.« Sie war bestimmt zehn Jahre älter als ich, aber wen interessierten schon Zahlen? Einen Jungen, der keinen Wert auf Schule oder einen Abschluss legte, garantiert nicht.

Trotzdem war mir ihre Aufmerksamkeit unangenehm. Ich wollte einfach nur hier stehen und warten, bis der Abend endlich vorbei war. Damit ein neuer, beschissener Tag anbrechen konnte und die Zeit ein bisschen mehr Richtung Tanners achtzehnten Geburtstag schob. Dann würden wir drei gemeinsam von dem Wichser abhauen.

Erneut griff ich nach einem Becher. Er gab mir Sicherheit, obwohl das eigentlich völliger Schwachsinn war.

»Mein Name ist Candy. Und du bist?«

»Nash.«

»Nash«, sagte sie, als würde sie sich meinen Namen auf der Zunge zergehen lassen. Sie stellte ihre glitzernde Handtasche auf dem Tresen ab und kramte darin herum. Triumphierend hielt sie einen Joint in die Höhe, nachdem sie ihn herausgezogen hatte.

»Schon mal high gewesen, Nash?« Ich rührte mich nicht. »Also nicht.« Sie schmunzelte, und ihre vollen, roten Lippen verzogen sich leicht nach oben. Bis sie den Joint dazwischen steckte und ein Feuerzeug davorhielt. Als sie den ersten Zug in meine Richtung blies, musste ich schlucken. Ich kannte den Geruch von Gras. Er war süßlich, irgendwie wie eine Mischung aus Schweiß und Energydrinks.

Sie grinste und hielt ihn mir hin. »Los. Du brauchst keine Angst haben.«

»Ich hab keine Angst.« Trotzdem zögerte ich. Meine Finger kribbelten. Ich wollte wissen, wie es war. Wieso die Menschen glücklich aussahen, wenn sie das Zeug rauchten. Wieso sie es immer wieder taten, obwohl jedes kleine Kind wusste, dass Drogen beschissen waren. Wieso ich es wollte, obwohl ich mit eigenen Augen erlebt hatte, wie ein Mensch, den man liebte, an so etwas zugrunde gehen konnte.

»Dann versuch es doch einfach mal. Du wirst eine Menge Spaß haben. Du siehst noch viel zu ernst aus.« Mit den Fingern der anderen Hand strich sie über meine gerunzelte Stirn. »Los, Nash. Es fühlt sich gut an.«

Ich blickte mich kurz im Raum um. Auch wenn Tanner das Zeug vertickte, nahm er es nicht selbst und würde mich umbringen, wenn er sähe, dass ich es probierte. Die Neugierde war übermächtig. Ich griff nach dem Joint, dessen Qualm kringelnd in die Luft stieg, und hielt ihn mir an die Lippen. Der Filter wurde heiß, als ich viel zu stark daran zog. Als der Rauch meine Lungen füllte, dachte ich, sie würden platzen. Ich atmete aus und musste husten. Heftig. Candy nahm mir lachend den Joint wieder aus der Hand, während ich mir mit dem Handrücken die Tränen aus den Augen strich. Scheiße, schmeckte das beschissen!

Sie inhalierte selbst noch einen Zug und umklammerte plötzlich den Kragen meines abgetragenen Shirts. Langsam zog sie mich zu sich heran. Meine Augen wurden größer, und mein gesamter Körper spannte sich an. Als ihre Lippen kurz vor meinen verharrten, blies sie den Rauch in mein Gesicht. Instinktiv öffnete ich die Lippen und inhalierte. Tief. Ich bekam eine Gänsehaut. Candys Gesicht war so nah an meinem, dass ich nur verschwommen sah, wie sie lächelte. Plötzlich lagen ihre Lippen auf meinen, und ihre Zunge drängte sich in meinen Mund. Mein erster Kuss. Feucht. Irgendwie merkwürdig. Und mit Candy. Einer zugedröhnten Frau, die ich vor fünf Minuten auf einer abgefuckten Hausparty kennengelernt hatte.

Etwas breitete sich in meinem Kopf aus. Wärme. Es fühlte sich an, als würde es die Kontrolle übernehmen. Ich schlang die Arme um Candys schlanken Körper. Sie löste ihre Lippen, nahm noch einen weiteren Zug und hielt mir das Ende des Joints hin, damit ich es ihr nachtun konnte. Ich dachte nicht mehr. Ich fühlte. Fühlte Wärme. Freude? Glück? Meine Mundwinkel zogen sich nach oben, ohne dass ich es kontrollieren konnte. Ich musste lachen. Und Candy lachte mit mir. Wir sahen uns in die Augen, rauchten zusammen den Joint, bis nur noch der kleine Filter übrig war. Wir küssten uns, bis meine Lippen taub davon waren. Ich lachte, bis mir Tränen in den Augen standen. Ich war glücklich, so glücklich wie noch nie zuvor.

Und ich wollte mehr davon. Mehr. Immer. Wieder. Mehr.

Kapitel 7

Gegenwart
ELINOR

Liebe Mara …

Ich schnaubte, und meine Finger schwebten über der Tastatur, ohne zum Einsatz zu kommen. Was sollte ich schreiben? Ein einfaches »Happy Birthday«? Nach allem, was passiert war? Nach all der Zeit, die wir uns nicht mehr gesehen hatten?

Es tut mir leid.

Als ich die Worte vor mir auf dem Bildschirm sah, brannten meine Augen. Ich wusste, eine E-Mail zu ihrem Geburtstag war nicht genug, um all das gutzumachen, was ich ihr angetan hatte. Das Knarren des hohen Schreibtischstuhls wirkte viel zu laut in Matts Büro, als ich mich zurücklehnte. Während der Cursor immer noch hinter den vier kleinen Wörtern blinkte, fühlte ich mich bei jedem Blinken leerer. Einsamer. Kurz entschlossen legte ich meine Hand auf die Maus und drückte auf das kleine Kreuz in der Ecke des Fensters, das sich daraufhin schloss. Als hätte es diese Nachricht niemals gegeben.

Vielleicht wäre es besser, meine Schwester dachte, ich hätte sie einfach vergessen, als dass ich sie an das erinnerte, was ich war. Der schlechteste Mensch auf der Welt. Die miserabelste Schwester. Die mieseste Freundin.

Aber ich vermisste nicht nur sie, ihren Humor oder dass sie mich als große Schwester immer in Schutz genommen hatte. Ich vermisste vor allem die Zeit mit ihr, als wir uns so nahe gewesen waren, wie es Schwestern nur sein konnten. Wir hatten alles geteilt. Angefangen von unseren Klamotten, obwohl mir ihre immer zwei Nummern zu groß waren, bis über das Frühstück, wenn wir unsere Cornflakes nur aus einer Schüssel löffeln wollten, oder unsere Spielsachen teilten. Wir waren drei Jahre auseinander, und trotzdem hatte es sich angefühlt, als wären wir Zwillinge gewesen.

Die Tür ging auf, und ich sah hoch.

»Oh sorry, ich wollte dich nicht stören!«, sagte Levin und hob die Hände.

»Kein Problem, ich bin fertig«, erwiderte ich mit einem halben Lächeln, schloss das E-Mail-Programm und stand auf.

»Ist alles okay?«

»Na klar.«

Levin hatte feine Antennen, aber er hatte genug durchgemacht, ich wollte ihn nicht mit meinem Ballast bedrücken. Außerdem war ich generell nicht der Typ, der viel über seine Vergangenheit redete. Es änderte sie ja doch nicht.

»Ich wollte Willow nur eine Nachricht schreiben.« Er fuhr sich durch den Nacken. »Auch wenn sie nicht antwortet.« Sein Mundwinkel zuckte, als wollte er lächeln, aber schaffte es nicht. Ich wusste, dass Willow einmal seine Freundin gewesen war. Es war nicht einfach für die Menschen in unserer Umgebung. Für keinen von ihnen.

»Bestimmt tut sie es diesmal«, sagte ich und umrundete den Schreibtisch, damit Levin meinen Platz einnehmen konnte.

»Eigentlich geht es mir gar nicht darum, dass sie mir zurückschreibt. Mir ist es wichtiger, ihr so oft wie möglich zu sagen, dass ich viele Sachen bereue. Es wird zwar niemals genug sein, aber wenigstens weiß sie es dann.«

Levin setzte sich auf den Stuhl und wirkte abwesend. Irgendwie hatte er recht. Mara sollte wissen, dass mir alles wahnsinnig leidtat. Andererseits machte eine Entschuldigung nicht alles besser. Die seelischen Narben blieben. Dein Verhalten, das andere verletzt hatte, blieb in der Erinnerung. Ein »Tut mir leid« machte das nicht rückgängig, als wäre nie etwas gewesen. Die andere Person hatte nur die Möglichkeit zu verzeihen, aber nicht zu vergessen.

Und vielleicht wollte ich gar nicht, dass man mir verzieh. Vielleicht hatte ich alles genau so verdient, weil ich es mir selbst zuzuschreiben hatte.

Das Einzige, was ich in der Hand hatte, war die Zukunft. Diese konnte ich bestimmen, sie in die Richtung lenken, in die ich wollte, ohne dabei irgendjemanden erneut zu überfahren.

Kapitel 8

Vergangenheit
ELINOR

»Ich bin wirklich stolz auf dich, Darling.« Meine Mum strich über die pinke Schärpe, die über meiner Schulter hing.

Miss Pre-Teen Wisconsin.

Stolz. Sie war stolz. Und ich drückte den Rücken noch ein wenig weiter durch. Ich ignorierte den Umstand, dass mir meine Füße in den Zehn-Zentimeter-Absätzen, die eine Dreizehnjährige eigentlich nicht tragen sollte, unglaublich wehtaten. Egal. Es machte meine Mum stolz!

»Können wir dafür bei Culver's vorbeifahren und einen Milchshake trinken?«, fragte ich. Meine Augen wurden größer. Erst ein Mal hatte mich Dad mit meiner Schwester Mara dorthin mitgenommen. Heimlich, ohne dass meine Mum etwas davon wusste, denn normalerweise ließ sie so etwas nicht durchgehen. Sieben Tage die Woche hielten wir uns strikt an ihren Ernährungsplan. Aber vielleicht war heute ja ein besonderer Tag, an dem sie eine Ausnahme machte? Ich hatte die Misswahl schließlich gewonnen!

»Darling.« Sie hob ermahnend eine ihrer perfekten Augenbrauen und strich kurz über meine Wange. »Was ist los mit dir? Wir haben sieben Uhr abends, da essen wir doch nichts mehr.« Sie lachte, als hätte ich zuvor einen Witz gemacht. »Außerdem steht in einer Woche die Vorentscheidung für die Little Miss United States an. Das weißt du doch!«

Meine Mundwinkel sanken das erste Mal an diesem Abend nach unten, und Enttäuschung machte sich in mir breit, als meine Mum an meinen aufgedrehten blonden Locken zupfte. Es dauerte immer ewig, bis meine Haare so aussahen, denn eigentlich waren sie ziemlich glatt. »Darling, lächle bitte, wir sind noch nicht zu Hause«, zischte sie mir zu, und ich nahm wieder meine Rolle als glückliche Tochter ein.

»Guten Abend, Miss Raver.« Ein Mann stand auf einmal vor uns. Er trug einen teuer aussehenden Anzug und braune Schuhe aus Schlangenleder. Sie waren echt, das sah man auf den ersten Blick. Seine grünen Augen wirkten geheimnisvoll und machten mir sogar ein wenig Angst.

»Und Sie sind?« Meine Mum wirkte erfreut und hielt dem Mann ihre Hand entgegen. Die Goldringe an ihren Fingern reflektierten das Licht der grellen Lampen hier hinter der Bühne.

»Gabriel Ford. Es ist mir eine Freude, Sie kennenzulernen. Ich habe den ganzen Abend schon darauf gewartet, mit Ihnen sprechen zu können.« Er gab meiner Mum einen angedeuteten Handkuss und zwinkerte mir zu. Sie kicherte albern, und ich roch sein starkes Aftershave, als er sich wieder aufrecht hinstellte. »Ich habe Ihre wunderschöne Tochter auf der Bühne bewundert und mich gefragt, ob Sie Interesse daran hätten, ihre Fähigkeiten auszubauen. Im Filmgeschäft, beispielsweise. Ich bin Inhaber der Ford Schauspielagentur, und wir können viele namhafte Schauspieler unter unseren Kunden zählen.« Er zog eine Visitenkarte aus der Innentasche seines dunkelblauen Sakkos und hielt sie meiner Mum hin. Sie atmete einmal tief ein und studierte die goldenen Buchstaben auf der schwarzen Karte. »Wir suchen immer wieder nach neuen Talenten, und ich fand die Darstellung Ihrer Tochter von Romeo und Julia auf der Bühne sehr eindrucksvoll.«

Meine Mum warf mir einen Seitenblick zu, als würde sie mir mitteilen wollen: »Hab ich es dir nicht gesagt!« Ich lächelte immer noch. Nicht weil ich lächeln wollte, sondern weil ich wusste, meine Mum erwartete das. Gabriel erwiderte das Lächeln, und ich sah, wie sein Blick über meinen Körper in dem paillettenbesetzten, engen Abendkleid wanderte. Ich fühlte mich unwohl, aber mittlerweile kannte ich solche Blicke.

»Wir können es uns ja mal anhören. Oder, Darling?«, fragte meine Mum, weniger, weil sie wirklich meine Bestätigung haben wollte, sondern mehr, weil sie das immer tat. Es wirkte immer so, als würde sie mich fragen, doch eigentlich hatte sie schon längst entschieden. Ich war aufgeregt und hatte auch ein bisschen Angst davor, was das alles nun bedeuten sollte.

»Sie können gerne morgen Mittag in meinem Büro vorbeischauen, ich erwarte Sie. Es war mir eine Freude!« Er nahm sich noch einmal die Hand meiner Mum, während sie kicherte, sah dabei jedoch mich an. Als er sich abwandte, um zu gehen, plapperte meine Mum drauflos, dass wir nun schnellstmöglich nach Hause kommen sollten und unbedingt mein morgiges Outfit aussuchen mussten. Ich war einfach nur müde und wollte nach den anstrengenden vier Stunden auf der Bühne schlafen. Doch meine Mum würde nicht eher aufgeben, bis sie die perfekte Garderobe für mich ausgewählt hatte. Je schneller wir diese fanden, umso besser.

Kapitel 9

Gegenwart
NASH

Wieso hatte ich mich noch mal auf dieses Programm eingelassen? Fuck, ich war am Arsch der Welt. Gab es hier so etwas wie Zivilisation? Handyempfang ganz bestimmt nicht.

Ich hatte wirklich Mühe mit meiner mattschwarzen Kawasaki Judy den Schlaglöchern auf dem staubigen Boden Texas auszuweichen. Aber Judy wollte ich mir neben allem anderen nicht nehmen lassen. Auch wenn der Weg von New York länger als zwei Tage gedauert hatte. Doch das war es mir wert, um selbst mobil zu bleiben.

Nur für den Fall, dass es hier so beschissen war, wie ich annahm. Vielleicht könnte ich es jetzt, nach dem körperlichen Entzug, tatsächlich zu Hause packen? Mit Tanner und Everett an meiner Seite.

Doch eigentlich wusste ich die Antwort. Nein, ich würde es nicht schaffen, denn wie oft hatte ich es so versucht? Also hatte ich vor, dieses Programm die gesamten vier Monate wirklich durchzuziehen. Der schlimmste Teil war schließlich bereits geschafft, und der war in der Tat heftiger gewesen, als ich angenommen hatte. Immer noch kämpfte ich mit den Nachwehen, und mindestens dreiundzwanzig Stunden am Tag dachte ich daran, wie befreiend es jetzt wäre, sich nur eine kleine Line zu ziehen oder die ersten Züge eines perfekt gedrehten Joints zu inhalieren. Meine Psychologin Dr. May aus der Klinik hatte mir gesagt, dass dieser Drang niemals weggehen würde, sondern nur abflachte. Ich müsste mein Leben lang dagegen ankämpfen. Aber ich würde es schaffen. Für Tanner, Cassie und Everett.

Hoffentlich.

Ich folgte einem großen Holzschild mit der Aufschrift *Grand Ranch* und bog in einen noch beschisseneren Weg ein. Wenn das so weiterging, musste ich absteigen und schieben. Aber Judy packte die Strecke tadellos, und ich erkannte am Ende des Weges Zäune von Koppeln, rechts eine große Scheune, ein kleineres dunkelbraun angestrichenes Haus daneben und auf der anderen Seite ein zweistöckiges Farmhaus. Das musste es sein.

Matthew Grand war mir als Ansprechpartner genannt worden. Ihm gehörte die Ranch, und er sollte eigentlich wissen, dass ich kam.

Ich hielt am Ende der Zäune und parkte Judy so, dass sie auf dem unebenen Boden nicht umfallen konnte. Dann zog ich zuerst mein Zigarettenpäckchen aus der Tasche. Damit konnte ich zumindest ein wenig das unterschwellige Zittern bekämpfen, und Zigaretten, so hatte man mir gesagt, seien eine akzeptierte Sucht nach einem Entzug. Na immerhin.

Ich lehnte mich mit dem Rücken gegen den breiten Weidezaun. Hier draußen war niemand zu sehen, aber es war auch eine Mörderhitze heute Mittag. Wahrscheinlich waren alle drinnen und tranken ein kaltes Bier. Was für mich leider innerhalb dieser Zeit hier tabu war. Wie gerne hätte ich jetzt eine eisgekühlte Flasche zwischen meinen Fingern. Fast schmeckte ich die malzige, kühle Flüssigkeit auf meiner Zunge und musste seufzen.

Ich steckte die Zigarette in meinen Mundwinkel und zog die Lederjacke aus. Darunter trug ich nur ein dunkelblaues Shirt, das mittlerweile komplett durchgeschwitzt war. Die Lederklamotten waren bei dem Wetter nicht die beste Wahl gewesen. Mein Blick wanderte über das Grundstück. Links stand ein rustikales, karminrot angestrichenes Farmhaus mit einer Holzveranda rundherum. Die Fensterrahmen und die Tür waren weiß gestrichen, hinter den Scheiben erkannte ich helle Gardinen. Eine große Scheune lag zu meiner Rechten, und noch ein kleineres Wohnhaus befand sich daneben. Dahinter konnte ich den Teil eines Sees erkennen. Zu gerne würde ich da jetzt reinspringen und mich abkühlen. Ich strich mir mit dem Handrücken den Schweiß von der Stirn. Es wurde immer heißer, und ich musste bald aus der prallen Sonne rauskommen, wenn ich mir keinen Hitzschlag holen wollte. Außerdem erschwerte mir die trockene Luft das Schlucken und schnürte mir den Hals zu. Ich war kein Sommertyp, stattdessen liebte ich den Herbst mit all seinen Facetten. Am allerliebsten mochte ich den Regen und den Sturm.

Plötzlich öffnete sich eine kleine Seitentür an der Scheune und zog meine Aufmerksamkeit auf sich. Eine junge Frau kam heraus. Sie hatte die blonden Haare zu einem hohen Pferdeschwanz gebunden und trug wahnsinnig kurze Jeansshorts, Cowboystiefel und ein kariertes, kurzärmliges Oberteil, das sie über ihrem schlanken Bauch mit einem Knoten hochgebunden hatte. Ihre Haut war makellos gebräunt und glatt. Die hellen Ränder der ausgefransten Shorts bildeten einen schönen Kontrast zu ihrem dunklen Teint.

Vielleicht würde der Aufenthalt doch nicht so schlecht werden, wenn so eine Südstaatenschönheit hier herumstolzierte. Eine Ablenkung von meinen Gelüsten war sie ganz sicher. Wobei sie eher einen ganz anderen Teil in mir ansprach. Ich zog ein weiteres Mal an meiner Zigarette, ohne den Blick von ihr zu nehmen. Wie lange hatte ich keine Frau mehr gehabt? Ein paar Wochen waren es wohl, aber selbst die Zeit davor hatte ich nur noch schemenhaft in Erinnerung.

Mit gesenktem Kopf lief sie auf das Farmhaus zu, hielt aber auf der Hälfte des Weges inne und sah mich auf einmal an, als hätte sie mich im Vorbeigehen erst entdeckt.

Plötzlich kniff sie die Brauen zusammen und stapfte auf mich zu. Sie sah wütend aus, und ich war verwirrt. Kannten wir uns? Denn je näher sie kam, umso bekannter kam mir ihr Gesicht vor.

Shit, ich konnte mich zwar nicht erinnern, schon mal hier in der Gegend gewesen zu sein, aber vielleicht hatten wir durch einen blöden Zufall in irgendeiner anderen Stadt einmal einen One-Night-Stand gehabt, und ich war so weggetreten gewesen, dass ich irgendwas Bescheuertes getan hatte. Diese Möglichkeit war gar nicht so unwahrscheinlich, deshalb hob ich beschwichtigend die Hände.

»Hey, es tut mir leid, wie der Abend gelaufen ist, aber …« Bevor ich weiterreden konnte, blieb sie vor mir stehen, zog mir die Kippe aus dem Mundwinkel und trat sie auf dem Boden aus.

»Hast du sie noch alle? Es sind heute bestimmt vierzig Grad, der Boden ist völlig ausgedörrt, und hier liegt überall Heu für die Pferde! Rauchverbot!«

»Okay, sorry.«

Aus der Nähe war sie sogar noch heißer. Auf ihrer Nase befanden sich winzige dunkelbraune Sommersprossen, außerdem wehte ein leichter Geruch von Kokos zu mir herüber. Sie war eine dieser Frauen, die auch gut auf ein Cover diverser Zeitschriften passen würden und nach denen man sich aus der Ferne die

Finger leckte. Nicht zu dünn, dafür zeichnete sich auf ihren Oberschenkeln ein leichter Muskelstrang ab, der zeigte, dass sie viel Sport machte. Aber von ihrem Temperament war ich eindeutig noch beeindruckter.

Auf einmal sah sie verwirrt aus. »Moment, hast du gerade gesagt, es tut dir leid, wie der Abend gelaufen ist? Was soll das denn heißen?«

»Ehrlich gesagt, keine Ahnung.« Ich zuckte mit den Schultern. »Sag du es mir.« Ich wartete auf eine Reaktion von ihr, die mir preisgab, dass ich recht mit meiner Annahme gehabt hatte. Für einen kurzen Augenblick lichtete sich ihr Blick. »Du bist Nash, oder?«, fragte sie, als würde das alles erklären.

Ich nickte. Demnach kannten wir uns doch!

»Ich hole Matt, warte hier.« Sie musterte mich. »Und fass nichts an, okay?«

»Also heißt das, du weißt doch, wer ich bin? Sorry, wenn ich deinen Namen vergessen hab …«

»Wir kennen uns nicht.« Sie verschränkte die Arme und schob ihre Brust damit ein Stück höher und in ihren Ausschnitt.

»Also haben wir nicht miteinander geschlafen?«

Ihr Lachen war fast eine Beleidigung, obwohl ich es ernst gemeint hatte. »Ganz bestimmt nicht!«

»Du warst also nicht mal in Philly zu Besuch oder so?«

Kurz überlegte sie, dann schüttelte sie schnell den Kopf und wandte sich ab. Sie wirkte genervt. »Bleib einfach hier stehen.«

Ich schaute ihr hinterher, genau genommen ihrer knackigen Kehrseite in den verdammt kurzen Jeansshorts.

»Hey, von einer Vorstellung und einem Hallo hältst du dann wohl nicht viel, oder was?« An dem Empfangskomitee mussten sie hier definitiv noch arbeiten.

Sie erstarrte, als hätte ich sie getroffen, aber das wollte ich auch. Wenn wir uns wirklich nicht kannten, wieso war sie dann so verdammt zickig? Ich hatte ihr nichts getan. Noch nicht. Sie ging weiter. »Verrate mir wenigstens deinen Namen!«

»Elli«, rief sie, ohne sich umzudrehen, und verschwand im Haupthaus. Na das würde ja eine tolle Zeit werden.

Die Tür ging erneut auf, und ein blonder, groß gewachsener Mann kam heraus und lief auf mich zu. Er blieb vor mir stehen und streckte die Hand aus. Sein Jeanshemd spannte über seinen kräftigen Schultern. Er war ein wenig kleiner als ich, aber das waren die meisten, weil ich mit meinen ein Meter zweiundneunzig viele überragte. Sein Ausdruck wirkte neugierig und freundlich. Wenigstens einer hier, der nett war.

»Hi, Nash? Schön, dass du hier bist, wir haben auf dich gewartet. Ich bin Matthew, aber sag ruhig Matt zu mir. Willkommen auf unserer Ranch.« Er gab mir einen kräftigen Händedruck. Tiefe Lachfalten kräuselten sich um seine braunen Augen. Auch seine Haut war dunkel gebräunt und wirkte fast schon ein wenig ledrig. Wenn ich schätzen müsste, würde ich sagen, er sei ungefähr um die fünfzig und hier draußen groß geworden.

»Hi, danke, dass ich hier sein darf.«

»Ist das alles, was du dabeihast?« Er deutete auf die kleine Gepäckrolle auf dem Rücksitz meiner Kawasaki.

Ich nickte, schnallte sie ab und schob sie mir auf die Schultern. »Mehr brauch ich nicht.«

»Die Maschine kannst du erst mal hier stehen lassen, wir stellen sie nachher in den Schuppen hinters Haus. Komm mit, ich zeig dir dein Zuhause für die nächste Zeit.« Matt wirkte nett und wirklich aufgeschlossen. Er hatte mich nicht merkwürdig gemustert oder die Augenbrauen verzogen, als er die Tattoos auf meinen Armen gesehen hatte, wie es die meisten Menschen taten. Und das, obwohl er meine Vorgeschichte kennen musste. Aber wenn Matt und seine Familie öfter Leute wie mich hier aufnahmen, waren sie wohl einiges gewohnt. Außer diese Elli, deren Problem mir immer noch ein Rätsel war.

Wir gingen nebeneinander auf das kleine Haus auf der rechten Seite des Hofes zu.

»Du wohnst mit meinem Vorarbeiter Buck und dem anderen Gast Levin hier im Haus neben der Scheune, in der unsere Pferde stehen.« Mir entging nicht, dass er Gast sagte und nicht Patient. Oder Junkie. »Im Haupthaus leben meine Frau Sophia, meine Mum Haddy, Elli und ich. Dort gibt es jeden Tag Abendessen um sechs. Komm nicht zu spät, wenn du dich nicht mit Sophia anlegen willst.« Er grinste, und ich erwiderte seine Aussage mit einem Nicken. »Hier auf der Ranch gibt es immer viel zu tun. Buck und Levin sind gerade draußen auf den Koppeln bei den Pferden. Wir stehen ziemlich früh auf, ich hoffe, du hast keine Probleme damit?«

»Nein, nein«, log ich. In Wirklichkeit hatte ich ein verdammt großes Problem mit dem frühen Aufstehen, was wohl auch daran lag, dass ich meistens vor drei Uhr nachts nicht im Bett war.

»Die Tage sind arbeitsreich und hart, du wirst sowieso früh schlafen gehen wollen, glaub mir«, erwiderte er, weil er anscheinend meine Lüge enttarnt hatte. »Elli bringt uns jeden Morgen das Frühstück gegen sieben raus, da haben wir Männer meistens schon zwei Stunden viele Arbeiten hier im Hof erledigt wie Reparaturen an Scheune und Häusern. Danach reiten wir raus in die Steppe, kontrollieren die Zäune, ernten das Heu und kümmern uns um die Wildpferde, die wir hier züchten. Solche Dinge eben.«

»Reiten?«, fragte ich skeptisch.

»Du kannst nicht reiten?«

»Bisher saß ich noch auf keinem Pferd.«

»Das ist kein Problem.« Er machte eine abwinkende Handbewegung. »Elli wird es dir beibringen.«

Wenn ich an eine Reitstunde mit Elli dachte, wurde mir erst ziemlich warm. Dann erinnerte ich mich an ihren Befehlston eben. In der Vergangenheit hatte ich damit schon immer Probleme gehabt. »Elli ist deine Tochter?«

»So etwas wie«, erwiderte Matt, ging aber nicht weiter drauf ein. Meine Neugier war geweckt, was sich hinter dieser Aussage verbarg.

Wir hatten mittlerweile das Häuschen erreicht und betraten einen schmalen, düsteren Flur. Alles bestand aus dunklem Holz, und der abgewetzte Dielenboden knarzte unter unseren Schuhen, als wir darüber liefen. Hier drin roch es sandig und eindeutig männlich.

»Das erste Zimmer links gehört Buck, danach folgt Levins. Auf der anderen Seite ist das Badezimmer.« Er öffnete eine Tür. »Duschwanne, Waschbecken, Toilette.« Er deutete der Reihe nach auf die Dinge. Es war spartanisch eingerichtet, kein Schnickschnack oder Ähnliches, aber ich war durch meine kleine Wohnung nicht mehr gewohnt. Und die Dreckslöcher in denen ich vorher gehaust hatte. Dagegen war das hier fast ein Luxusresort, denn zumindest wirkte es sauber und aufgeräumt.

»Daneben liegt dein Zimmer.« Wir gingen weiter, und er öffnete eine Tür. In dem Raum befanden sich ein Bett mit frisch gemachter Bettwäsche, eine kleine Kommode und ein Fernseher, der darauf stand.

»Es ist nicht das *Ritz*, aber ich denke, es reicht aus. Wir bekommen leider nicht viele Sender hier draußen«, sagte er fast schuldbewusst.

»Ist okay. Es ist perfekt«, antwortete ich und warf meine Gepäckrolle auf das schmale Bett. Ich hatte in der Tat mit weniger gerechnet und zumindest nicht mit einem eigenen Zimmer. Vom Fenster aus hatte man einen direkten Blick an der Scheune vorbei und erkannte einen Teil des kleinen Sees.

»Stiefel stehen noch ein Paar im Eingangsbereich, die kannst du für die Arbeiten nehmen. Wenn du noch was anderes brauchst, zeigt dir gerne jemand von uns, wo die Stadt ist. Du musst dort sowieso dreimal wöchentlich zu Dr. Stanfield und den Gruppentreffen, aber die Info wirst du bestimmt bereits erhalten haben.« Ich nickte. »Eins noch, und das werde ich nicht wiederholen.« Matt wurde ernster, sein Ton war streng. »Wir werden alles tun, damit es euch leichtfällt, hier zu sein. Aber absolut verboten sind alle möglichen Arten von Drogen außer Zigaretten, diese aber nur hier im Haus, wegen der Brandgefahr. Wir werden deine Sachen nicht durchsuchen, doch wir erwarten im Gegenzug vollkommene Ehrlichkeit. Du hältst dich an unsere Regeln, hörst auf Buck, und es wird kein Stress gemacht. Ist das verständlich?«

Ich nickte. »Natürlich.« Ich war hier, um von dem Scheiß runterzukommen. Diesmal wirklich.

Matt wandte sich schon zum Gehen. »Ach ja, und tu mir einen Gefallen und sei nett zu Elli. Wir schätzen sie sehr und möchten ganz sicher nicht, dass es ihr wieder schlechter geht. Du kannst erst mal ankommen, dann sehen wir uns draußen.«

Damit verschwand er und ließ mich in meinem neuen Zuhause allein. Ich konnte allerdings seine Worte nicht vergessen. *Dass es ihr wieder schlechter geht?*

Ich hatte eigentlich angenommen, sie wäre seine Tochter und würde hier wohnen. War sie auch jemand, der durch das Programm hierhergekommen war?

Ich musste unbedingt herausfinden, woher sie mir so bekannt vorkam. Aber ich würde einen Teufel tun und nett zu ihr sein, wenn sie mich weiterhin so anfuhr wie gerade eben.

Während ich meine Gepäckrolle öffnete, um ein neues Zigarettenpäckchen rauszuziehen, schoss ein Gedanke wie ein heißer Nadelstich durch meinen Kopf.

Mum.

Es brauchte manchmal weniger, dass ich mich an sie erinnerte, aber immer, wenn mich eine Erinnerung überfiel, überkam mich wieder dieser unbändige Drang. Diese Gier. Dieses unnatürliche und kranke Bedürfnis. *Vergessen*. Meistens traf es mich unvorbereitet und tastete mit kalten, dünnen Fingern nach mir, wenn ich es nicht erwartete. Ablenkung war das Einzige, was dann half, obwohl es alles nur für einen kurzen Moment einfacher machte. Trotzdem besser als nichts.

Ich stützte mich auf dem Boden ab und begann Liegestütze. Immer wieder, bis meine Arme zitterten und mein Körper nach einer Pause lechzte. Selbst dann hörte ich nicht auf. *Vergessen*.

Ich schloss die Augen und spürte den Schweiß, der mir die Schläfen hinablief. Die innere Unruhe wurde etwas besser. Leicht, aber immerhin brachte es ein wenig. Nach einer gefühlten Ewigkeit brach ich auf dem Boden zusammen und drückte meine Wange fest auf das raue Holz. Ich konzentrierte mich auf die Erschöpfung, die jedes andere Gefühl aus meinem Körper verdrängt hatte. Für den Moment. Dann kam die Trauer zurück, der Schmerz, der mich mein ganzes Leben lang begleitet hatte. Ich wusste nicht, wie ich ihn abschütteln sollte. Je länger ich clean war, umso stärker spürte ich ihn. Er hatte mich fest in seinem Griff, und ich war mir sicher, ich würde ihn nie ganz loswerden, egal, was ich tat.

Kapitel 10

Vergangenheit
NASH

Es polterte vor meiner Zimmertür, und ich zuckte zusammen. Shit. Ich dachte, der Wichser kam nicht vor heute Nacht nach Hause. Es war Anfang des Monats, und er hatte seinen mickrigen Lohn aus den Lagerarbeiten, die er hin und wieder machte, bekommen. Eigentlich müsste er die Kohle nun in der nächsten Kneipe versaufen. Oder waren es doch Tan oder Ev, die was vergessen hatten und noch mal zurückkamen? Sie wollten irgendwelche neuen Klamotten für Tanner besorgen, weil er heute Abend zum ersten Mal bei der spießigen Familie seiner Freundin Cassie eingeladen war. Keine Ahnung, wieso er sich drum scherte, was solche Menschen von ihm dachten. Cassie war anscheinend okay, ich hatte sie einmal kurz getroffen, aber scheiß auf ihre bescheuerten Eltern.

Langsam erhob ich mich aus dem Bett, um nachzusehen, was das Geräusch verursacht hatte, oder gerüstet zu sein, falls der Wichser jetzt doch in mein Zimmer stürmte.

Plötzlich erschreckte mich ein ohrenbetäubendes Geräusch, als meine Tür aufsprang und gegen die Wand krachte. Ich ballte die Hände zu Fäusten.

»Nash«, nuschelte der Wichser und stand wankend im Türrahmen. Mein Blick wanderte zu dem Fenster. Wenn ich es erreichte, könnte ich abhauen. Wenn nicht … Ich erinnerte mich an das erste Mal, an dem Glenn so besoffen gewesen war und Tanner sich vor mich gestellt hatte. Das erste Mal in meinem Leben hatte sich jemand für mich geopfert. Für mich. Einen Jungen, der nichts war und nichts mehr besaß. »Wo sind die anderen nutzlosen Hurensöhne? Du bist doch ein Hurensohn, oder Nash?«

Ich stand auf. Langsam. Versuchte, das Zittern in meinem Körper unter Kontrolle zu bringen. Glenn war stark. Ich hatte gesehen, was er mit Tanner, der zwei Jahre älter als ich und breiter war, angerichtet hatte. Aber ich hatte mich darauf vorbereitet und trainiert. Meine Arme waren muskulöser geworden, mein Oberkörper kräftiger, seitdem ich hier war. Trotzdem reichte es nicht aus, und das wusste der Wichser genauso gut wie ich.

»Deine Mum, die kleine Nutte«, lallte er weiter und ging einen Schritt auf mich zu.

»Halts Maul!«, schrie ich. Mein Herz raste. Angst beherrschte genauso meinen Körper wie tobende Wut.

»Ohhh, wann hast du Eier bekommen, Boy?«

Boy. Boy! Ich hasste es, wenn Glenn mich so nannte. Wenn er mich so nannte, wie *er* mich immer genannt hatte. Mein Vater.

Glenn öffnete seinen Gürtel und zog ihn durch die Schlaufen. »Ich werde dir deine kleinen Eier aus dem Leib prügeln, und wenn ich fertig damit bin, werde ich mir vielleicht noch das holen, was mir zusteht. Als Lohn dafür, dass ihr kleinen Pisser bei mir wohnen dürft, mein Scheißessen fresst und mein Wasser verbraucht!« Als die Gürtelschnallen aneinanderprallten, zuckte ich zusammen. Ich presste die Lippen aufeinander, und das Rauschen in meinen Ohren nahm zu. Es wurde lauter und lauter und lauter, bis ich nur noch sah, wie sich Glenns Lippen bewegten aber seine Worte nicht mehr hören konnte.

Ich duckte mich weg, als er nach mir fasste. Der Gürtel traf mich am Oberschenkel, als er ihn auf mich zu schnellen ließ. Ich schrie auf. Vor Überraschung. Vor Schmerz. Vor Angst. Vor Wut.

Ich sammelte all meinen Mut, duckte mich und rannte mit der vollen Wucht, die mir mein Schwung gab, auf Glenn zu. Mein Kopf prallte gegen seinen Bauch, schob Glenns Körper gegen einen Schrank, der laut krachend gegen die Wand dahinter knallte.

Ich spürte Glenns Hände an meinen Seiten. Aber bevor er mich richtig packen konnte, lief ich los. Ich ließ mein Zimmer hinter mir. Das Haus. Unsere Straße. Meine Lunge tat weh, als der Atem immer unkontrollierter aus mir herausströmte. Meine Arme und Beine bewegten sich in rasender Geschwindigkeit, als ich noch mal einen Zahn zulegte. Ich wollte nur noch wegrennen. Vor Glenn. Vor dem, was er mit mir vorhatte. Vor meinen Erinnerungen. *Mum.*

Tränen brannten in meinen Augen. Tränen, die ich mir so lange verwehrt hatte und auch jetzt nicht rausließ. Es nützte ja doch nichts, zu weinen. Es machte nur schwach. Meine Oberschenkel glühten vor Erschöpfung.

Irgendwann erkannte ich die Häuser um mich herum wieder, und der Schleier legte sich. Ich wurde langsamer. Mein Gesicht und meine Kleidung waren nass vor Schweiß, und ich hatte das Gefühl, meine Lunge platzte.

Duncan. Hier wohnte doch Duncan, oder? Wir waren vor einigen Wochen mal auf einer Party bei ihm gewesen. Tanner und ich. Ich hatte mitbekommen, dass Duncan ein ganzes Zimmer voller Drogen hatte. Gras. Koks. Heroin. Speed. Pep. Meth. Bisher hatte ich nicht mehr genommen als ein wenig Gras. Vielleicht würde er mir etwas geben? Wir kannten uns doch. *Vergessen.*

Ich atmete tief ein und aus und ging zu seiner Haustür. Mit all meinem Mut klopfte ich gegen die Haustür. »Duncan?«, rief ich. »Duncan!«

Die Tür öffnete sich. Duncan stand in der Türöffnung, er trug nur ein Unterhemd und eine Jogginghose von Nike. Er kratzte sich am Hals und fuhr sich mit den Fingern durch seine braunen Haare. »Was ist?«

»Erinnerst du dich noch an mich? Ich bin Nash, Trips Bruder.« Er nickte, und seine Augen wurden größer.

»Ah, ja, genau. Trip ...«, murmelte er. »Was willst du hier? Party ist erst wieder am Wochenende!«

»Keine Party.« Ich sah mich um. Wenn Glenn mir hinterhergelaufen wäre, wäre ich dran. Ich musste ins Haus, um mich zumindest kurz verstecken zu können, bis er besoffen irgendwo einschlief oder Tan und Ev zurück waren. »Hast du Zeug da?«

Duncan lachte leise. »Was für Zeug, Kleiner? Hat dein Bruder nicht genug davon? Oder lässt er dich nicht damit spielen?«

Ich leckte mir über die trockenen Lippen und steckte die Hände in die Taschen. Kein Geld. Woher auch? Aber ich musste bluffen, damit er mich hineinließ. Tanner würde mir schon etwas geben, damit ich Duncan bezahlen konnte.

»Ich bezahl auch. Nur ein bisschen. Bitte.«

Duncan trat einen Schritt zurück und nickte ins Innere des Hauses. Ich atmete erleichtert aus und ging schnell hinein. Der braune Teppich war fleckig, und an den Wänden hingen ein paar Bilder von irgendwelchen Leuten, die ich noch nie zuvor gesehen hatte. Sah so Familie aus?

Duncan deutete zu einer Tür direkt vom Flur aus rechts, die offen stand. Ich ging hinein. Das Wohnzimmer war genauso heruntergekommen wie der Rest des Hauses, aber ich war nichts anderes in unserem Viertel gewohnt. Wahrscheinlich sah jede Bude hier so aus. Keiner hatte Geld, um sich eine Renovierung oder teure Möbel leisten zu können.

»Candy kennst du, oder?«

Ich sah zu dem Sofa, das an der gegenüberliegenden Wand stand. Candy hob die Hand. Ihr Gesicht wirkte schläfrig, ihre Lider waren halb geschlossen, und sie lag mit den Beinen über der Lehne schief auf der Sitzfläche.

»Hey! Nash! Komm zu mir, Süßer!« Sie richtete sich auf und klopfte auf den Platz neben ihr. Mein Blick wanderte über den Tisch, der vor dem Sofa stand. Überall verteilt war weißes Pulver zwischen Grastütchen und einer Knarre. Ich hatte noch nie eine Pistole von Nahem gesehen. Vielleicht könnte ich sie klauen und …

Ich setzte mich neben Candy und knetete die Finger. Sie rutschte näher zu mir und drückte mir einen Kuss auf die Wange. Ihre rot gefärbten Haarspitzen kitzelten auf meinen nackten Unterarmen, die aus meinem T-Shirt schauten. »Ich hab dich ein bisschen vermisst.«

Ich sah sie an, und sie lächelte. Heute trug sie weniger Make-up als auf der Party, auf der ich sie kennengelernt hatte, aber es machte sie nur umso hübscher. Nervös sah ich zur Tür, Duncan war verschwunden. Waren die beiden zusammen? Was würde Duncan mit mir machen, wenn er herausfand, dass ich mit Candy rumgemacht hatte?

Candy beugte sich über den Tisch. Ich sah nur ihren braunen Hinterkopf und hörte ihr Schniefen. Daraufhin ließ sie sich langsam zurück in die Kissen sinken, fuhr sich mit dem Handrücken über die Nase und lächelte mich weiter an. »Armer ernster Junge, was ist dir passiert? Du wirkst ängstlich.« Sie streckte die Hand aus, und ihre Finger legten sich auf meinen Oberschenkel, der sich anspannte. Ich antwortete ihr nicht. Was auch?

»Bedien dich nur, es ist genug da.« Sie nickte zum Tisch, und ich schluckte. Die Grenze war schmal und schnell überschritten. Ich wusste das. Nur zu gut. Trotzdem hämmerten die Gedanken an Glenn, an mein Leben, an meine Mum immer und immer wieder gegen meinen Schädel. Candy spürte mein Zögern, lehnte sich wieder nach vorne und nahm sich einen kleinen Spiegel, auf dem weißes Pulver verteilt war.

»Was ist das?«, fragte ich.

»Nur ein bisschen Speed. Es ist harmlos, aber es macht dich glücklich. Du willst doch glücklich sein, oder Nash?«

Mein Blick glitt wieder zu dem weißen Zeug, das mir Candy immer noch hinhielt. Meine Bedenken waren vergessen. Ich lehnte mich vor und schniefte es durch die Nase. Es dauerte ein bisschen, bis die Wirkung eintrat, und ich dachte schon, ich wäre immun, bis es plötzlich mit voller Wucht einschlug. Ich lehnte mich zurück, weil alles in meinem Kopf zu kreisen anfing. Mein Puls stieg an. Ich spürte das Klopfen überall in meinem Körper. Mir wurde heiß. Heiß. So heiß.

Ich sah zu Candy, die mich anlächelte, und erwiderte das Lächeln. Sie hatte schöne Lippen.

»Danke, Kleiner.«

Hatte ich das laut gesagt?

Plötzlich setzte sie sich rittlings auf mich. Ich legte meine Hände an ihre Hüften, während ich ihr Gewicht auf meinem Schoß spürte. Ihr Gesicht näherte sich langsam meinem. Ihre Lippen verharrten, warteten. Ich spürte ihren Atem auf meiner Haut. Im Hintergrund regte sich etwas, und ich spähte an Candy vorbei.

Duncan trat in den Raum, beobachtete uns. Er setzte sich in einen Sessel gegenüber und machte sich einen Joint an. Dann nickte er mir leicht zu, als würde er mich ermutigen wollen, Candy zu nehmen. *Das erste Mal.*

Meine Gedanken stoppten, als sie mich küsste und ich die Augen schloss. War das Glück?

Auch davon hatte ich keine Ahnung, aber es war das einzige Gefühl, das ich kennenlernte neben Angst, Schmerz und Trauer. Und es fühlte sich besser an als das. Viel besser.

Kapitel 11

Gegenwart
ELINOR

Ich schnalzte mit der Zunge und trieb Firestorm weiter an. Der braune Hengst zog ruhig seine Kreise um mich in dem Roundpen neben der Scheune. Es hatte lange gedauert, bis ich ihn so weit hatte, dass er nicht buckelte oder nach mir ausschlug. Aber mittlerweile verstanden wir uns. Ich mochte seine Art. Obwohl er sich vertrauensvoll in meine Hände begab, war er immer noch frei und stolz. Es war auch nicht mein Ziel, ihn zu brechen, sondern ihm sanft, aber unnachgiebig zu zeigen, was von ihm als zukünftiges Reitpferd erwartet wurde. Und er machte es großartig.

Ich liebte die Arbeit mit den Pferden. Seitdem ich hier war, hatte Matt mir immer mehr Verantwortung übertragen, und ich führte die Ausbildung der Tiere mittlerweile allein. Früher hatte das Buck übernommen, doch er hatte mir gesagt, dass er besser für die groben Tätigkeiten gemacht sei als für das Feinfühlige, das man bei der Arbeit mit Tieren brauchte.

Vor meinem Aufenthalt hier hatte ich nicht mal ein Pferd gestreichelt, geschweige denn aus der Nähe gesehen. Ich war nie eines dieser Mädchen gewesen, die das ganze Zimmer mit Pferdepostern zugekleistert hatten und zu Reitstunden gingen. Dafür hatte es auch gar keine Zeit gegeben, da mich meine Mum von einem Schönheitswettbewerb zum anderen schleifte.

»Hey, Elli.« Matt stellte den Fuß auf die Umrandung und stützte sich mit den Unterarmen darauf. »Wie geht es voran?«

Firestorm zog immer noch trabend und gleichmäßig seine Runden. »Er macht sich großartig. Ich kann ihm bald den Sattel aufsetzen.«

»Das freut mich. Mister Lane kommt morgen mal vorbei, um ihn sich anzusehen.«

»Okay. Er ist bereit.« Auch wenn ich äußerlich ruhig war und wusste, wofür ich das hier tat, versetzte es mir immer einen Stich ins Herz, wenn ich daran dachte, die Pferde zu verkaufen. Vor allem, wenn es um solche Exemplare wie diesen Mustang ging.

»Hey, Nash«, hörte ich Matt sagen und sah auf. Nash stellte sich neben ihn und beobachtete mich. Ich fühlte mich fast bloßgestellt. Wie in einer Manege stand ich in der Mitte und spürte seine Blicke überall auf meinem Körper.

Ich konnte mit dieser Art Mann nichts mehr anfangen. Auch wenn es einmal eine andere Zeit gegeben hatte und ich sofort auf ihn reingefallen wäre. Männliches, kantiges Gesicht, schwarzes Haar, ein leichter Bartschatten, lagunenblaue Augen und große Statur. Seine Arme waren tätowiert, und durch den V-Ausschnitt seines weißen Baumwollshirts konnte man klar den Ansatz einiger Brustmuskeln erkennen. Anscheinend hatte er sich umgezogen, und das Shirt gab definitiv mehr von seinem schlanken Körper preis, als gut für mich war. Er wirkte nicht ganz so massig, wie es sein großer Körper hergab, aber wenn er durch das Programm zu uns gekommen war, hatte er ganz bestimmt ähnlich beschissene Zeiten durchgemacht wie ich. Und ein ausgefeiltes Trainingsprogramm gehörte dazu sicherlich nicht.

Trotzdem fiel ich durch seinen Anblick in alte Muster, und das war ganz und gar nicht gut. Kurz hatte ich bei unserer ersten Begegnung wirklich überlegen müssen, ob es stimmte, dass wir uns kannten und eine gemeinsame Nacht miteinander verbracht hatten. Vor einem Jahr noch wäre das gar nicht so unwahrscheinlich gewesen. Aber auch wenn ich mich dabei immer im Rausch befunden hatte, an ihn hätte ich mich erinnert.

Ich zwang mich, meine gesamte Aufmerksamkeit wieder dem Hengst zu widmen.

»Elli ist für die Ausbildung der Pferde zuständig, und sie macht das toll«, hörte ich Matt erklären. »Sie hat diesen Draht zu ihnen, als wüsste sie immer genau, was in ihnen vorgeht. So etwas hat man nicht oft.«

Einen kurzen Blick gönnte ich mir und sah direkt in Nashs Augen, der mich immer noch fixierte. Mein Mund wurde trocken, und ich erkannte mehr in seinem Blick als pure Neugierde. Mehr als ich ertragen konnte. Mehr als ich mir erlauben sollte.

Schnell schaute ich wieder weg. Sie standen noch ein paar Minuten am Rand, bis Matt den Fuß von der Umrandung nahm. »Dann wollen wir mal! Elli, ich zeige Nash den restlichen Hof. Bis später!«, sagte Matt, und ich nickte.

»Bis später, Elli«, raunte Nash so herausfordernd, dass ich fast die Augen verdreht hätte. Aber ich verkniff mir jegliche Reaktion darauf. So wie ich generell in der nächsten Zeit mit ihm verfahren sollte.

Ich sollte ihn einfach ignorieren, bis die Zeit seines Aufenthaltes hier endlich zu Ende war. Das würden diesmal lange vier Monate werden.

***

Bevor Sophia und ich uns an das Zubereiten des Abendessens machten, hatten wir noch einige Dinge für den Markt am nächsten Tag zu packen. Sophia pflanzte hinter dem Haus unterschiedliche Gemüsesorten an, und ihre Tomaten waren mittlerweile überall in der Gegend bekannt. Außerdem züchtete sie ausgezeichnete Zwiebeln, Kürbisse und Zucchini, die sie ebenfalls verkaufte.

Einmal in der Woche fand ein paar Farmen weiter ein Markt statt, zu dem viele örtliche Landwirte kamen. Neben Lebensmitteln wie Gemüse, Früchte, Honig oder selbstgebrannten Schnaps verkauften manche auch ihre Tiere. Wir suchten dort ebenfalls einmal im Monat gezielt nach Käufern für unsere Pferde. Wobei wir das mittlerweile gar nicht mehr brauchten, denn es hatte sich rumgesprochen, was für außergewöhnliche Tiere wir verkauften, und wir erhielten Anfragen von weit außerhalb Texas.

»Elli, könntest du morgen in die Stadt fahren und Danny ein paar Kisten von den Tomaten bringen? Und nimm noch eine Ladung von den Zucchini mit. Sein Lieferant hat mal wieder nicht geliefert, und er braucht unbedingt ein paar frische Lebensmittel.« Sophia hievte einen riesigen Kürbis in eine der Holzkisten, die wir zum Verpacken nutzten. Ihre Jeans war an den Knien erdig, und sie putzte sich die Finger an ihrem alten Shirt ab, als sie die Kiste beladen hatte.

»Klar. Ich kann sonst auch Buck darum bitten. Brauchst du mich nicht auf dem Markt?«

Sie winkte ab. »Ach, wenn du mir beim Beladen des Trucks hilfst, reicht das. Verkaufen kann ich schon allein, du willst sowieso nur mitkommen, um dir die Pferde der Konkurrenz anzusehen.« Sie zwinkerte mir zu.

»Erwischt.« Ich lachte und stapelte eine Kiste mit Zwiebeln auf die Ladefläche des grünen Pick-ups.

»Außerdem hat Matthew gesagt, Nash hätte morgen seine erste Stunde bei Dr. Stanfield. Du kannst ihn mitnehmen und ihm die Strecke und die Praxis zeigen.«

Kurz hielt ich inne, dann bückte ich mich, um noch eine Kiste anzuheben. Großartig. So viel zum Thema *ignorieren*. Die Fahrt nach Aspermont dauerte glücklicherweise nicht länger als eine Stunde, trotzdem hatte ich kein großes Interesse daran, diese Zeit mit Nash in einem Auto zu verbringen. »Du kannst Matts Pick-up haben, er hat morgen wohl immer noch draußen zu tun. An irgendeiner Stelle gab es ein Loch im Zaun, und einige der Pferde sind abgehauen.«

»Echt? Das hat er mir gar nicht gesagt.« Ich war fast enttäuscht, normalerweise erzählte mir Matt alles, was die Pferde betraf.

»Du weißt doch, wie er ist. Er wollte dich nicht beunruhigen. Seitdem die Hitzewelle anhält, streifen immer noch die Kojoten draußen vor den Koppeln umher. Es ist nur ein Loch im Zaun.« Sophia strich sich mit dem Handrücken eine verschwitzte braune Strähne aus der Stirn. »Nash hat morgen den Termin um zwei, es ist okay, wenn ihr eine Stunde früher fahrt, damit du dich nicht beeilen musst. Danny weiß Bescheid, dass du kommst«, wechselte sie das Thema.

Nash. Den hatte ich fast vergessen. Oder eher verdrängt.

Ein einziges Mal sollte ich die Fahrt mit ihm überleben. Danach konnte er zu seinen Therapiesitzungen sicherlich allein fahren. Matt vertraute uns, dass wir in der winzigen Stadt Aspermont nicht rückfällig wurden. Wir mussten schließlich später in der Welt da draußen auch zurechtkommen. Vielleicht war ich deswegen hiergeblieben. Weil ich mir selbst nicht so sehr traute und noch nicht bereit war, wie es Dr. Stanfield immer ausgedrückt hatte. Die Frage war nur, ob ich es jemals sein würde.

Wir luden die letzten Kisten auf den Truck, und Sophia legte ihre Hand auf meine Schulter.

»Los, die Männer kommen in einer halben Stunde und bringen bestimmt riesigen Hunger mit.«

Bevor wir mit dem Abendessen begannen, sprang ich schnell unter die Dusche, band meine noch nassen Haare zu einem Dutt auf dem Kopf zusammen und schlüpfte in Shorts und ein Top mit dünnen Trägern. Für alles andere war es auch definitiv zu heiß. Das alte Farmgebäude gab es seit Anfang des neunzehnten Jahrhunderts. Es bestand komplett aus Holz. Isolierung, die die Hitze draußen ließ, kannte man damals nicht. Matt hätte es schon längst erneuern müssen, aber mit dem Zuchtbetrieb und dem Gemüseverkauf hielten wir uns gerade so über Wasser. Dass wir noch einen kleinen Zuverdienst aufgrund des Resozialisierungsprogrammes erhielten, war nur ein Tropfen auf den verdammt heißen Stein.

Das machten Matt und Sophia auch aus einem ganz anderen Grund. Denn sie wussten, wie es war, wenn man einen Menschen an die Drogen verlor. Das Bild von ihrem Sohn Ryan hatte seit fünf Jahren einen Platz auf der Kommode im Esszimmer. Er wäre heute dreiundzwanzig gewesen, also genauso alt wie ich.

Als ich die Küche betrat, stand Sophia schon frisch geduscht am Herd und schob den vorbereiteten Braten in den Ofen, während Haddy mit ihren krummen Fingern versuchte, die Kartoffeln zu schälen. Ich setzte mich neben sie und nahm ihr sanft den Schäler aus der Hand. »Lass mich das machen.«

»Danke, Schätzchen. Ich gebe es nicht gerne zu, aber für manche Arbeiten sind meine alten Finger nicht mehr gemacht.« Sie schenkte mir ein warmes Lächeln und griff zu ihrem E-Reader.

»Dafür bin ich ja jetzt da.« Ich nahm eine Kartoffel.

»Mel war schon lange nicht mehr hier. Habt ihr euch gestritten?«, fragte mich Sophia.

»Du weißt doch, sie hat diesen Job in Houston bekommen. Die Fahrt dorthin dauert fast sieben Stunden. Wir haben es einfach noch nicht geschafft«, antwortete ich ihr, während ich weiter schälte.

»Du meinst, *du* hast es noch nicht geschafft?« Sie drehte sich zu mir um und stützte eine Faust in die Seite. Auch wenn ihre Worte mahnend waren, ihr Blick war warm und wissend. Mel war meine einzige Freundin hier gewesen, denn ich hatte alles dafür getan, mich von Menschen, die einen Rückfall provozieren konnten, fernzuhalten. Obwohl nur ich die Gefahr in ihnen sah. Dr. Stanfield hatte das ganz anders bezeichnet. Ich erlaube mir keine sozialen

Kontakte, weil ich Angst habe, sie würden mir wichtig werden. Und in der Vergangenheit hatte ich alles dafür getan, wichtige Menschen in meinem Leben zu verletzen. Es war eine Art Selbstbestrafung. Bei Matt und Sophia war das etwas anderes. Bei ihnen hatte ich keine Chance gehabt, sie von mir fortzuschieben, denn sie hatten es nicht zugelassen und waren heute wohl die Einzigen, denen ich wirklich vertrauen konnte.

»Wir telefonieren regelmäßig«, log ich. Am Anfang hatten wir tatsächlich ein paarmal telefoniert. Aber sie hatte in Houston bereits nach zwei Wochen einen Jungen kennengelernt und gemerkt, dass wir uns nicht nur aufgrund des weiten Weges voneinander entfernten. Irgendwann kamen nur noch ein paar vereinzelte E-Mails. Seit Wochen herrschte Funkstille.

Sophia wusste es, ohne dass ich noch mehr erzählen musste. Deshalb ließ sie es glücklicherweise auf sich beruhen und widmete sich wieder dem Essen.

Zwanzig Minuten später hörten wir, wie der Truck auf den Hof fuhr. Ich stand auf und sah aus dem Fenster. Buck und Levin waren zu Pferd unterwegs, Matt und Nash stiegen gerade aus dem Pick-up.

Sie unterhielten sich kurz. Matt gab Nash einen väterlichen Klaps auf die Schulter. Nash lächelte und präsentierte dabei ein Grübchen auf der rechten Wange, das mir schon zu Beginn aufgefallen war. Sein ehemals weißes Shirt war dreckig und verschwitzt. Er hob es an, um sich den Schweiß von der Stirn zu wischen, dabei erkannte ich den Ansatz seiner Bauchmuskeln und fühlte mich fast selbst schmutzig, ihn so zu beobachten. Er wandte sich ab und lief zu dem Haus, in dem sich sein Zimmer befand. Buck und Levin verschwanden in der Scheune, um sicherlich die Pferde zu versorgen, und Matt kam auf das Haus zu. Ich nahm wieder meinen Platz neben Haddy ein. »Sie sind da«, sagte ich, was aber völlig überflüssig war. Matts derbe Boots machten ein schweres Geräusch auf dem Dielenboden, als er die Küche betrat.

»Hallo, Ladys.« Er ging zu Sophia und drückte ihr einen Kuss auf die Lippen. Ich drehte mich weg, weil sich der Moment, den die beiden miteinander teilten, viel zu intim anfühlte. Insgeheim hatte ich das, was die beiden verband, immer gesucht, aber nie gefunden. Egal was ich getan hatte, die Leere war geblieben, und ich hatte beschlossen, dass es so was für mich niemals geben würde.

»Los, geh duschen, Matt, dann gibt es Abendessen«, riss mich Sophias Stimme aus den Gedanken. Viel zu oft hatte ich darüber nachgedacht, wieso ich so war, wie ich war. Auch ein Jahr nach dem Vorfall ging mir der Tag, der alles veränderte, nicht aus dem Kopf. Er wurde nur blasser wie ein schrecklicher Traum, aber vergessen würde ich ihn nie. Was gut war, denn so wusste ich, weshalb ich mein Leben geändert hatte.

Ich stand auf und deckte den Tisch im Esszimmer, während Sophia den Braten auf die Tischmitte stellte, daneben das selbst angebaute Gemüse platzierte und erneut in der Küche verschwand.

Ehe ich mich setzte, nahm ich die Trinkgläser aus der alten Kommode, die bereits Haddys Mutter gehört hatten, und stellte sie auf den Tisch, bis ich den großen Schatten im Augenwinkel sah. Ich erschrak, und im gleichen Moment, in dem mir das letzte Glas aus den Fingern gleiten wollte, schnellte ein starker Arm nach vorne und hielt es auf. Dabei streifte seine nackte Haut meinen Unterarm, und ich spürte eine überwältigende Präsenz heiß in meinem Rücken. Langsam drehte ich den Kopf und sah direkt in Nashs blaue Augen. Ohne die einfallende Sonne wirkten sie dunkler, aber trotzdem genauso tief. Wie von selbst lehnte ich mich ein Stück weit in seine Richtung und berührte flüchtig mit meiner Hüfte seinen Unterleib.

»Sorry, ich wollte dich nicht aus dem Konzept bringen«, sagte er rau, und mein Blick fiel auf seine Lippen. Ein altbekanntes, aber weit verdrängtes Gefühl stahl sich an die Oberfläche meines Bewusstseins, und ich konnte für einen kleinen Moment nicht mehr richtig denken. Nash lächelte ebenfalls nicht. Seine Gesichtszüge waren wie eingefroren und wirkten dadurch noch kantiger. Er war nicht schön im eigentlichen Sinne, aber rau und männlich, sodass er unwahrscheinlich anziehend wirkte.

Seine dunklen Haare schimmerten leicht nass, und er umhüllte mich mit dem Duft seines maskulinen Duschgels. Scheiße. In diesem Moment spürte ich, dass ich ihn wollte. So wie ich damals einen Mann gewollt hatte. Drängend. Heiß. Und unbedingt. Es war fast ein Zwang, dem ich nachgeben musste, um wenigstens kurz das Gefühl zu haben, es könnte mehr daraus werden. Denn für einen kleinen Augenblick war es für mich damals mehr gewesen als purer Sex. Ich wusste genau, was ich darin versuchte zu finden.

Der Unterschied zu früher war, dass mir heute klar war, dass ich es nicht im Sex fand. Und schon gar nicht mit einem Typen wie Nash. Trotzdem gelang es mir nur sehr schwer, das sehnsüchtige Pochen in mir zu ignorieren. Ich konnte ihn unter keinen Umständen haben. Er war wie all die anderen Kerle. Er würde mich benutzen, mich zerstören, ohne mich wieder zusammenzusetzen. Das Risiko, diesmal komplett zu zerbrechen, war zu groß. Denn jedes Mal davor hatte einen tiefen Sprung in mich gerissen, und es bedurfte nur noch eines winzigen Stückes, dass ich nicht mehr zusammenhielt.

Ich drückte mich an ihm vorbei und flüchtete auf die andere Seite des Tisches. Gemächlich stellte er das Glas ab, sah mich dabei weiterhin, ohne zu blinzeln, an. Wie ein Raubtier sein Opfer fixierte. Seine Augen waren glasig, seine Atmung ging schnell. Auch er hatte Schwierigkeiten, sonst wäre er nicht hier. Vielleicht ähnelten seine Probleme meinen, und das wäre definitiv noch ein Grund mehr, sich von ihm fernzuhalten.

»Hättest du wohl gern«, antwortete ich, und mein viel zu langsames Hirn hatte immer noch nicht alle Tätigkeiten wieder aufgenommen.

Er zog die Augenbrauen zusammen. »Bitte?«

»Dass du mich aus dem Konzept bringst. Vielleicht solltest du dich nicht einfach von hinten an andere Menschen anschleichen!«

Jetzt zeigte er doch eine leichte Regung seines Gesichtes und wirkte auf einmal entspannter. Meine Entscheidung, ihm aus dem Weg zu gehen, war richtig. Er war gefährlich für meine Sinne. Gefährlich für meine Zurückhaltung. Und gefährlich für mein Leben.

Und er wusste es. Er wusste es ganz genau.

Kapitel 12

Gegenwart
NASH

Ich musste mich immer noch sammeln, als Elli in der Küche verschwand. Sie war vor mir geflüchtet. Vor dieser heftigen Nähe, die nur noch ein Rauschen in meinen Ohren hinterließ und aufgrund derer ich immer noch schwer atmete.

Wäre es nicht Elli gewesen und die Situation eine andere, hätte ich sie mir einfach genommen. Ohne zu fragen, weil ich gewusst hätte, dass sie diesen immensen Druck, der anscheinend auch in ihr bestand, loswerden wollte. Und das ging für mich eben nur auf zwei Arten.

Harte Drogen oder noch härterer Sex.

Wobei, wenn ich genau drüber nachdachte, ging das eine immer nur mit dem anderen. Ich rückte meine halb harte Erektion zurecht und setzte mich schnell hin, damit sie niemand sah. Wäre peinlich geworden, wenn mich einer der anderen am ersten Abend hier damit wie einen Perversen erwischte.

»Ah, du hast schon einen Platz gefunden«, sagte Matt, als er das Esszimmer betrat. Er richtete meine Aufmerksamkeit auf andere Dinge, und plötzlich spürte ich einen wahnsinnigen Hunger. Es fühlte sich gut an, nach harter Arbeit hungrig zu sein, und das Essen auf dem Tisch roch köstlich.

Matt nahm neben mir Platz, und nach und nach fanden auch die anderen ihren Weg in das Esszimmer. Sophia schöpfte allen das Essen auf die Teller, während sie sich lautstark unterhielten. Es gab einen köstlichen Braten mit Kartoffeln, Möhrengemüse und einer wahnsinnig guten dunklen Soße. Matt ermahnte seine Mutter Haddy mehrmals, dass sie endlich ihren E-Reader zur Seite legen solle, während Buck und Levin über die geplanten Arbeiten an der Scheune sprachen. Ich kannte diese Art von Abendessen nicht. Mit Menschen an einem Tisch, die fragten, wie der Tag war, und sich auch wirklich dafür interessierten. Tanner, Everett und ich waren früher froh gewesen, wenn wir zu Hause ein paar alte Cracker gefunden hatten. Eine normale familiäre Umgebung war für uns so weit entfernt gewesen wie ein anständiges Essen oder ein guter Schulabschluss. Auch wenn das Gefühl hier ein wenig befremdlich für mich war, fühlte ich mich von Minute zu Minute wohler, und die Anspannung, die den ganzen Tag auf meinen Schultern gelegen hatte, flachte ab. Trotz meiner Brüder war ich mein Leben lang allein gewesen. Zumindest in meinen Gedanken, die ich niemals mit jemand anderem teilen konnte. Aber Einsamkeit war hier wohl ein unbekannter Begriff, und langweilig wurde es anscheinend auch nie. Alle wirkten ausgelassen, redeten beim Essen über den heutigen Tag oder was in der nächsten Woche noch alles anstand. Alle, bis auf Elli.

Sie war merkwürdig still und sah kaum von ihrem Teller auf. War sie immer so verschlossen? Nicht dass ich es nicht nachvollziehen könnte ...

»Gut, dass du da warst heute, Nash«, sagte Buck. Seine Stimme war tief, und er war wirklich ein Riese. Anfänglich hatte ich sogar ein wenig Respekt vor seiner Größe gehabt, aber im Laufe des Tages hatte ich gemerkt, dass sein Herz am richtigen Fleck saß. Er hatte von seinem Sohn erzählt, der in Austin mit seiner Ex-Frau wohnte und den er mindestens einmal im Monat besuchte, worauf er sich wahnsinnig freute.

»Ach, keine große Sache«, erwiderte ich und winkte ab.

»Doch, war es!«, sagte Matt. »Nash hat heute nämlich den alten Truck wieder zum Laufen gebracht, nachdem wir mitten auf dem Weg liegen geblieben sind.« Bei den letzten Worten wandte er sich an die anderen. Selbst Elli wirkte interessiert. »Ich dachte schon, ich müsste dem alten Tucker das Geld in den Rachen werfen. Er ist der Einzige, der hier Autos reparieren kann, und das weiß er. Bei ihm kostet eine Reparatur so viel wie die Einnahmen von vierzehn

Verkaufstage auf dem Markt. Wo hast du das gelernt, Nash? Das war einsame Spitze!«

»Eigentlich hab ich das gar nicht so richtig gelernt. Ich hatte einfach immer schon Interesse an technischem Kram. Wie Jungs halt so sind.« Ich spießte das letzte Stück Braten auf. Fast war ich verlegen, denn auch Komplimente kannte ich nicht. »Vor ein paar Jahren hatte ich mal ein Jahr lang einen Job in einer Autowerkstatt in Philadelphia, wo ich mit meinen Brüdern gelebt habe.«

»Toll! Dann könntest du dir bestimmt den alten Traktor ansehen, der seit einem halben Jahr in der Scheune steht.«

»Matt! Jetzt lass den Jungen doch erst mal ankommen und vor allem essen«, tadelte Sophia.

»Nein, kein Problem. Ich mach das gerne«, sagte ich und schenkte ihr ein kleines Lächeln. Auch wenn ich zuerst nicht gedacht hätte, dass ich es hier aushalten könnte, fühlte es sich gar nicht mal so schlecht an.

Nach dem Abendessen half ich zuerst, die Teller in die Küche zu bringen, während sich die anderen Männer auf der Veranda noch ein Bier gönnten, danach ging ich zu ihnen.

»Du wickelst Sophia damit ganz schön um deinen Finger, Junge. Hilf nicht zu viel im Haushalt mit, sonst hängt sie dir eine Schürze um, und wir dürfen dich nicht mehr mit raus zum Spielen nehmen«, sagte Matt und lachte, während ich mich auf eine Bank neben Levin setzte. Er war eher ein ruhiger Typ, aber irgendwie erinnerte er mich an den Everett von damals. Ich konnte auch ihn gut leiden.

»Keine Sorge, ich würde euch doch niemals im Stich lassen«, sagte ich und zwinkerte ihm zu.

Die Lachfältchen um Matts Augen wurden tiefer.

»Jetzt, da du Nash hast und Levin auch noch hier ist, brauchst du mich doch am Wochenende nicht, oder Boss?«, fragte Buck und setzte die Bierflasche an. Ich fixierte sie, die kleinen Wassertröpfchen auf dem kühlen Glas und die Flüssigkeit dahinter, und hätte mir selbst gerne eins genehmigt. Aber innerhalb des Programmes war Alkohol streng verboten. Machte die Versuchung nur nicht unbedingt kleiner. Meine Finger begannen zu schwitzen, und mein Mund wurde trocken. Ich nippte an meiner Wasserflasche und wandte den Blick ab, um mich abzulenken.

»Klar, fahr zu deinem Sohn, Buck.«

»Danke!«

Die Tür neben mir ging auf, und Elli trat heraus.

»Hi, Jungs«, sagte sie, lief an uns vorbei und die drei Treppenstufen der Veranda nach unten. Ihr Hüftschwung ließ meine Finger um die Wasserflasche verkrampfen.

Die anderen drei murmelten ein einstimmiges »Hallo Elli«, bevor sie sich wieder ihrem Gespräch widmeten und ich ihr weiter hinterhersah. Sie ignorierte mich. Kein einziges Mal hatte ihr Blick meinen gestreift, und ich hatte sie beim Essen wirklich oft angesehen.

Immer noch kam sie mir bekannt vor, und ich wollte wissen, was dahintersteckte. Als sie in der Scheune verschwunden war, sprang ich auf.

»Ich geh ins Bett, bis morgen früh«, sagte ich und streckte mich übertrieben. »Der Tag war hart für mich, ich muss mich erst an eure Arbeit gewöhnen.«

»Klar, Junge, kann ich verstehen. Wir sind eben auch harte Kerle.«

Matt lachte auf Bucks Aussage, die er eher im Scherz gemeint hatte.

»Das würde ich niemals infrage stellen. Gute Nacht!« Ich stellte die Wasserflasche neben Bucks leere Bierflasche, nachdem er gesagt hatte, er würde sie mit reinnehmen. Die anderen wünschten mir ebenfalls eine gute Nacht, und ich hoffte, sie wären so vertieft in ihr Gespräch, dass sie nicht mitbekamen, was mein eigentliches Ziel war.

Durch die schmale Tür betrat ich die Scheune. Es war schon spät am Abend, und hier herrschte eine unwirkliche Ruhe. Man hörte nur das Rascheln von Heu und Stroh, wenn sich eines der Pferde bewegte. Hier und da ein Schnauben. Ich hielt inne und vernahm noch etwas anderes. Eine leise beruhigende Stimme, die aus einer der Pferdeboxen weiter hinten kam. Langsam folgte ich ihr und blieb vor einer Box stehen, an der ein Schild hing, auf dem »Hope« stand. Hinter der Tür erkannte ich ein schwarzes wunderschönes Pferd und Elli, die bei ihm stand und ihm beruhigend über den Kopf strich.

Ich beobachtete sie einen kleinen Moment, obwohl ich mir wie ein Eindringling vorkam. Elli ging absolut liebevoll mit dem Tier um, und es genoss ihre Berührungen mit geschlossenen Augen deutlich. Aus Ellis Dutt waren ein paar blonde Strähnen in ihrem Nacken herausgerutscht, und ich erkannte auch auf ihrer Schulter die ein oder andere Sommersprosse. Außerdem fiel mir jetzt ein Tattoo auf ihrem rechten Zeigefinger auf. Eine kleine Schwalbe. Bisher hatte ich nicht allzu viel Gelegenheit gehabt, sie von Nahem so lange betrachten zu können, ohne dass es schräg rübergekommen wäre. Außerdem war es mir vorher auch niemals in den Sinn gekommen, eine Frau derart zu begaffen. Ich nahm nie diese kleinen Nuancen bei ihnen wahr wie diese Sommersprossen oder wie fließend sie sich bewegte. Wie gerade sie ihren Rücken hielt oder dass sie kaum Make-up trug.

All das war mir nie wichtig bei Frauen gewesen.

Ich räusperte mich und legte die Unterarme auf der Boxentür ab. »Hi.«

Elli sah überrascht auf, und auch das Pferd öffnete die Augen. »Was willst du?«

»Wow, nette Begrüßung.« Ich zuckte mit den Schultern. »Nichts.«

»Nichts?«

»Ich wollte mich nur einfach mal umschauen. Ich werde für eine ganze Zeit hier wohnen.«

Elli wirkte skeptisch und zog eine Augenbraue nach oben, während sie die hübsche Nase kräuselte.

»Und das soll ich dir abnehmen? Was willst du wirklich hier? Verfolgst du mich?«

»Woher kennen wir uns, Elli?«, fragte ich freiheraus. Es fuchste mich, dass ich nicht darauf kam.

»Wir kennen uns nicht.« Sie ging auf die Boxentür zu und wollte sie aufdrücken, aber ich ließ sie nicht und lehnte mich weiter dagegen.

»Falls ich dich verletzt haben sollte, tut mir das ehrlich leid«, sagte ich und meinte es tatsächlich so.

Sie schnaubte. »Lass mich raus.« Ihre Stimme klang völlig emotionslos, aber ich erkannte an ihrer schnellen Atmung, dass sie nicht ganz so lässig war, wie sie vorgab zu sein. Ich trat einen Schritt zurück und zog die Tür ein Stück auf. Sie drückte sich durch den Spalt, und bevor sie reagieren konnte, legte ich meine Arme an ihre Seiten und nagelte sie an der Boxenwand fest. »Hör auf mit dem Scheiß«, sagte sie.

Was war das in ihren Augen? Panik? Angst? Lust?

Vielleicht eine Mischung aus allem.

»Erst wenn du mir sagst, woher wir uns kennen und was ich dir getan hab, dass du so zu mir bist.«

»Wie bin ich denn zu dir?«

»Kalt.«

Sie lachte verächtlich. »Und wieso soll ich anders sein? Weil du es nicht gewohnt bist, dass Frauen abweisend zu dir sind, und du sie alle kriegst? Willst du mir jetzt wirklich dieses übliche Badboy-Blabla erzählen, das alle Männer, die so sind wie du, denken?«

»Wie bin ich denn?« Ich drückte mich noch ein wenig näher an sie. Ich wollte es tatsächlich hören, denn eigentlich wusste ich selbst nicht, wer oder was ich war. Ein Loser. Ein Junkie. Ein schlechter Bruder. Anscheinend ein guter Schauspieler, wenn ich all das so überspielen konnte.

»Arrogant, selbstverliebt, eingebildet. Soll ich weitermachen?«

Ich hob das Bein und drückte damit leicht ihr linkes Knie zur Seite. Ihre Atmung wurde immer schneller, und sie öffnete den Mund einen Spalt. Warmer Atem traf meine Haut. *Vergessen*. Ihre Nähe genügte, dass ich nur noch sie wahrnahm.

»Ja, mach weiter«, wisperte ich und konnte nur noch auf ihre vollen Lippen starren. Ich fühlte mich wie in einem Rausch. Alles um mich herum verschwamm, und es zählte nur noch Elli. Oder ihr Körper. Ich wusste nicht, was es war, ich wusste nur, dass sie gerade zu meiner Ersatzdroge wurde. Etwas, das mich ablenkte und mich dabei in Höhen hob, die ich sonst nur mit viel Speed und vielleicht sogar mit etwas Ecstasy erreichte. Der Kick in ihrer Nähe ließ das Blut heiß durch meine Venen rauschen und mein Herz in ungeahnter Schnelligkeit schlagen. Mir wurde sogar ein wenig schwindelig.

»Aufgeblasen, eitel ...« Ihre Stimme wirkte genauso atemlos, wie ich mich fühlte. Scheiße, was war das? Waren das immer noch die Ausläufer des Entzugs? Aber wieso reagierte sie so sehr darauf?

»Wenn ich so bin, wie du behauptest, wäre es ja nicht verwunderlich, wenn ich dich jetzt einfach küssen würde.« Ich schaute nach oben in ihre braunen Augen. Das Braun war fast schwarz und trotzdem unwahrscheinlich tief. Es war so dunkel, dass man kaum die Pupille darin erkennen konnte. Das gedämpfte Licht in der Scheune tat ihr Übriges.

»Dann schreie ich, und du hast deinen einzigen und letzten Tag hier verbracht.«

»Du wirst nicht schreien können.«

»Ich werde andere Dinge tun können, wie dir in deine Eier zu treten.«

Ich lachte. Laut. Das erste Mal seit Langem. Ihr Biss gefiel mir. »Woher kenne ich dich, Elli?«, fragte ich erneut und wurde wieder ernst. Sie legte ihre Handflächen auf meine Brust, aber bevor sie mich wegdrückte, spürte ich ganz klar ihr Zögern. Ihr gefiel, was sie berührte, genauso wie ich ihre kurze Berührung genoss. Mein Herz raste.

»Du wirst mich niemals kennen.« Damit verstärkte sie den Druck, ich ging einen Schritt zurück und entließ sie. Ich wollte sie, dieses rauschartige Gefühl, das ich in ihrer Nähe hatte, aber ich war niemand, der eine Frau zwang.

Sie sagte nichts weiter und lief im Laufschritt aus der Scheune. Niemals könnte sie jetzt behaupten, ich hätte sie nicht ebenso aus der Reihe gebracht wie sie mich.

Und ich musste selbst zugeben, dass es mir Angst machte. Es machte mir eine Scheißangst, dass ich gerade wieder in einen suchtmachenden Strudel ohne Boden fiel, obwohl ich vorhatte, da herauszukommen.

Nur diesmal hieß die Droge nicht Koks oder Marihuana. Diesmal hieß sie ganz anders, und ihr Name hallte die gesamte darauffolgende Nacht durch meinen Schädel.

Daran änderte auch mein übliches Sportprogramm bestehend aus Liegestützen, Kniebeugen und Jumping Jacks nichts, das mich seit meinem Entzug in der Klinik bei jeder Gelegenheit von solchen Gedanken ablenkte und ich die halbe Nacht durchzog, bis ich erschöpft auf dem Boden zusammenbrach.

Kapitel 13

Gegenwart
ELINOR

Die Zeit raste heute unbarmherzig Richtung zwei Uhr. Nach der gestrigen Begegnung mit Nash in der Scheune hatte ich, so gut es ging, versucht, ihm aus dem Weg zu gehen. Ich hatte wie immer den Männern Frühstück rausgebracht und mir dabei nicht anmerken lassen, dass ich die gesamte Nacht darüber nachgedacht hatte, wie es wäre, Nash zu küssen. Danach hatte ich meine üblichen Tätigkeiten erledigt, die Pferde trainiert, die Boxen ausgemistet, einem eventuellen Käufer Firestorm präsentiert und Sophia im Haushalt geholfen, und auch dabei geisterte mir nur diese eine Frage im Kopf herum.

Warum?

Warum wollte ich wissen, wie es war? Warum konnte ich an kaum etwas anderes denken? Warum verfiel ich so schnell wieder in alte Muster, obwohl ich es nicht wollte?

Vielleicht sollte ich heute Mittag ebenfalls eine Sitzung bei Dr. Stanfield abhalten, damit er es mir sagte. Aber nein. Ich war froh, nicht mehr regelmäßig zu ihm zu müssen und mich nicht den tausend Fragen zu stellen, die er bereithielt. Er war einer dieser Psychologen, die versuchten, dich mit geschickten Fragestellungen selbst darauf kommen zu lassen, was mit dir verkehrt war. Aber genau das wusste ich mittlerweile. So ziemlich alles. Und das Gefühl, das ich in Nashs Nähe empfand, war nur ein Drang, den ich auch diesmal unterdrücken würde. Auch wenn Nash in diesem Moment neben mir saß und mich die ganze Zeit anstarrte.

Meine Finger zogen sich fester um das Lenkrad zusammen, und Schweiß trat auf meine Stirn. Das lag hoffentlich nur daran, dass es in dem alten Pick-up keine Klimaanlage gab.

»Boston? Da war diese eine Diskothek, ich weiß nicht mehr viel von dem Abend, aber …«

»Verdammt, nein! Wir kennen uns nicht, wie oft muss ich es noch sagen?«, antwortete ich ungehalten. Er nervte. Vielleicht sollte ich ihm einfach sagen, woher er glaubte, mich zu kennen.

»Ich hätte schwören können, diesmal habe ich recht.« Er wandte endlich den Blick von mir ab, und ich atmete auf. »Wie lange bist du schon hier?«

Eine belanglose Unterhaltung, er will nur nett sein, nichts weiter. Du kannst ihm ruhig antworten, Elli. Schiebe einmal deine psychotischen, misstrauischen Verhaltensweisen beiseite.

»Etwas länger als ein Jahr.«

»Und, lass mich raten …« Wieder sah er mich an. Vielleicht sollte ich den Wagen einfach von der Straße runterlenken und einen Unfall provozieren, damit dieses Gestarre aufhörte. »Alkohol?«

Ich runzelte die Stirn, erwiderte nichts.

»Wusste ich es doch«, sagte er selbstgefällig. »Du bist kein Typ für die andere Scheiße.«

»Woher willst du das wissen?« Er war nicht hundertprozentig im Recht.

Nash zögerte, doch ich war mir nicht ganz sicher, weshalb. »Bauchgefühl. Und wo kommst du ursprünglich her?«

So langsam nervte mich seine Ausfragerei. »Hör zu, behalte dein Bauchgefühl am besten für dich. Ich habe kein Interesse daran, dir meine Lebensgeschichte zu erzählen, und auch keine Lust, deine zu hören.«

»Verstanden, kein Grund auszuflippen.« Er wandte sich dem Fenster zu, und ich atmete erleichtert auf, als ich das Ortsschild erkannte. Aspermont war kein großer Ort, aber groß genug, dass ich Nash zumindest eine Zeit lang aus dem Weg gehen konnte. Ich wusste selbst nicht, wieso er mich so aus dem Konzept brachte und ich so negativ auf ihn reagierte. Vielleicht weil ich nicht wollte, dass noch jemand von den dunkelsten Tagen meines Lebens erfuhr, der kurz darauf wieder verschwinden würde?

Ich parkte vor Dr. Stanfields Praxis ein. Dann stieg ich aus und wartete nicht darauf, dass Nash mir folgte, als ich die Stufen erklomm. Ich hörte hinter mir die Autotür zuschlagen und lief einen Schritt schneller.

»Hallo Elli! Schön, dich zu sehen!«, begrüßte mich die Sprechstundenhilfe Mrs Vande, als ich die Praxis betrat. Ich blieb vor dem Empfangstresen stehen und stützte meine Unterarme darauf ab.

»Hallo, Mrs Vande. Ich freu mich ebenfalls!«

»Ich wusste gar nicht, dass du heute einen Termin bei Clark hast.«

»Hab ich auch nicht.« Nash erschien an meiner Seite, und ich deutete zu ihm. »Ich bringe einen neuen Gast von unserer Farm.«

Nash hob nur die Hand, und sie tippte etwas in ihren Computer. »Ach ja, da haben wir Sie ja. Sie können noch mal kurz im Wartezimmer Platz nehmen, ich rufe Sie auf.«

»Vielen Dank«, sagte Nash immerhin und wandte sich dann an mich.

»Ich hoffe, du fährst nachher nicht ohne mich.«

»Würde ich nie wagen«, murmelte ich.

»Dann bis später, Elli.« Seine dunkle Stimme ging mir durch Mark und Bein, und ich drehte mich zur Tür um, damit ich so schnell wie möglich hier wegkam.

Kapitel 14

Gegenwart
NASH

Dr. Stanfield überschlug sein Bein und steckte sich die Rückseite seines Stiftes in den Mundwinkel. Er wartete auf eine Antwort, die ich ihm aber nicht vollständig geben konnte.

»Ich erinnere mich nicht mehr an viel.«

»Dann erzählen Sie mir einfach das, was Sie noch wissen.«

Ich wandte den Blick von dem Psychologen ab, rutschte tiefer in den Ledersessel und sah durch den Raum. Ich fühlte mich unwohl, obwohl es hier nicht so eingerichtet war, wie ich vermutet hatte. Natürlich, die Bücherregale, die voll mit irgendwelchen Fachbüchern waren, zeugten von einer Praxis, aber sonst wirkte alles eher wie in einem gemütlichen Wohnzimmer. Auch Dr. Stanfield war nicht der übliche Psychologe, und ich war in meinem Leben schon einem paar Quacksalbern begegnet. Vor allem kurz bevor ich zu Glenn, meinem Pflegevater, kam. Nein. Dr. Stanfield war anders. Er trug Jeans und ein lockeres Freizeithemd. Seine blonden Haare hatten einen modernen Kurzhaarschnitt, und sein Kinn war nicht glatt rasiert. Eher etwas zwischen drei und fünf Tagen. Er war vielmehr der Kumpeltyp, und genau das ließ ihn so vertrauensvoll wirken. Man könnte ihm alles erzählen. Wenn man es denn wollte. Aber genau da war der Knackpunkt.

Ich sah ihn wieder an. »Sie hören das doch sicherlich täglich. Schlechte Kindheit, mieses Umfeld, Drogen und so weiter. So einfach ist das.«

»Manchmal ist es eben nicht so einfach. Erzählen Sie mir doch von Ihrer Familie.«

Meine Finger wurden feucht, und der Drang, in die Tasche meiner Jeans zu greifen und das kleine Päckchen mit dem weißen Pulver herauszunehmen, wurde größer. *Vergessen*, war das Wort, das mir sofort in den Sinn kam. Das Problem war nur, in meiner Tasche befand sich im Moment überhaupt kein Päckchen.

Ich fuhr mit den Handflächen einige Male über die raue Jeans an meinen Oberschenkeln. »Meine einzige Familie sind meine beiden Pflegebrüder. Mehr Familie habe ich nicht.«

»Wie heißen sie?«

Ich zögerte. Auch wenn sich die Fragen so locker anhörten, Dr. Stanfield wollte auf irgendetwas hinaus. Das wollten diese Psychoheinis immer.

»Tanner und Everett.«

»Haben Sie noch Kontakt mit ihnen?«

Ich lachte trocken. »Sie haben mich hierhergeschleift.«

»Dann bedeuten sie Ihnen wohl viel.«

Ich fixierte das Bild, das hinter Dr. Stanfield über seinem Schreibtisch hing. Es zeigte viele Farben wild zusammengewürfelt, die aussahen, als würden sie im Sturm miteinander kämpfen. Das Bild beschrieb ziemlich genau mein Innerstes.

»Finden Sie, das ist Kunst?«, fragte ich und nickte zu dem Bild.

Dr. Stanfield drehte sich kurz um und wandte sich wieder lächelnd an mich. »Es gefällt mir, ja. Es ist vielfältig und kraftvoll. Sollte so nicht Kunst sein?«

»Würde es Ihnen auch gefallen, wenn es nicht von Kandinsky wäre?«

Dr. Stanfield zog überrascht die Augenbrauen nach oben. »Sie kennen sich mit abstrakter Kunst aus?«

»Ich bevorzuge eher Werke des Realismus. Wie von Michelangelo.«

»Ah, die Erschaffung Adams. Nicht schlecht. Aber ich weiß, worauf Sie hinauswollten, und ja, es würde mir auch gefallen, wenn es kein Werk eines bekannten Künstlers wäre. Wäre ich sonst Psychologe geworden, wenn mich nicht das viel Bedeutendere hinter der Fassade interessierte?«

Ich erwiderte sein Grinsen leicht, denn mein Ablenkungsmanöver hatte nicht funktioniert. »Wahrscheinlich nicht.«

»Also erzählen Sie mir doch, woher Sie so viel über Kunst wissen.«

Ich zuckte mit den Schultern. »Das ist eigentlich ganz einfach. Bevor ich mit sieben zu meinem Pflegevater kam, habe ich ein Jahr in einem Waisenhaus gelebt. Dort arbeitete Mrs Hobbs. Ein ganz furchtbarer Drache und die Leiterin. Ich musste jede Woche zu ihr, weil ich irgendetwas ausgefressen oder mich mit anderen Kindern geprügelt hatte, und sie besaß eine Vorliebe für Kunst. In ihrem Büro hingen haufenweise Nachdrucke, und ihre Regale waren voll von Büchern darüber. Meine Strafe war, sie zu sortieren. Mal nach Künstlern, mal nach Epoche, mal nach Art, je nachdem, wie Mrs Hobbs an dem Tag drauf war. Anscheinend dachte sie, ich fände das so schrecklich langweilig, dass ich aufhörte, andere Kinder zu verprügeln und den Betreuern Streiche zu spielen. Oder sie wusste nicht, wie sie mich sonst bändigen konnte, auf jeden Fall hat es geklappt. Es hat mich interessiert. Ich fand faszinierend, was ein einziges Bild ausdrücken und in einem bewirken konnte. Oder vielleicht war es eine Flucht aus der beschissenen Welt außerhalb Mrs Hobbs kleinem Büro.« Ich lehnte mich zurück. »Keine Ahnung. Sie sind der Psychologe, sagen Sie es mir.«

Dr. Stanfield lachte. »So einfach wird ihr Fall vermutlich nicht sein.«

»Vielleicht. Aber vielleicht ist es gerade deswegen so einfach.«

»Wir werden es herausfinden, Mister Stokes«, sagte Dr. Stanfield, und ich war mir sicher, selbst er würde scheitern.

***

Auf der Rückfahrt hatte ich keine große Lust, weiter mit Elli zu streiten, und anscheinend war sie erleichtert darüber, denn auch sie startete keine Unterhaltung. Die Sitzung bei Dr. Stanfield hatte mich zum Nachdenken gebracht, obwohl ich eigentlich nicht über die Zeit von früher grübeln wollte. Ich hatte sie verdrängt, und je mehr Schlamm der Psychologe aus dem Loch, das sich meine Erinnerung nannte, hervorholte, umso schneller sickerte wieder etwas davon nach. Ich fühlte mich wie ein überlaufendes, dreckiges Fass ohne Boden. Am liebsten hätte ich einfach wieder den Deckel aufgesetzt und das alles vergessen, denn das altbekannte Jucken wurde stärker. Trotzdem schaffte ich es diesmal, gegen den Drang, mich zu kratzen, anzukämpfen.

Es war bereits Nachmittag, und die Sonne machte sich wieder auf den Weg zum Horizont, auch wenn es noch einige Stunden dauern würde, bis sie vollständig verschwand und ich zurück in meine kleine Kammer gehen könnte, um mir in Ruhe eine Zigarette zu genehmigen. Vielleicht könnte ich mir wenigstens vorstellen, es wäre ein Joint.

Der Motor stotterte einige Male. »Was war das?«, fragte Elli, und ich sah auf.

»Keine Ahnung.« Und wieder. Ein letztes Mal bäumte er sich auf, bevor er mit einem lauten Knall ausging und weißer Rauch aus der Motorhaube kam.

»Shit!«, fluchte Elli und ließ den Wagen auf dem Seitenstreifen ausrollen. »Ich hab Matt gesagt, er muss den alten Pick-up von Tucker überprüfen lassen! Wieso hat er das nicht gemacht, verdammter Mist!« Ich war überrascht über Ellis Flucherei und hätte gegrinst, wenn die Situation nicht so arschig gewesen wäre.

Elli kramte in der Mittelkonsole nach ihrem Handy und hielt es in die Höhe. »Wir sind hier im Nirgendwo, und natürlich haben wir keinen Empfang! Von hier dauert es Stunden zu Fuß zur Ranch zurück!«

»Bleib sitzen, ich seh mir das an«, sagte ich und stieg aus dem Wagen. Ich hatte schon eine Vermutung. Ich ging um den Truck herum und öffnete die Motorhaube. Wie gedacht stieg eine unfassbare Hitze aus dem Motorblock nach oben, und das war schon ein Kunststück, denn die Sonne gab ebenfalls alles und verbrannte unbarmherzig meinen Nacken.

»Was ist es?« Elli stand auf einmal neben mir.

»Ich meinte doch, du sollst im Wagen warten. Machst du eigentlich einmal das, was man dir sagt?«

Sie sah mich an, als wäre ich ein Yeti mitten in der Wüste, dann zuckte sie mit den Schultern. »Nö.«

»Wir stehen hier mitten im Nichts, und wenn jemand vorbeikommt, der dich so sieht ...« Ich betrachtete ihr knappes Outfit. »Dann weiß ich nicht, ob ich dich beschützen kann.«

Sie lachte aus vollem Hals. »Lebst du im Mittelalter? Es sind über vierzig Grad, und ich laufe ganz sicher nicht in Winterklamotten durch die Gegend. Sei nicht so misstrauisch! Außerdem ist es im Wagen doppelt so heiß wie hier draußen!«

Wenn sie wüsste, was ich schon alles erlebt hatte, würde sie den Mund nicht so aufreißen. »Ich bin nur realistisch.«

»Nur weil du es ausnutzen würdest, wenn eine Frau hilflos mit einem kaputten Auto am Straßenrand steht, heißt das nicht, dass es noch jemand anderes tut.«

»Ich würde das niemals ausnutzen«, knurrte ich. Zumindest nicht auf diese Art.

Sie verdrehte die Augen. »Sei nicht albern. Also was ist es?«

»Keine Ahnung«, grummelte ich und lehnte mich wieder Richtung Motorblock. Ich sah mir den Stand des Kühlwassers an, und meine Vermutung wurde bestätigt. »Hast du eine Flasche Wasser dabei?« Mit einem Ruck zog ich mein Shirt über den Kopf und wickelte es um meine Hand, damit ich mich nicht verbrühte. »Geh ein Stück zurück«, sagte ich und öffnete den Deckel des Kühlwasserbehälters, aus dem heißer Dampf zischend zum wolkenlosen Himmel emporstieg.

Elli wirkte kurz perplex »Wasser? Nein, wieso?« Ich unterdrückte mein Schmunzeln, als ich im Augenwinkel ihren eindeutigen Blick auf meinen Oberkörper sah. Wie war das noch mal mit dem Ausnutzen? Vielleicht ging die Gefahr gar nicht von jemand Fremdem aus.

»Weil die Zylinderkopfdichtung den Geist aufgegeben hat und wir das ganze Kühlwasser verbraucht haben. Der Motor ist überhitzt«, antwortete ich. »So können wir nicht weiterfahren, wir würden keine zwei Meilen kommen.« Ich steckte mein Shirt in den Bund meiner Jeans.

»Und jetzt?«, fragte Elli fast panisch. »Was sollen wir jetzt machen? Laufen? Es dauert ewig, bis hier jemand vorbeikommt, eigentlich fahren hier nur Leute lang, die zu unserer Ranch wollen!«

»Matt und die anderen werden schon auf die Idee kommen und nach uns suchen.« Ich lehnte mich mit dem Rücken gegen das Auto und verschränkte die Arme. »Bis dahin können wir es uns doch hier gemütlich machen.« Ich konnte es mir nicht verkneifen und zog zweideutig eine Augenbraue nach oben. Es war einfach zu gut, sie auf die Palme zu bringen. Keine Ahnung, wieso, aber es lenkte mich kurz von allem anderen ab.

»Leck mich«, sagte Elli und lief zurück zur Fahrerseite.

»War das ein Angebot?«, rief ich ihr hinterher und hörte den lauten Knall der Autotür. Auch wenn ich so entspannt tat, in Wirklichkeit fand ich es total beschissen, hier draußen in der Hitze rumzustehen und zu warten, bis irgendjemand vorbeikam. Andererseits war es jetzt eben so, und wir konnten es gerade nicht ändern. In meinem Leben hatte ich eines gelernt: Die meisten Dinge musste man so hinnehmen, wie sie waren. Es nutzte nichts, sich deswegen den Kopf zu zerbrechen. Man hatte sein Leben nur zum Teil selbst in der Hand. Alles andere war Schicksal oder das Ergebnis einer Reihe von Gegebenheiten, wovon man die meisten nicht ändern konnte.

Ich nahm wieder auf dem Beifahrersitz Platz und lehnte mich ein Stück aus dem Fenster. Es war wirklich unglaublich heiß, und ich strich mir den Schweiß mit meinem Shirt von der Stirn.

»Wir werden wohl eine Weile hier warten müssen. Willst du mich nicht endlich erlösen und mir sagen, woher wir uns kennen?«

Elli stöhnte genervt. »Mein Gott, Schauspielerin! Ich war Schauspielerin! Wahrscheinlich hast du mich in irgendeinem Film gesehen«, rief sie aus.

»Echt?« Ich war überrascht. »In welchen Filmen hast du gespielt? Aber nicht in …« Ich zögerte, und Elli warf mir einen bösen Blick zu.

»Du bist wirklich unausstehlich, weißt du das?«

Ich biss mir auf die Lippen, um nicht laut loszuprusten. Der wütende Ausdruck auf ihrem hübschen Gesicht und ihre abwehrende Haltung waren fast niedlich. »Nein, es waren keine Pornos, wenn du das damit meintest! Es waren stinknormale Filme. Komödien, Action- und Liebesfilme.«

»Wow! Moment, du warst doch die Einbrecherin in dieser Buchverfilmung … Wie hieß der noch gleich?«

»Stolen Love.«

»Ja! Genau! Nicht schlecht, wirklich! Wieso hast du damit aufgehört?«

Sie sah nach draußen, als müsste sie sich erst zurechtlegen, was sie nun sagte. Kurz erkannte ich in ihrem Gesicht den gleichen gebrochenen Ausdruck, den ich auch von mir kannte, und ich fühlte mich auf einmal unwohl, in ihrer Vergangenheit zu graben. Es ging mich nichts an.

»Es hat mich nicht mehr erfüllt«, erwiderte sie, aber instinktiv wusste ich, dass sie etwas anderes sagen wollte. *Es hatte sie zerstört.*

»Das tut mir leid«, sagte ich, und sie sah mich überrascht an.

»Die meisten Menschen hätten wohl etwas anderes geantwortet«, stellte sie leise fest.

»Die meisten Menschen haben auch nicht das erlebt, was wir erlebt haben«, erwiderte ich in dem gleichen dezenten Ton. Ich hatte auf einmal das Gefühl, sie zum ersten Mal richtig zu sehen, und es war auch das erste Mal, dass ich etwas anderes in ihr bemerkte als das, was ich anfänglich von ihr gedacht hatte. Sie war nicht einfach nur irgendein hübsches Püppchen, das nett anzuschauen war. Sie hatte Feuer. Sie hatte Biss. Und sie war tief in ihrem Inneren gebrochen. Vielleicht noch nicht vollständig, aber sie war kaputter, als es nach außen hin den Anschein machte.

»Wieso die Schwalbe?«, fragte ich und nickte zu ihrer rechten Hand. Kurz perplex blinzelte sie einige

Male und schaute sich ihren Zeigefinger an, als hätte sie vergessen, was darauf abgebildet war.

»Freiheit«, flüsterte sie und lachte kurz freudlos auf. In Gedanken versunken strich sie sich mit dem Daumen darüber. »Aber manche Menschen sind wohl nicht für die Freiheit geschaffen.« Sie sah mich an, und ich musste schlucken. Ihr Blick war so schmerzerfüllt und gleichzeitig so Hilfe suchend, dass sich eine Gänsehaut über meinen Körper zog. »Oder?« Ihre Frage klang eher nach einem Hilferuf.

Wollte sie eine ehrliche Antwort darauf? Unser Gespräch war in eine Richtung abgedriftet, die ich mir vor fünf Minuten noch nicht mal ausgemalt hatte. In diesen letzten Sekunden hatten wir, ohne viel zu sagen, mehr voreinander offenbart, als ich sonst so schnell von mir zeigte.

»Ich denke nicht, dass es solche Menschen gibt. Ich denke, dass man sich Freiheit erkämpfen muss und manche bei dem Versuch einfach draufgehen.«

Sie kaute auf ihrer Unterlippe, dann griff sie nach ihrem Handy in der Mittelkonsole und öffnete die Tür. »Ich schau noch mal, ob ich irgendwo ein Signal finde.« Als sie hastig den Wagen verließ, hielt ich sie nicht davon ab. Denn das Gefühl, das sie in mir hinterließ, konnte ich nicht gebrauchen. Ich hatte Mitleid. Ich war fasziniert. Aber am allerschlimmsten war der Drang, davonzulaufen. Denn die scharfen Kanten zweier gebrochener Seelen konnten sich nur aneinander reiben und sich so noch kaputter machen, als sie ohnehin schon waren. Vollständige Heilung war für

Menschen wie uns ausgeschlossen. Wir könnten nur verdrängen, aber niemals vergessen.

Kapitel 15

Vergangenheit
ELINOR

»Ich kann nicht glauben, dass wir das machen …«, flüsterte ich, als könnte uns unsere Mum hören, obwohl sie kilometerweit weg war.

»Wir haben doch darüber gesprochen, Elli«, erwiderte meine Schwester und blätterte weiter in dem Ordner, der vor ihr auf dem Kacheltisch lag. Ich sah mich im Raum um. Das Zucken des Neonleuchtschildes an einer Wand machte mich nervös, genauso wie die dunkle Einrichtung und der komplett tätowierte Typ, der vor fünf Minuten hinter dem schwarzen Vorhang am Ende des Verkaufstresens mit einer Kundin verschwunden war. *Tattoos und mehr* blinkte immer wieder auf. Was sollte denn bitte das Mehr bedeuten?

»Vielleicht das?« Mara zeigte auf einen chinesischen Schriftzug, und ich lehnte mich mit ihr über den Ordner, in dem Hunderte von Motiven waren.

»Kannst du Chinesisch? Wer weiß, ob da nicht *Waschmaschine* oder *Eichhörnchen* steht.«

Mara lachte und warf ihr blondes Haar zurück. Wie konnte sie sich so sicher sein bei dem, was wir hier taten? Wenn meine Mum ein Tattoo auf unseren Körpern sah, würde sie ausflippen. Vor allem jetzt, da ich meine erste wichtige Rolle ergattert hatte.

»Wir sollten gehen, solange der Typ noch verschwunden ist …«, sagte ich, und meine Stimme zitterte.

Mara legte den Ordner beiseite und griff nach meinen Händen. Sie drückte meine Finger und sah mich an. Ich sah das Gleiche in ihren blauen Augen, das ich auch in meinen erkannte, wenn ich in den Spiegel sah.

»Es ist an der Zeit, dass wir uns dem stellen, was uns Angst macht. Du willst doch auch selbst bestimmen? Über deinen Körper! Dein Leben! Verdammt, Elli, gib ihr nicht immer so viel Macht über dich!«

Ich wandte den Blick ab, doch nur kurz.

»Sieh mich an! Wir ziehen das jetzt durch!«

Ich schluckte mit klopfendem Herzen. »Wird es wehtun?«

»Oh, ich hoffe es«, erwiderte Mara ironisch und ließ mich los. Ihre Augen glänzten auf einmal, als sie an mir vorbeisah und hinter mich zeigte. »Das! Das ist es!«

Ich drehte mich um. Zwischen Motiven von Drachen, Totenköpfen, Tribals und Rosen hing ein Bild an der Wand. Es wirkte, als gehörte es nicht hierher. Als würde es alles aussagen, was meine Schwester und ich uns je gewünscht hatten. Als wäre es nur für uns gezeichnet worden.

Ich nickte. Langsam. Und drehte mich zu meiner Schwester um. Wir kreuzten die Zeigefinger, wie wir es schon als kleine Mädchen getan hatten. Auch in ihren Augen standen Tränen, und auf ihren Lippen lag ein Lächeln, das ich nur erwidern konnte. In diesem Moment war ich mir absolut sicher, dass wir das Richtige taten.

Freiheit.

Kapitel 16

Gegenwart
ELINOR

Auch nach vierzig Minuten war ich nicht wieder zurück in das Auto gegangen, und Nash fand es anscheinend gar nicht schlimm, denn er hatte keinen Versuch gestartet, mich wieder zurückzuholen. Ich konnte die Erinnerungen, die seine Nähe und seine Worte in mir ausgelöst hatten, gerade nicht ertragen. Eigentlich würde ich sie niemals ertragen können, nur wenigstens für einen kleinen Moment vergessen. Seit Nash hier war, fiel mir das immer schwerer. Ich wollte mich nicht mit den Dingen konfrontieren, die ich mühsam weggeschoben hatte. Doch das musste ich, allein wenn ich Nash ansah. Seine traurigen Augen, die bestimmt nicht viele zu sehen bekommen hatten und die mich gerade mehr als erschreckten, weil ich mich selbst in ihnen sah.

Ich tat weiter so, als würde ich auf einem Hügel in der Nähe Empfang suchen. Das Handy war ein uraltes Gerät von Matt. Eigentlich sollte GPRS hier draußen möglich sein, aber wahrscheinlich war das Telefon einfach schon zu alt.

Ich schaute über die Steppe und erkannte Staubwolken in der Luft. Na endlich!

Eilig rannte ich den kleinen Berg hinab zur Straße. Die Umrisse eines Trucks wurden größer, und ich hob die Arme, damit dieser Jemand mich sah. Hinter mir hörte ich eine zuschlagende Autotür und spürte auf einmal Nash an meiner Seite. Auch wenn ich so nicht fühlen wollte, aber egal, wer derjenige vor uns in dem Auto war, in Nashs Gegenwart konnte mir nichts passieren. Ich war sicher.

»Das ist Buck!«, rief ich glücklich, als ich den Pickup erkannte, und atmete erleichtert aus.

»Hab doch gesagt, sie suchen nach uns«, erwiderte Nash überzeugt. Natürlich hatte er recht gehabt, aber ich sparte mir einen Kommentar.

Endlich hielt der Wagen vor uns auf dem Standstreifen, und ich lief Buck entgegen, als er ausstieg.

»Hey, braucht ihr Hilfe?«, fragte Buck grinsend.

»Ein wenig«, antwortete ich ihm und hätte den riesigen Kerl fast vor Glück und Erleichterung umarmt. »Der Wagen ist liegen geblieben.«

»Hab ich mir gedacht und bin euch deswegen suchen gefahren. Matt, der alte Geizhals, wollte ja nicht hören, dass er den Pick-up zu Tucker bringen muss«, erwiderte Buck und lief zur Motorhaube, die immer noch geöffnet war. Der heiße Dampf war mittlerweile verzogen.

»Genau das Gleiche hab ich auch gesagt.«

»Zylinderkopfdichtung«, bemerkte Nash und stellte sich neben Buck und mich.

»Schrottmühle. Kommt, Sophia wartet schon mit dem Abendessen. Die alte Kiste schleppen wir morgen ab, stört sowieso keinen hier draußen.« Ich nahm meine Tasche aus dem Auto, und wir gingen zu Bucks Pick-up.

»Alles okay?«, fragte Buck und legte den Arm um meine Schultern, während Nash zum Truck vorging.

»Klar. Was denkst du denn?« Ich musste über seinen brüderlichen Beschützerinstinkt lächeln. Noch nie hatte sich jemand so um mich gesorgt, wie die Menschen auf der Farm es taten. Auch wenn wir nicht verwandt waren, waren wir eine Familie.

»Stimmt, hatte vergessen, dass du mit allem klarkommst, Kleines.« Er zwinkerte mir zu und ging zur Fahrerseite. Nash hielt die Beifahrertür auf, damit ich in den Sitz zwischen den beiden rutschen konnte. Als sich Nash ebenfalls setzte, berührte sein harter Oberschenkel meinen, und ich fühlte mich plötzlich unwohl. Nicht wegen ihm, er machte keinerlei Anstalten, die Nähe auszubauen, sondern unterhielt sich während der Fahrt nur locker mit Buck oder sah aus dem Fenster. Ich fühlte mich unwohl, weil sich der leichte Kontakt nach meinem Ausbruch vorhin intimer anfühlte, als er sollte. Wie war ich darauf gekommen, solche Sachen zu sagen? Doch eigentlich wusste ich, wieso. Weil ich Nash kurz als einen Verbündeten gesehen hatte. Jemand, der verstand, wie es in mir drin auch nach einem Jahr immer noch aussah. Jemand, dem ich mich anvertrauen konnte, weil er das Gleiche durchmachte. Aber ich durfte auch nicht vergessen, dass er genau aus den genannten Gründen wiederum nichts für mich war und mich nur verführte, anstatt mir zu helfen. Denn er war genauso noch nicht über den Berg.

Als wir bei der Ranch ankamen, wollte ich nichts mehr, als einfach nur auszusteigen, um den wirren Gedanken endlich zu entkommen. Glücklicherweise wirkte Nash so, als könnte er es ebenfalls nicht erwarten, schnell wegzukommen, denn er bedankte sich bei Buck und wandte sich ohne ein weiteres Wort zu mir Richtung Arbeiterhaus.

»Ich spring noch kurz unter die Dusche. Bis gleich«, sagte er, mehr an Buck gerichtet, und verschwand.

»Wirklich alles okay?« Buck stand auf einmal direkt neben mir, und ich zuckte zusammen. Hatte ich Nash hinterhergesehen?

»Sagte ich doch, klar.«

»Du warst bei der Fahrt so still. Hat Nash irgendwas getan, was dich verunsichert?«

»Nein, nein.« Ich winkte ab. »Es war ein langer Tag und dann die Warterei in der Hitze. Ich bin nur fertig.«

»Du weißt, dass du es mir sagen kannst. Ich könnte mit ihm reden.«

»Danke, Buck, ich weiß das sehr zu schätzen.« Ich rang mir ein kleines Lächeln ab. »Aber Nash hat damit nichts zu tun. Ich muss auch noch unter die Dusche. Wir sehen uns beim Essen.«

Er glaubte mir nicht, doch er nickte und ließ mich gehen. Ohne Sophia oder Haddy Hallo zu sagen, sprang ich die Stufen nach oben, verschwand in meinem Zimmer und lehnte mich innen an die geschlossene Tür, um durchzuatmen.

Das erste Mal seit langer Zeit hatte ich Lust auf Alkohol. Ich wollte mich betäuben, vergessen, auch wenn ich wusste, es würde mir danach noch schlechter gehen. Trotzdem konnte ich den Drang kaum unterdrücken.

Dr. Stanfield hatte mir geraten, immer wenn die Versuchung größer wurde, etwas anderes zu tun, das mich ablenkte. Also betrat ich zuerst die Dusche und hielt mit geschlossenen Augen mein Gesicht in den warmen Wasserstrahl. In meinen Kopf traten Bilder, die es nicht gerade besser machten. Nash oberkörperfrei. Nash verschwitzt über die Motorhaube gelehnt. Nashs ernster Blick. Nashs Grinsen. Nashs kräftiger Oberschenkel an meinem nackten Bein. Der Jeansstoff, der bei jeder Bodenwelle über meine Haut gerieben hatte.

Großer Gott. Ich keuchte. Wie lange hatte ich nicht nur den Drang nach Alkohol verdrängt, sondern auch den nach Sex? Einem Mann, der mich auf andere

Gedanken brachte, bei dem ich das Gefühl hatte, etwas wert zu sein?

Ich durfte meine Ängste nicht damit kanalisieren! Nie mehr!

Also beendete ich nicht das, was mein Kopf angefangen hatten und wonach sich mein Körper verzehrte, sondern stieg aus der Dusche, trocknete mich ab und zog mich an. *Ich würde das Abendessen überstehen. Es würde mich ablenken, und ich könnte danach in Ruhe und entspannt in mein Bett gehen und den heutigen Tag vergessen.*

Das versuchte ich mir zumindest vorzulügen.

Kapitel 17

Gegenwart
NASH

Das Abendessen war nett. Die Menschen, die hier lebten, stahlen sich in mein Herz, und ich fühlte mich tatsächlich so etwas wie wohl. Trotzdem half es nicht vollständig, die Gedanken, die zurückkamen, wenn ich allein war, zu verdrängen.

An Koks. An Alkohol. An meine Kindheit. An Frauen. Nein. Nicht an Frauen. An Elli. Irgendwie wurden die namenlosen Gesichter der Frauen, die ich mir gerade beim Einschlafen vorstellte, während meine Hand in meinen Boxershorts verschwand, immer durch ihres ersetzt. Aber das war selbst für mich falsch. Nicht nur, weil ich an sie dachte, während ich mir einen runterholte, sondern auch, weil ich mir nach unserem Erlebnis gestern sicher war, dass es nicht gut gehen konnte. Es konnte nicht gut gehen, wenn wir uns näherkämen. Ich dachte an Erin. Auch wenn ich nie tiefere Gefühle wie Liebe für sie empfunden hatte, weil ich dazu überhaupt nicht fähig war, hatte ich Mitleid mit ihr. Nicht nur sie hatte mich noch weiter in das dunkle Dreckloch gezogen, das sich Leben nannte, sondern ich sie ebenfalls. Wir hatten uns noch ein bisschen mehr zerstört. Wieso sollte das bei Elli anders sein? Und irgendwie konnte ich den Gedanken nicht ertragen, dass Elli wieder abrutschte. Wegen mir.

Ich setzte mich in meinem Bett auf und zündete eine Zigarette an, während ich durch das kleine Fenster hinaus zum Mond sah. Warme Nachtluft wehte wie ein Föhn ins Zimmer herein. So langsam gewöhnte ich mich an den Geruch nach Hitze, Sommer und an das Zirpen der Grillen. Gerädert fuhr ich mir übers Gesicht und lehnte mich gegen das Kopfteil. Unter keinen Umständen würde ich mir auf Elli einen runterholen. Der Rauch füllte meine Lungen, als ich einen tiefen Atemzug nahm, doch auch das brachte diesmal nichts. Um zu vergessen, brauchte ich härtere Dinge, das war mir klar. Ich stand kurz davor, einfach alles abzubrechen, zurückzufahren und so weiterzumachen wie bisher. Ich hätte noch nicht mal Tschüss sagen müssen, sondern könnte jetzt gleich auf mein Motorrad steigen und fahren. Aber ich wusste, es wäre falsch gewesen, weil ich mich damit ganz abgeschrieben hätte. Ich würde nicht mehr heil aus dieser Sache rauskommen. Es ging mir da nicht um mich, sondern ich dachte an Tanner und Everett. Ein einziges Mal in meinem Leben wollte ich das Richtige tun. Ich konnte hier und jetzt diesem Drang nicht nachgeben, sonst wäre es das Letzte, was ich tun würde.

Frustriert drückte ich die Zigarette im Aschenbecher aus, schwang die Beine über die Bettkante und stand auf. Auch heute Nacht war es so warm, dass an erholsamen Schlaf sowieso nicht zu denken war. Außerdem drehte ich hier in dem kleinen Zimmer durch.

Bei meiner Ankunft hatte ich hinter dem Haus einen See gesehen. Ein Sprung in erfrischendes Wasser würde mich vielleicht wieder erden und mich ablenken, um einen kühleren Kopf zu bekommen. Es war mitten in der Nacht, alle schliefen, und es würde sicherlich niemand bemerken, wenn ich dabei keine Badehose trug. Ich hatte sowieso keine dabei.

Also schlich ich hinaus an Bucks und Levins Zimmern vorbei und um das Haus. Der Sandboden war rau unter meinen nackten Füßen, und einzelne Grillen begleiteten zirpend meinen Weg zum See. Die Hitze stand reglos in der Luft.

Das Mondlicht brach sich auf der Wasseroberfläche, als ich den See sehen konnte. Nur noch eine Baumreihe trennte mich von dem kühlen Nass, und ich wollte gerade daran vorbeigehen, als ich leises Geplätscher hörte. War sicherlich nur ein Fisch. Doch als ich weitergehen wollte, schwamm etwas anderes in mein Sichtfeld, und ich hielt an einem dicken Baumstamm inne.

Elli wirkte fast farblos in dem dunklen Licht der Nacht. Nur der Mond erhellte ihr Gesicht und ihre blonden offenen Haare, während sie in die Mitte des Sees schwamm.

Falsch. Es war so falsch, sie zu beobachten, aber ich konnte nichts anderes tun. Sie war so schön. Ihr schlanker Körper, den man nur leicht durch die dunkle Wasseroberfläche erahnen konnte. Ihre nassen Haare, die zurückgestrichen ihr hübsches Gesicht freigaben.

Mit langen Zügen drehte sie eine Runde und schwamm zurück zum Ufer. Als sie aus dem Wasser trat, reichte ihr die Oberfläche bis zum Bauchnabel. Ich schluckte, als ich erkannte, dass sie nackt war. Ihre Brüste waren voll und fest, ihre Brustwarzen steif, das Wasser perlte von ihrer Haut. Das Mondlicht betonte ihre Kurven auf ganz besondere Weise, und ich konnte nicht aufhören zu denken, dass sie surreal wirkte. Nicht echt. Sie konnte es nicht sein. Dafür war sie gerade viel zu perfekt.

Mein Mund wurde trocken, als ich aus dem Schatten des Baumes hervortrat und Elli mich erkannte. Sie blieb auf der Stelle stehen und sah mich einfach nur an. Noch nicht mal einen einzigen Versuch startete sie, ihre Nacktheit zu verdecken, sondern hielt meinem festen Blick stand.

Ich wollte ihr sagen, dass es mir leidtat, sie in dieser Situation erwischt zu haben, aber dann hätte ich gelogen. Also sagte ich gar nichts und ging nur auf das Ufer zu. Der Moment zwischen uns fühlte sich so intim an, als wäre nicht sie nackt, sondern ich. Also machte es auch keinen Unterschied, als ich meine Boxershorts abstreifte und mich im Wasser langsam auf sie zubewegte. Sie könnte jederzeit gehen, wenn sie es wollte, aber sie blieb stehen und sah mir einfach nur in die Augen.

Immer näher ging ich auf sie zu, und immer höher stieg das kühle Wasser an meinen Beinen hinauf.

Ich blieb kurz vor ihr stehen, und nun bedeckte die Oberfläche auch meinen Unterleib. Doch ich war mir sicher, sie wusste ganz genau, was sich unter dieser abspielte. Sie machte mich unglaublich an, aber ich traute mich nicht, sie anzufassen, um den Moment nicht zu zerstören. Ich wollte nicht, dass sie ging.

Glücklicherweise übernahm sie das Ruder und überwand den letzten Schritt zu mir. Das Wasser plätscherte, und ich spürte sanfte Wellen an meiner Hüfte. Ihre weichen Hände trafen meine Haut und fuhren zart meine Arme nach oben zu meinen Schultern, während ihr Blick ihren Fingern folgte. Ich bekam eine Gänsehaut und hielt ganz still. Sie ließ sich Zeit. Ihre Berührungen fühlten sich an, als würde sie jeden Zentimeter von mir erkunden und in sich aufsaugen. Noch niemals hatte mich eine Frau auf diese Art berührt. Und zwar nicht nur auf die körperliche Weise. Ellis Körper kam meinem immer näher, und ich spürte die Hitze, die er ausstrahlte. Die gleiche

Hitze, die begann, mich von innen heraus zu verbrennen.

Sie legte die Hände an mein Gesicht und zog mich sanft zu sich herunter, während ich immer noch passiv blieb.

»Küss mich«, wisperte sie, kurz bevor ihre Lippen auf meine trafen. Ich wusste, wenn ich sie jetzt kostete und weiter ging, als ich mir erlauben wollte, könnte ich nicht mehr umkehren. Ich brauchte mehr. Alles von ihr. Meine Sucht würde sich verlagern. In sie. Im Gegenzug würde ich ihr jedoch alles von mir geben. Denn weniger hatte sie nicht verdient.

Doch ich war mir nicht sicher, ob wir beide bereit dafür waren. Es könnte uns zerstören. Oder es könnte uns heilen. Eine andere Option gab es nicht, und so wie ich mich kannte, wäre es sicher Ersteres.

»Küss mich, Nash. Bitte«, flüsterte sie flehend an meinen Lippen, und meine Selbstbeherrschung war dahin. Ich tat ihr den Gefallen, aber ich küsste sie nicht einfach nur. Ich liebte ihre Lippen, kostete ihren Geschmack voll aus und genoss, wie sie sich mir dabei hingab. Wie von selbst umschlangen meine Arme ihren Oberkörper, zogen sie fest an mich. Als ihre weiche Haut auf meine traf, wollte ich noch mehr. Es war nicht genug. Ich intensivierte den Kuss. Umkreiste mit der Zunge ihre, leckte sie, schmeckte sie, fühlte sie, wie ich noch nie jemand anderen gefühlt hatte. Es war gewaltig, benebelte meine Sinne und betäubte meine Bedenken.

Ich bekam kaum noch Luft, aber es war mir egal. Ihr Atem reichte mir, genauso wie mir alles an ihr reichen würde, wenn dieser Moment nur ewig dauerte. Sie war das Feuer, ich das Benzin, und die Explosion, die wir erzeugten, ab dem Augenblick, in dem wir uns zum ersten Mal berührten, war heftig. Sie versengte alles in einem Umkreis von Hunderten von Meilen und versetzte uns in einen Rausch, den wir nicht mehr bremsen konnten.

Und plötzlich fiel ich. Ich fiel in ein bodenloses, dunkles Loch und fühlte Elli nicht mehr. Ich roch sie nicht mehr. Ich sah sie nicht mehr. Panisch wollte ich mich an sie klammern, als ich den stechenden Schmerz, der meinen Rücken durchbohrte, spürte und die Augen aufriss.

Benommen und orientierungslos schaute ich mich um. Ich sah mein Bett, das kleine Zimmer und den Rauch der Zigarette, die noch leicht im Aschenbecher auf dem Fußboden glühte. Kein See. Keine Elli. Nur das Gefühl unglaublichen Verlustes und unfassbarer Geilheit. Mein Ständer war so hart wie nie und das nur, weil ich von ihr geträumt hatte. Mal wieder. Shit. Wie wurde ich das Ding los, ohne zu explodieren? Ich stand auf und legte mich zurück ins Bett.

Fest presste ich die Lider zu. Vielleicht kam der Traum ja wieder.

Vielleicht konnte ich mich doch nicht so von ihr fernhalten, wie ich es mir vorgenommen hatte.

Vielleicht lag ich falsch, und ich musste nur einmal wissen, wie sie sich anfühlte, um zu merken, dass es doch nicht so gut war, wie ich es mir vorstellte.

Doch eigentlich wusste ich es.

Es wäre besser als in meiner Vorstellung. Viel besser.

Eine neue Sucht bahnte sich ihren Weg in meine Nervenenden und verglühte sie dabei. Ich musste sie haben. Am besten sofort.

Denn sie weckte mehr in mir als den bloßen Drang, zu atmen, weil man es nicht unterdrücken konnte. Ich fühlte.

Zuneigung. Bewunderung. Lust.

Und ich hatte schon lange nicht mehr so intensiv gefühlt.

Kapitel 18

Gegenwart
ELINOR

Als ich am nächsten Morgen aufwachte, fühlte ich mich wie gerädert. Ich hatte wirre Träume gehabt, dabei spielte nicht nur Nash eine Hauptrolle, sondern auch ein anderer Mensch, zu dem ich aktuell keinen Kontakt mehr hatte.

Meine Schwester Mara.

Ich vermisste sie wahnsinnig. Das Gefühl begleitete mich nun über ein ganzes Jahr, und es überlagerte fast die vielen anderen Emotionen, die ich mit ihr in Verbindung brachte.

Scham. Reue. Ekel und Hass auf mich selbst.

Doch es war meine eigene Schuld. Es brachte nichts, darin zu versinken, wenigstens das hatte ich gemerkt. Nach außen hin funktionieren konnte ich.

Also stand ich wie jeden Morgen auf, machte mich im Bad fertig und half Sophia und Haddy in der Küche. Als ich mit dem Frühstück vor die Tür trat, sah ich allerdings nur Matthew, Buck und Levin, keine Spur von Nash.

Es hätte mich nicht so interessieren sollen, aber ich konnte mir nicht verkneifen, wissen zu wollen, wo er war. War er gegangen? Hatte er abgebrochen? Aufgegeben?

»Guten Morgen«, sagte ich und stellte das Tablett und die Kaffeekanne auf den Anhänger. Die anderen drei begrüßten mich mit einem freundlichen »Morgen«.

»Hast du gut geschlafen?«, fragte Matt, und ich nickte, obwohl ich dabei log.

»Wie immer ausgezeichnet.« Ich tat so, als würde ich wieder gehen wollen, dann drehte ich mich noch mal um. »Ach, wo ist eigentlich Nash?«

»Wir wollten die Prinzessin heute mal länger schlafen lassen«, sagte Buck grinsend. »Hatte anscheinend ne harte Nacht und ist aus dem Bett gefallen.«

Levin und Buck lachten laut, als würden sie miteinander ein Geheimnis teilen, das andere nicht verstanden. Ich runzelte nur die Stirn und sah Matt an, der mit den Schultern zuckte.

»Du kannst ihn ja mal wecken und Bescheid sagen, dass wir gleich loswollen. Vielleicht sieht er dein Gesicht lieber am frühen Morgen als Bucks hässliche Visage«, sagte Matt grinsend.

Bucks schelmisches Grinsen wurde nur breiter.

»Okay«, erwiderte ich.

»Ach, und gib ihm doch heute Nachmittag, wenn wir zurück sind, die erste Reitstunde. Er sollte bald mal aufs Pferd kommen«, sagte Matt.

»Alles klar«, meinte ich, auch wenn ich mir eindeutig eine bessere Beschäftigung vorstellen konnte. Denn das war das genaue Gegenteil von »Aus dem Weg gehen«. Die Männer machten noch irgendwelche Witze auf Nashs Kosten, und ich lief zum Gästehaus, ohne weiter darauf einzugehen.

Als ich den Flur betreten hatte, wusste ich nicht so recht, was ich tun sollte. Sollte ich einfach in sein Schlafzimmer spazieren und ihn wecken? Wäre das nicht ein Eingriff in seine Privatsphäre? Was, wenn er nackt schlief? Ich zögerte und drückte mich weiter herum, bis ich doch zu seinem Zimmer ging, vor der Tür stehen blieb und kurzerhand anklopfte.

»Nash?«, rief ich. »Schläfst du noch? Die anderen wollen los!« Keine Reaktion. Mist. Ich hob die Hand und legte sie auf die Türklinke, als mich ein Geräusch hinter mir aufschrecken ließ und ich einen kleinen Schrei von mir gab.

»Suchst du mich?« Nashs tiefe Stimme bewirkte, dass ich mich ruckartig umdrehte und dabei das Gleichgewicht nach hinten verlor. Anscheinend hatte ich im Schreck die Klinke nach unten gedrückt, denn es hielt mich keine Tür in meinem Rücken davon ab, zu fallen.

Blitzartig fasste Nash nach vorne und griff nach meinen Schultern, um mich aufzufangen. Als der

Schock langsam meine Glieder verließ, hielt er mich immer noch fest. Und mir fiel plötzlich auf, dass Nash nicht mehr als ein Handtuch um die Hüften geschlungen hatte. Ein kleines Handtuch. Genau genommen war es winzig.

Nicht nach unten schauen, Elli.

»Hoppla, anscheinend bist du immer so schreckhaft.« Nashs Gesicht wirkte immer noch reglos. Seine Haare waren nass, seine Brust ebenfalls noch feucht. Offenbar hatte er sich gerade eine Dusche gegönnt. Mir fiel auf, dass er von Tag zu Tag gesünder wirkte. Die Arbeit hier auf der Ranch schien ihm wirklich gutzutun und beanspruchte seine Muskeln auf besondere Weise, und seine Haut war gebräunt. Meine Finger zuckten, weil ich sie berühren wollte. Darüberfahren. Lecken. Küssen. Verdammt!

»Anscheinend schleichst du dich gerne hinterrücks an Menschen an«, erwiderte ich spitz und spürte immer noch den Druck seiner Finger auf meiner nackten Haut. Wieso hatte ich mich auch heute für ein ärmelloses Top entschieden? Doch selbst ein Rollkragenpullover hätte meine Haut bei dem sanften Druck Nashs schlanker Finger nicht davon abgehalten, zu kribbeln.

Das Gefühl war nicht unangenehm. Um ehrlich zu sein, wollte ich nicht, dass er mich wieder losließ, und genau das war falsch daran.

Außerdem war er fast nackt.

Immer noch nicht nach unten schauen, Elli!

»Ich wollte dich nicht erschrecken, sorry.«

»Du hast verschlafen.«

»Ein bisschen.« Seine Stimme wurde rauer, sein Blick verriet mir, was er eigentlich tun wollte. Er könnte mich einfach in sein Zimmer schieben, und ich könnte ihm nichts entgegensetzen. Er könnte mich auf sein Bett drücken und dieses Handtuch loswerden. Er könnte … Wieso dachte ich so was? Und wieso wollte ich auf einmal, dass es Wirklichkeit wurde? Es war nur ein Drang. Eine alte Erinnerung, die sich in mir aufbaute und ich immer noch nicht abschütteln konnte. Früher hatte ich die Aufmerksamkeit der Männer genossen. Sie gaben mir das Gefühl, ich hätte alles und jeden unter Kontrolle, wäre etwas wert, gewollt, geliebt. Aber das war ein Scheindenken. Ich musste es loswerden! Schnell!

»Die anderen wollen fahren und warten auf dich.«

»Was glaubst du, wie lange sie warten würden?«

Begannen seine Finger auf und ab zu streichen oder bildete ich mir das ein?

Ich sollte gehen. Ich sollte ihm sagen, dass er mich loslassen musste. Ich sollte … meinen Verstand wiederfinden!

»Sie würden ohne dich fahren.«

»Dann könnte ich meinen Tag heute hier auf der Ranch verbringen. Bei dir«, wisperte er, und seine Stimme wurde immer heiserer.

Er trat einen Schritt auf mich zu, und mein Herz begann zu rasen. Das Gefühl, kurz bevor man jemanden zum ersten Mal küsste, war phänomenal. Dieses Kribbeln, überall in deinem Körper. Diese innere

Anspannung, die einen unruhig werden ließ. Die Vorstellungen, die man sich machte, wenn man sich fragte, wie es wohl werden würde. Wie würde Nash Stokes küssen? Wäre er ein langsamer Küsser? Wäre er der Typ von Mann, der einen gegen die nächste Wand drückte und sich nahm, was er wollte? Oder konnte er beides sein?

Mein Blick wanderte auf seine Lippen, zurück zu seinen hellblauen Augen, die mich erwartungsvoll ansahen. Wir waren wie zwei Enden eines dünnen Fadens, der aufs Höchste gespannt war. Bald würden wir zerreißen, und dann gäbe es kein Zurück mehr.

»Wieso gehst du immer gleich auf Abwehr, Elli?«, fragte er mich, und ich musste schlucken. Ich hatte keine Ahnung. Um mich selbst zu schützen? Um die Menschen in meiner Umgebung vor dem zu bewahren, was ich ihnen antun würde?

»Lässt du mich bitte los?« Meine Stimme zitterte, war nur ein Hauch und nicht halb so fest, wie sie hätte wirken sollen.

Nashs Blick wurde wieder klarer. Es war, als realisierte er erst, als er meine Worte vernahm, wo er war. Wer er war. Oder wer ich war.

Ich räusperte mich.

Er blinzelte einige Male, zog seine Unterlippe zwischen die Zähne, als überlegte er seinen nächsten Schritt. »Bist du dir sicher?«, flüsterte er.

Ich nickte. Viel zu langsam.

Obwohl er immer noch zögerte, ließ er mich los und trat einen Schritt zurück. Glücklicherweise hielt er mit einer Hand den Knoten seines Handtuchs fest.

Meine Güte, immer noch nicht nach unten schauen, Elli!

»Ich geb den anderen Bescheid, dass du gleich kommst«, sagte ich schnell und drückte mich an ihm vorbei. Es ging nicht. Die Versuchung war riesig, aber ich würde ihr widerstehen. So wie ich jeder Verlockung, die mir nicht gutgetan hätte, im letzten Jahr widerstanden hatte.

Ich wollte ein anderer Mensch sein. Und dass ich immer noch hier war, bewies mir doch selbst, dass ich es noch nicht vollständig geschafft hatte. Oder? Hatte ich nur Angst vor dem, was danach kommen würde?

Ich würde es nicht heute herausfinden. Und garantiert nicht mit Nash.

Kapitel 19

Gegenwart
NASH

Die Arbeit auf der Ranch war hart, aber genau das mochte ich daran. Man hatte keine Zeit, sich über andere Dinge Gedanken zu machen. Vor allem nicht darüber, wie sich Elli angefühlt hatte. Was sie wohl gesagt hätte, wäre ich weiter gegangen? Wie hätte sie geschmeckt, wenn ich ihren Bauch nach unten geküsst hätte. Oder wie gestöhnt, wenn ich dabei mit meiner Zunge …

»Nash!« Fuck. Realität! »Konzentrier dich!«, rief Elli streng.

»Wie soll das gehen, wenn ich drauf achten muss, dass der Sattel aus meinen Eiern kein Püree macht?«, meckerte ich, während ich probierte, mich auf dem Pferd zu halten, das Elli seit zwanzig Minuten umkreiste. Elli versuchte, ihr schadenfrohes Grinsen zu verstecken, doch ich sah es ganz genau.

»Können wir nicht wieder dieses Schritt-Dings probieren?« Ich verlor für einen kurzen Moment das Gleichgewicht, und der Boden fühlte sich bedrohlich weit weg an. Das Pferd war riesig! Bestimmt hatte Elli ein besonders großes für mich ausgesucht! Doch egal, ob es extra gewesen war, es machte mir tatsächlich so etwas wie Spaß. Mit Elli Zeit zu verbringen, denn je mehr ich mich entspannte, umso gelöster wirkte auch sie. Es tat gut, einmal an etwas anderes zu denken, als daran, wie sich Drogen in meinen Blutbahnen anfühlen würden.

»Stell dich nicht so wegen des bisschen Trabs an. Wir haben ja noch nicht mal den Galopp ausprobiert.« Sie machte leise Brrrr-Laute, und das Pferd wurde endlich langsamer. Ich atmete durch.

»Galopp? Das gibt es auch noch!?«

Jetzt kicherte Elli doch, und ich musste sogar grinsen. Ich mochte ihr Kichern. Ich mochte sie.

»Dass ihr Männer immer so hart tut, euch aber wegen so einer Kleinigkeit so anstellt.«

»Du hast gut reden, ihr Frauen habt da unten auch nichts, was euch das Reiten so unfassbar schmerzhaft macht.« Ich rutschte auf dem Sattel ein Stück nach links, um dem Druck zu entkommen, der auf meinen Juwelen lastete. Die Naht der Jeans scheuerte ebenfalls schon an meinem Innenschenkel. Scheiße, Männer waren dafür einfach nicht gemacht. Der Lonesome Rider der Marlboro-Werbung war bestimmt in Wirklichkeit eine Frau.

»Du musst bald einen ganzen Tag auf dem Pferd verbringen, wie willst du das packen? Die Männer lassen dich in der Steppe zurück, wenn du weiter so heulst wie ein kleines Mädchen. Wobei, die habe ich noch nicht so auf einem Pferd weinen sehen.« Ellis dunkelbraune Augen funkelten herausfordernd. So wollte sie es also. Es machte ihr Spaß, mich zu ärgern. Mir gefiel es ebenfalls.

»Du bist frech. Pass bloß auf, dass ich dir nicht Manieren beibringe.«

Sie lachte laut. »Ich bin nur ehrlich, und ich glaube nicht, dass ich deine Manieren haben möchte.«

»Wie hält man das Ding an?«, fragte ich und wackelte am Zügel. »Dann zeig ich es dir!«

»Das Ding heißt Ophelia und ist eine alte Lady, also bitte sei höflicher. Außerdem musst du nicht anhalten.«

Elli schnalzte mit der Zunge, und das Pferd, oder Ophelia, wurde wieder schneller.

»Dafür würde ich dir zu gerne deinen hübschen Po versohlen«, rief ich, aber ich hatte gerade ganz andere Sorgen. Nämlich mich weiter oben zu halten, ohne herunterzufliegen und zu sterben oder meine Familienplanung voll vergessen zu können. Eis. Ich brauchte definitiv heute Abend eine Menge Eis.

Irgendwie hatte ich ja auf Ellis Mitleid gehofft und dass sie mich danach versorgte. Konnte ich wohl vergessen. Also musste ich das hier durchziehen wie ein

Mann. Bis sie die beiden Worte sagte, die es mir unmöglich machten, stark zu bleiben.

»Galopp, Ophelia!«

***

Die Klimaanlage in der Ecke des großen Raumes ratterte unaufhaltsam, und ich versuchte, mich auf das Geräusch zu konzentrieren, während ich, zurückgelehnt auf dem unbequemen Plastikstuhl, an die Decke starrte.

Ich hatte kein Problem mit der harten körperlichen Arbeit auf der Ranch, auch die privaten Therapiestunden waren aushaltbar, weil ich das Gefühl hatte, ich hätte die Nervosität, die mich immer noch nach einer Woche hier heimsuchte, unter Kontrolle. Zumindest ein Stück weit, wenn ich Dr. Stanfield nicht zu weit in meine verdorbene Seele schauen ließ. Aber die Gruppentherapie war schrecklich. Wir saßen in einem Stuhlkreis inmitten des Raumes, und egal in welches der sechs Gesichter ich sah, ich hatte das Gefühl, ich schaute in einen Spiegel. Sie erinnerten mich alle an das, was ich immer noch war. Ein Junkie. Dessen Gedanken sich zwanzig Stunden am Tag um Stoff drehten. In den vier übrigen dachte ich an Elli, was ich eigentlich genauso beschissen fand. Sie war an einem Punkt, an dem sie ihre Sucht unter Kontrolle hatte. Wenn ich sie mit in mein Loch zöge, würden wir unwiderruflich zusammen untergehen.

Mein Bein wackelte unruhig hin und her, während ich die Stimme von Barney – Heroin und Meth – zu ignorieren versuchte.

»Ich dachte, ich werde verfolgt. Totaler Psychoterror«, sagte er und kratzte sich an der großen Nase, die mitten in seinem fahlen Gesicht fast deplatziert wirkte. Er war um die vierzig und, soweit ich mitbekommen hatte, schon sein gesamtes Leben lang süchtig. Immer wieder kam er hierher, um es zu schaffen, und immer wieder landete er zu Hause erneut in dem schwarzen Sumpf. Wie ich.

Ich zweifelte an mir, an meiner Stärke, an meinem Vorhaben. Was, wenn ich wieder zurück wäre? Würde ich die nächsten Jahre überhaupt überleben, wenn ich so weitermachte wie vor meinem Aufenthalt hier? Nein. Es wäre mein Tod. Allerspätestens wenn mich Connor in die Finger bekäme, denn er war kein Typ, der die Sache zwischen uns einfach vergessen würde.

»Danke für deine Erzählungen, Barney. Nash«, sagte Dr. Stanfield, und ich sah langsam auf. Ich spürte die Blicke aller auf mir wie heiße Stiche. »Möchtest du der Gruppe erzählen, wer du bist?«

»Eigentlich nicht.« Es war mir unangenehm, so im Mittelpunkt zu stehen, und vor allem, alles vor Wildfremden zugeben zu müssen. Es erschloss sich mir immer noch nicht, wie das mir helfen sollte.

Der Psychologe nickte, als hätte er damit gerechnet. »Okay. Sarah?«

Eine Brünette, ungefähr Mitte zwanzig, steckte die zusammengefalteten Hände zwischen die Knie und wirkte nervös. »Ja?«, fragte sie und blinzelte einige Male, als wäre sie mit ihren Gedanken woanders gewesen als in diesem eisigen Gruppenraum.

»Möchtest du der Gruppe etwas erzählen?«

Sie atmete tief ein und drückte den Rücken durch. »Ich bin Sarah, wie ihr soeben schon erfahren habt, und ich komme aus Nevada. Meine Laster waren ... sind Glücksspiel, Koks und Sex. Ich bin zum ersten Mal hier dabei.« Sie wirkte schüchtern und irgendwie verstört, was sie allerdings nicht minder attraktiv machte. Trotzdem wandte ich mich ab und konzentrierte mich wieder auf das Rattern der Klimaanlage und den vergilbten Linoleumboden.

Nachdem die Stunde vorüber war, war ich nicht in der Stimmung auf direktem Wege zurück zur Ranch zu fahren und drückte mich noch im Raum herum. Irgendwie zogen mich die Erzählungen und Geschichten der anderen genauso weit runter wie meine eigenen Erinnerungen an kalte Nächte auf irgendwelchen Bürgersteigen oder Morgen, an denen ich in einem fremden Bett aufgewacht war, ohne mich zu erinnern, wie ich dort überhaupt hingekommen war. Scheiße.

»Hey, Nash richtig?« Ich stand an dem langen Tisch in der Ecke, auf dem eine große Kaffeekanne und mehrere Pappbecher aufgebaut waren. Die Brühe schmeckte widerlich, aber wenigstens hielt sie wach. Immer noch kämpfte ich mit meiner Müdigkeit, die einfach nicht aus meinen Gliedern weichen wollte. In den einzigen Momenten, in denen ich mich wach und aufmerksam fühlte, verausgabte ich mich entweder bei den Arbeiten auf der Ranch oder Elli war in der Nähe.

»Richtig. Sarah, oder?«

Die Brünette lächelte zart und griff ebenfalls nach einem Pappbecher. Alle anderen waren bereits gegangen, und wir waren die einzigen beiden in dem Raum. Ich musterte sie von der Seite. Sie war schlank, fast ein bisschen zu dünn. Ihre braunen Haare waren offen und gingen ihr bis zu den Schultern. Sie war hübsch. Aber mein Interesse war nicht halb so groß, wie es vor meinem Aufenthalt hier gewesen wäre. Das zumindest war ein gutes Zeichen, oder? Ich suchte nicht nach weiteren Ablenkungen.

»Bist du schon länger hier dabei, bei diesem Programm?«, fragte sie und nippte an dem Becher, während sie mich aus großen blauen Augen ansah. Sie verzog angewidert den Mund und stellte den Becher zurück auf den Tisch. »Gott, das Zeug ist widerlich!«

Ich musste fast lächeln. »Ich bin erst seit ein paar Wochen hier, drei um genau zu sein. Ist mein erster …« Ich zögerte bei dem Wort. »Entzug.«

Sie nickte, als könnte sie mich verstehen. Noch eine Verbündete auf der langen Reise zu einem normalen Leben. Plötzlich änderte sich etwas an ihrem Blick, und sie trat unauffällig einen Schritt näher, während sie mich weiterhin ansah. *Vergessen*. Hallte wieder durch meinen Schädel. Aber es war nicht richtig. Sie war nicht richtig.

Sie kramte in ihrer Handtasche und steckte mir ein Kärtchen zu. »Falls du reden möchtest. Ich weiß, wie es ist, sich allein zu fühlen.« In ihren Worten klang definitiv etwas Zweideutiges mit. Ich nahm die Karte und steckte sie mir in die Gesäßtasche meiner Jeans. Weil ich sie wirklich anrufen wollte? Oder weil ich nur höflich sein wollte?

»Danke, Sarah.« Sie leckte sich über die Lippen, als ich ihren Namen sagte. Es löste nichts in mir aus. Nicht mehr.

Ich sah auf die Wanduhr über dem Kaffeetisch. »Also ich muss los.«

Sie nickte. »Dann bis zum nächsten Mal. Oder?«

»Klar«, antwortete ich ihr, warf meinen Becher in einen Mülleimer neben dem Tisch und nickte ihr noch einmal zu, bevor ich den Raum verließ. Weg hier. So schnell, wie es ging. Es gab viele Wege zu vergessen, aber dieser hier schien selbst mir falsch.

Kapitel 20

Gegenwart
NASH

»Was tust du, wenn dich dann das Gefühl übermannt, Nash?«

Nach vier Wochen Therapie bei Dr. Stanfield waren wir bereits beim Du angelangt. Clark, wie ich ihn nun nannte, sagte, das würde es mir vielleicht einfacher machen, über alles zu sprechen. Es würde nie leicht sein, über meine Vergangenheit zu reden, eher unmöglich, und das änderte auch kein verdammter Vorname. Denn bisher waren wir nicht wirklich weit gekommen. Gut, das lag natürlich an mir, denn ich wollte ihn einfach nicht zu tief in meine verdorbene Seele schauen lassen. Auch bei den Gruppentherapien, die ich nebenbei bemerkt einfach völlig sinnlos fand, saß ich einfach nur da und hörte mir eine

Junkiegeschichte nach der anderen an, ohne selbst etwas zu erzählen. Es war mir nicht klar, was es mir bringen sollte, mit Menschen, die genau wie ich waren, über den Grund meiner Sucht zu sprechen.

Ich lehnte mich auf dem Ledersessel zurück und starrte an die Decke. »Ich versuche, mich abzulenken. Nicht mehr daran zu denken, wie es sich anfühlen würde, wenn der Stoff wirkt. Wie ich dabei alles vergesse«, antwortete ich. Ich verschwieg, dass ich mich mit ganz anderen Gedanken ablenkte. Elli auf mir. Elli unter mir. Elli nackt. Elli halb angezogen. Elli in der Dusche. Elli im Stroh. Der Vorsatz, sie aus meinen Gedanken zu verbannen, hatte nicht funktioniert. Im Gegenteil. Je mehr Zeit wir miteinander verbrachten, umso schwieriger wurde es, nicht an sie zu denken. An ihre schönen braunen Augen, deren Blick mich jeden Morgen fast schüchtern streifte, wenn sie uns Männern das Frühstück rausbrachte. An ihre frechen Sprüche bei unseren Reitstunden am Nachmittag. An den Drang, sie zu berühren, wenn wir uns beim Abendessen gegenübersaßen.

Ich mochte ihre Art. Ihren Humor. Ihr Lachen. Ihre Sommersprossen. Ihr Strahlen. Und ihre Dunkelheit.

»Und hilft es?«

»Manchmal.« Ich sah ihn wieder an. Clark überschlug die Beine, wie er es immer tat, wenn er vorhatte, noch weiter nachzubohren. Ich fuhr mir über das Gesicht, und meine Bartstoppeln machten ein schabendes Geräusch. Ich konnte nicht abstreiten, dass ich mich hier veränderte. Nicht nur körperlich.

Mein Körper war stärker, genauso wie mein Geist es jeden Tag ein Stückchen mehr wurde.

»Möchtest du mir heute von deiner Familie erzählen.«

»Meinen Brüdern?«

»Ich meine eher, deiner leiblichen.«

Ich begann die Haut an meinem Daumennagel abzuknibbeln. Seit langer Zeit kam das Jucken zurück, das sich in meinem Körper aufbaute und nach außen durch meine Haut drang. »Ehrlich gesagt nein.«

Clark lehnte sich nach vorne und legte sein Notizbuch neben sich auf einen Beistelltisch. »Ich kann verstehen, wenn das nicht einfach ist, aber wir haben noch genau drei Monate. Das ist nicht viel Zeit, in der ich sicher sein muss, dass du es überwunden hast.«

»Ich nehm kein Zeug mehr!«

»Ich meine nicht den körperlichen Entzug, Nash. Ich meine die seelischen Wunden. Vielleicht können wir sie wenigstens ein bisschen heilen, damit dir das Leben draußen nicht so schwerfällt.«

»Vielleicht will ich gar nicht mehr da raus in diese beschissene Welt.«

»Das habe ich schon mal gehört.« Er lächelte leicht.

»Elli«, bemerkte ich, und Clark nickte. »Sie ist auch hiergeblieben. Weil sie Angst hat.« Es war mehr eine Feststellung als eine Frage, weil ich genau wusste, wie sie sich fühlte.

»Ich darf nicht über andere Patienten sprechen«, sagte Clark und lehnte sich wieder zurück. »Aber ich darf fragen, wie ihr beide euch versteht.«

»Gut.« Das war keine Lüge.

»Das kann ich mir vorstellen«, erwiderte Clark. »Sie ist ein ganz besonderer Mensch.«

»Das ist sie.« War ich eifersüchtig, wenn ich daran dachte, was sie Clark alles anvertraut hatte? Wie viel Zeit sie mit ihm verbracht hatte? Er war ihr Arzt. Es war bescheuert, darüber nachzudenken. Trotzdem konnte ich die irrationale Eifersucht gerade nicht unterdrücken, die mich erfasste.

»Bist du verheiratet, Clark?«, fragte ich, und er zog überrascht die Augenbraue nach oben.

»Auch wenn ich private Themen gerne für mich behalte, aber nein, ich bin nicht verheiratet. In diesem Staat sieht man die gleichgeschlechtliche Ehe nicht so gerne.« Sein Lächeln war traurig und erreichte seine Augen nicht.

»Oh. Gleichgeschlechtlich.«

»Hast du ein Problem mit Schwulsein, Nash?«

»Nein! Natürlich nicht!«, sagte ich, und das war tatsächlich so. Ich war der Meinung, jeder durfte das tun, was er wollte, solange er anderen nicht schadete, und wenn er eben auf Männer stand, änderte das nichts an seiner Persönlichkeit. Im Gegenteil. Ich war mir sicher, Clark und sein Freund mussten einige Anfeindungen über sich ergehen lassen und waren deswegen stärker als mancher Hetero. »Ich war nur überrascht. Du musst mich jetzt nicht deswegen therapieren oder so.«

Clark lachte, diesmal klang es ehrlich. »Zurück zu deiner Beziehung mit Elli. Du magst sie.« Auch das war mehr eine Feststellung. Ich konnte nur nicken. »Weil ihr euch ähnlich seid oder weil du sie als Mensch magst?«

»Beides irgendwie. Sie hat mir nicht viel von ihrer Vergangenheit erzählt, aber ich seh es ihr an. Das gleiche trübe Grau, das manchmal ihre Gedanken beherrscht, wenn sie denkt, es bekommt niemand mit. Die Schwärze, die Menschen wie uns hin und wieder verschluckt.«

»Wann hat sie dich das letzte Mal verschluckt?«

»Bevor ich herkam.«

»Wann genau, Nash?«

»Als ich erfahren habe, dass mein Pflegevater aus dem Knast freigekommen ist.« Ich antwortete, ohne wirklich antworten zu wollen. Irgendwas in mir wollte darüber sprechen. Es loswerden. Nie wieder darüber nachdenken. Clark hatte einen Verschluss in mir gelöst, von dem ich dachte, ihn nie wieder aufzubekommen. Ich hörte fast das laute Sprengen der Ketten, die mich mein ganzes Leben lang festgehalten hatten.

»Wieso war das so schlimm für dich?«

»Weil der Wichser lebenslänglich verdient hätte.« Ich spuckte die Worte nur so heraus. Sie brannten auf meiner Zunge, hinterließen einen faden Geschmack in meinem Mund.

»Er hat dich und deine Pflegebrüder nicht gut behandelt. Tanner und Everett, oder? Es ist natürlich, dass du eine Abscheu gegen ihn hast.«

»Ich hab keine Abscheu, ich hasse ihn! Aus tiefstem Herzen! Es geht dabei nicht nur um meine Brüder oder mich, verdammt!« Ich wurde wütend, wenn ich an ihn dachte. So verdammt wütend! An sein Gesicht! Sein hämisches Lachen, während er mich manchmal zusehen ließ, was mit meiner Mum passierte! Der Drang nach einem guten Rausch wurde größer! Immer größer! Ich war damals noch so jung gewesen! Mein Daumennagel blutete bereits, doch es war mir egal. Der Schmerz brachte mich zurück. Leicht. Ein wenig. Nicht genug!

»Nash, alles ist gut. Es sind nur Erinnerungen, sie können dir nichts anhaben.« Clarks Stimme war wie in weiter Ferne zu hören, während ich hinter ihm auf das bunte Bild starrte. Ich konnte kaum atmen. Irgendetwas schnürte mir die Brust zu. »Er kann dir hier nichts tun. Du musst nicht mehr zu ihm zurück, du bist erwachsen, und er war nur dein Pflegevater.«

»Er war verdammt noch mal nicht nur mein Pflegevater! Er ist mein Onkel! Ich habe sein dreckiges Blut in mir, und am liebsten würde ich mich selbst ausbluten lassen, um es nicht weiter in meinen Venen zu spüren«, schrie ich und sprang auf. »Und ich musste jeden verdammten Tag dem Mörder meiner Mutter ins Gesicht sehen! Jeden! Verdammten! Tag!«

Ich musste hier raus! Ich bekam keine Luft! Erstickte! Clark sah völlig geschockt aus, aber es war mir egal! Ich rannte nach draußen und setzte mich auf mein Motorrad. Wo sollte ich hin? Egal. Hauptsache, da gab es haufenweise Zeug zum Vergessen! Haufenweise!

Ich fuhr los. Ohne Ziel, ohne Plan. Nach einer gefühlten Ewigkeit hielt ich an einer Kreuzung in Richtung Dallas und versuchte, meine schwere Atmung zu kontrollieren. Das Gefühl niederzudrücken, das mich fast ersticken ließ. Mir wurde übel. *Mum.*

Scheiße, es kam immer wieder zurück. Immer! Fucking! Wieder!

Ich zog die kleine Karte aus meiner Hosentasche und starrte darauf.

Es war die Visitenkarte eines Motels. Auf der Rückseite war eine Handynummer draufgekritzelt. Ohne nachzudenken, zog ich mein Handy aus der Tasche und wählte die Nummer.

»Hallo?«, ging eine Frauenstimme an den Apparat. Sie wirkte gehetzt, als hätte ich sie bei irgendetwas gestört.

»Nash hier. Störe ich?«

»Nein, nein! Ich war nur eben duschen. Ich freue mich, wie geht es dir?«

Ich räusperte mich. Elli. Shit. Falsch, so falsch, aber ich konnte Elli nicht mit hineinziehen in dieses Drecksloch. Das hatte sie nicht verdient. Trotzdem musste ich die Gedanken abschütteln. Irgendwie. Jetzt!

»Kann ich vorbeikommen?«, fragte ich, daraufhin herrschte kurz Ruhe.

»Natürlich«, erwiderte Sarah, und ihre Stimme klang rauer als zuvor. »Zimmernummer zehn. Die Adresse hast du ja.«

»Bis gleich.« Ich legte auf und steckte alles zurück in meine Taschen. Dann fuhr ich los. Während des gesamten Weges hatte ich das Gefühl, ich machte einen großen Fehler. Wenn nicht sogar den schlimmsten, den ich je in meinem Leben begangen hatte. Aber es ging nicht anders. Der Schmerz und der Drang waren zu groß. Ich hatte lange dagegen ankämpfen können, aber jetzt brauchte ich ein Ventil, das zumindest kurzfristig linderte. Es war mir alles recht.

Ich parkte vor einem heruntergekommenen Motel. Nicht alle hatten wohl so viel Glück, in einer Ranch wie ich unterzukommen. Ich schüttelte den Kopf, um die Gedanken daran zu verdrängen, weil mir das, was ich im Begriff war zu tun, dabei noch falscher vorkam.

Die Zimmer lagen in U-Form zum Parkplatz gewandt. Bei Sarahs Zimmernummer blieb ich stehen und klopfte gegen die Tür. Als sie diese öffnete, blieb mir kurz die Luft weg. Auch ihr war klar, dass ich nicht wirklich zum Reden hergekommen war. Obwohl sie selbstbewusst nur in Unterwäsche gekleidet in der Tür stand, leuchteten ihre Wangen leicht rot, als würde sie sich schämen. Scheiße, ja, ich schämte mich auch. Wieso taten wir so etwas dann trotzdem?

»Komm rein«, hauchte sie. Ich ging an ihr vorbei und setzte mich auf den Bettrand. Das Zimmer war kahl und ungemütlich. Eine braune Tagesdecke lag zusammengeknüllt neben dem Bett in der Mitte des Raumes. Am Ende gab es eine geschlossene Tür, deren Klinke abgerissen war. Oder abgetreten. Über einem kleinen Tisch in der Ecke hing das Bild von einem Bauern auf seinem Feld. Neben ihm stand eine gruselige Vogelscheuche. Mir lief es eiskalt den Rücken hinunter. Kein schöner Ort. Ich schloss kurz die Augen.

Sarah kam auf mich zu und blieb vor mir stehen. Als ich meine Hände hob und sie auf ihre nackten Hüften legte, fiel mir erst auf, wie dünn sie war. Ich sah nach oben und suchte ihren Blick. Sie wirkte traurig. Langsam senkte sie den Kopf und kam auf mich zu. Etwas an ihrem Blick erinnerte mich plötzlich an Candy. Und an Erin.

Kurz bevor ihre Lippen auf meine trafen, drückte ich sie zurück, stand auf und drehte uns herum. Ich konnte sie nicht küssen. Keine Ahnung wieso, aber es ging einfach nicht. Ein Teil von mir *wollte* es einfach nicht.

Als ich sie auf das Bett drückte, rutschte sie hoch zum Kopfteil, und ich stand immer noch am Ende. Sie wirkte so klein auf den zerwühlten Laken. So verloren. So schutzlos.

Ich fuhr mir durch die Haare und zog ein bisschen daran, um mich wieder zurück ins Hier und Jetzt zu holen.

»Es tut mir leid …«, wisperte ich. »Ich kann das nicht.« In ihre Augen trat noch größere Scham, und sie zog sich das Bettlaken über ihren schmalen

Körper. Sie nickte stumm und presste die Lippen aufeinander. »Es liegt nicht an dir, sondern … Es geht einfach nicht.« Damit drehte ich mich um und rannte zurück zu meinem Motorrad.

Damit wäre aber immer noch nicht das Problem gelöst, dass sich meine Gedanken weiterhin nicht abschütteln ließen.

Kapitel 21

Vergangenheit
NASH

Ich zog meine Bettdecke weit über den Kopf und drückte mich in die Ecke zwischen Bett und Wand. Ich war wie erstarrt. Alles tat mir weh. Ich hatte keine Ahnung, wie lange es schon andauerte.

Ihre Schreie. Ihr Weinen. Ihr Schluchzen.

Zumindest so lange, seitdem Glenn hergekommen war und mit meiner Mum in ihrem Schlafzimmer verschwunden war. Ich mochte Glenn nicht, auch wenn er immer sagte, dass wir Familie wären, weil er mein Onkel war. Aber ich mochte auch meinen Dad nicht. Sie rochen beide immer nach Alkohol und sagten böse Dinge, außerdem brachten sie meine Mum zum Weinen. Und sie weinte in letzter Zeit ziemlich oft.

Genauso wie ich. Ich war traurig, wenn meine Mum es war. Tränen rannen mir die Schläfen hinab, und mein Körper zitterte. Jedes Mal hatte ich Angst davor, was Glenn meiner Mum antat. Aber immer, wenn ich ihn davon abhalten wollte, schubste er mich aus dem Zimmer. Ein Mal hatte ich versucht, die Polizei zu rufen, aber Glenn hatte mich erwischt. Ich erinnerte mich immer noch daran, wie sehr meine Rippen noch Tage danach wehgetan hatten, weil ich von ihm Tritte abbekommen hatte.

Plötzlich gab es einen lauten Knall. Danach war es ruhig. Meine Mum schrie nicht mehr. Vielleicht hatte Glenn endlich aufgehört? Würde er jetzt zu mir kommen? Meine Angst wuchs so sehr an, dass das Zittern in meinem Körper meine Zähne klappern ließen. Ich schwor mir, wenn ich groß und stark war, würde ich meine Mum vor ihm beschützen.

Die Eingangstür unserer Wohnung fiel ins Schloss. War er gegangen? Vorsichtig zog ich die Decke nach unten und spähte in die Dunkelheit meines Zimmers. Ich sah nur das Licht, das durch den dünnen Schlitz unter meiner Zimmertür hervordrang. Ich zögerte. Sollte ich nachsehen? Normalerweise weinte meine Mum auch noch, wenn Glenn schon längst gegangen war.

Ich zog die Bettdecke zur Seite und berührte mit den Füßen den rauen Teppich. Leise schlich ich zu meiner Tür und öffnete sie einen Spalt. Stille. Das Licht im Flur brannte, und ich sah von hier aus, dass die Zimmertür zu Mums Schlafzimmer geöffnet war.

Sollte ich nach ihr rufen? Aber was, wenn Glenn doch noch hier war? Am Morgen hatte ich versucht, ein Küchenmesser unter meiner Matratze zu verstecken, aber Mum hatte mich dabei erwischt. Es gab mächtig Ärger.

Mein Herz galoppierte, und Kälte kroch in meinen Körper. Trotzdem tappte ich barfuß und vorsichtig den Flur hinunter, bis ich vor der Zimmertür meiner Mum stehen blieb.

Sie lag auf dem Boden neben ihrem Bett auf der anderen Seite. Ich sah nur ihre nackten Beine.

»Mummy?«, flüsterte ich vorsichtig. »Mum?«

Sie regte sich nicht. Vielleicht schlief sie? Ich wollte sie auf keinen Fall wecken, denn immer wenn sie schlief, sah sie so friedlich aus. Sie wirkte dann glücklicher, als wenn sie wach war.

Also setzte ich mich im Schneidersitz leise auf den Boden neben der Tür. Ich würde warten, bis sie aufwachte, und so lange auf sie aufpassen, damit sie in Ruhe schlafen konnte. Egal, wie lange es dauerte.

Kapitel 22

Gegenwart
ELINOR

»Hier bist du«, sagte ich und war erleichtert. So unfassbar erleichtert, dass ich ihn gefunden hatte. Sonst war Nash direkt nach den Gruppenstunden und Sitzungen bei Clark nach Hause gekommen. Heute nicht. Und er sah richtig schlecht aus. Seine Augen wirkten stumpf, die Ringe darunter tief, und sein Mund war zu einem festen Strich zusammengepresst. Ich setzte mich neben ihn ins Heu. »Sophia hat sich Sorgen gemacht, weil du das Abendessen verpasst hast.«

»Was gab es?«, fragte er leise. Er klang müde. Ausgelaugt. Ich konnte verstehen, wie er sich fühlte. Seine Vergangenheit wieder aufzuwühlen, war unglaublich anstrengend.

»Burger. Matt hat extra den Grill angeschmissen, aber er ist der schlechteste Griller, den ich kenne. Alle Pattys waren schwarz, bis Sophia übernommen hat und das Abendessen noch retten konnte.«

Nash lachte leise und legte sich zurück. Das Stroh unter ihm raschelte. Alles war still an diesem Ort. Ich liebte es, um die späte Uhrzeit in der Scheune bei den Pferden zu sein. Weil man das Gefühl hatte, die Zeit verginge hier viel langsamer. Vor einem Jahr, am Anfang meiner Therapie, hatte es mich beruhigt, den leisen Geräuschen der Pferde zuzuhören, während sie das duftende Heu kauten. Oder den Geruch ihres warmen Fells zu riechen, vermischt mit dem von frischem Stroh, während man hier einfach nur sitzen konnte und die Zeit an einem vorbeistrich. Keine Erwartungen, die einen niederdrückten. Einfach nur man selbst sein. Anscheinend ging es Nash genauso, wenn er hier Zuflucht suchte. »Ich bin froh, dass du hier bist und keine Dummheiten gemacht hast. Das ist gut«, sagte ich vorsichtig und sah Nash an. Endlich fand sein Blick meinen, und ich erschrak vor dem, was ich darin sah. Es war fast wie ein Spiegel, in dem ich mich selbst wiedererkannte. Verzweiflung. Angst. Schmerz.

»Ich bin mir nicht sicher, ob das gut ist«, erwiderte er. »Ich war schon weit über die Stadtgrenze hinaus. In Dallas gäbe es bestimmt etwas von dem Zeug, das mir jetzt helfen würde.«

Ich winkelte die Beine an und legte meine Unterarme darauf ab. »Es hilft dir nur kurz. Danach bist du wieder ein Stückchen mehr gestorben«, wisperte ich, ohne ihn anzusehen. Das Stroh raschelte, als sich Nash aufsetzte. »Alkohol. Bei mir war es hauptsächlich Alkohol, und Männer, am Ende ein paar Pillen, falls du dich das gefragt haben solltest«, sagte ich und sah ihn an. Es war nicht die ganze Wahrheit, aber die musste er auch gar nicht kennen. Sein Blick war voller Mitgefühl, vor allem lag darin das Wissen, wie es sich anfühlte, so verloren zu sein. Wir waren eins. Aus demselben Schmerz entstanden, sehnten wir uns nach der gleichen Heilung. »Die Sitzungen bei Clark sind nicht einfach, und es dauert eine ganze Weile, bis sie das werden. Aber du musst das weiter durchziehen, du schaffst das, Nash.«

Er fuhr sich durch die schwarzen Haare, danach sah seine Frisur noch wirrer aus, und eine Strähne hing in seine Stirn. Erst jetzt fiel mir auf, wie lange sie geworden waren, seitdem er hier war. Auch sein Körper war mittlerweile kräftiger. Er wirkte stärker, gesünder und sah allgemein besser aus. War wirklich schon ein ganzer Monat vergangen?

»Es fühlt sich gerade nicht so an. Wieso denkst du das von mir, wenn ich es selbst nicht tue?«

»Weil ich es auch geschafft habe, und ich bin nur halb so stark wie die meisten Menschen.«

Nash sah mich an, als hätte ich behauptet, in der Antarktis herrsche sengende Hitze.

»Das glaubst du?« Ich antwortete ihm nicht. »Du bist eine der stärksten Frauen, mit denen ich gesprochen habe.«

»Ich nehme an, du hast nicht mit vielen gesprochen«, sagte ich mit einem ironischen Unterton.

Ein kurzes Lächeln huschte über sein Gesicht. »Im Ernst, ich weiß nicht viel von deiner Vergangenheit, aber ich weiß eines: Du hast es durchgezogen. Das macht dich weitaus stärker als Menschen, die so etwas nie durchlebt haben. Du hast es geschafft! Weil du es wolltest!«

»Weil der Weg richtig ist«, erwiderte ich leise.

Nashs Gesichtsausdruck sah wieder gequält aus. Als würde ihn in diesem Moment eine besonders schwerere Erinnerung heimsuchen. »Ich bin mir nicht sicher, ob es das Richtige ist, alles neu zu durchleben.« Seine Atemzüge wurden schwerer. »Wenn dir jemand eine Pille geben würde, mit der du alles vergessen und wieder bei null anfangen könntest, also ich meine wirklich alles. Du weißt nur deinen Namen! Würdest du es tun?«

Ich überlegte nicht lange. »Ja.«

»Ich würde es nicht tun«, sagte Nash.

»Wieso nicht?«

»Weil ich dich dann nicht kennen würde.« Seine Miene war ernst, sein Blick so eindringlich, dass mir ganz anders wurde. Heiß. Und kalt. Und alles zusammen.

Ich schlug ihn leicht auf den Oberarm. »Ach, komm. Was war das denn für ein Anmachspruch? Das kannst du doch besser«, scherzte ich, und endlich zeigte Nash das kleine Grübchen, das auf seiner

Wange erschien, wenn er ehrlich grinste. Was bisher nicht oft vorgekommen war.

»Mist. Ich dachte, jetzt hätte ich dich.«

»Da musst du ganz andere Register ziehen.«

Er hob die Hand und fuhr mit dem Zeigefinger sachte von meiner Hand über den Unterarm nach oben. »Was denn zum Beispiel?«, wisperte er, und der Spaß zwischen uns verschwand erneut. Es fühlte sich plötzlich anders an. Die Spannung war wieder da. Das Kribbeln. Das Herzrasen. Die elektrisierende Anziehung, die mir das Atmen erschwerte und meine Muskeln aufs Höchste anspannte.

»Hm«, sagte ich abwesend, während ich seinem Finger folgte, der meine Schulter erreicht hatte und weiter zu meinem Nacken fuhr. Seine Hand legte sich darum, und er zog mich an sich.

»Danke, Elli.« Sanft drückte er mir einen Kuss auf die Stirn, dann ließ er mich los und fiel zurück ins Stroh. »Komm her.« Er streckte den Arm aus, und ich sah ihn misstrauisch an. »Nur liegen. Ich schwöre.«

Ich zögerte. So viel Nähe war ich nicht gewohnt. Selbst bei Matt oder Sophia hatte ich ein Problem damit. Generell konnte ich mich nicht erinnern, ob ich meine leiblichen Eltern überhaupt einmal umarmt hatte. Oder sie mich. In der Vergangenheit kompensierte ich fehlende Nähe durch Sex. Aber Sex mit Nash war immer noch ausgeschlossen. Es gab für mich nichts dazwischen. Ich wusste schlicht und ergreifend nicht, wie das ging.

»Erst der Schritt, danach der Trab, dann erst der Galopp, oder wie war das? Baby, ich bin noch nicht mal aufgestiegen«, sagte Nash und grinste mich breit an, als ich ihn immer noch zögernd anstarrte. Ich wollte wissen, wie es sich anfühlte, von Nash gehalten zu werden. Das hatte ich mich schon länger gefragt. Ohne weiter darüber nachzudenken, sank ich in seinen Arm, den er augenblicklich um mich schlang. Als ich den Kopf auf seiner Brust abgelegt hatte, roch ich den Duft seiner warmen Haut und hörte seinen Herzschlag.

Bum-bum. Bum-bum. Bum-bum.

Er war schnell und kräftig. Genau wie mein eigener.

»Hast du Familie?«, fragte ich, weil ich wissen wollte, wie es zu alldem gekommen war. Hatten sie ihn ebenso zu dem gemacht, was er war, wie meine mich? Nashs Fingerspitzen fuhren leicht über meinen Oberarm, sodass sich eine Gänsehaut darauf ausbreitete. Es war schön, und kurz schloss ich die Augen und genoss das Gefühl, ohne im Hinterkopf zu haben, dass ich gleich weiter gehen müsste, damit Nash bei mir blieb. Oder?

»Zwei Brüder. Sie sind nicht meine leiblichen, aber das müssen sie auch nicht. Wir sind uns näher als manche wirklichen Geschwister, weil wir beim gleichen Pflegevater groß geworden sind. Es war nicht immer einfach.« Ich konnte mir vorstellen, was er damit meinte, und bohrte nicht weiter nach. Wenn er wollte, würde er es mir irgendwann erzählen. »Und du?«

Mara. Und wieder drückten mich die Erinnerungen an sie zu Boden. Die Scham glühte in meinem Inneren auf und verbrannte mich noch ein Stückchen mehr.

»Eine ältere Schwester«, erwiderte ich. »Aber wir haben keinen Kontakt mehr.« Genauso wie zum Rest meiner Familie, doch das bedauerte ich nicht, sondern es ging sogar von mir aus. »Und du und deine Brüder?«

»Sie waren es, die mir geholfen haben. Wegen ihnen bin ich hier.«

»Das ist gut.« Er bedeutete ihnen etwas. Nicht so wie ich meiner Schwester. Wahrscheinlich hätte sie nichts dagegen gehabt, wenn das, was ich mir vor meinem Aufenthalt hier vorgenommen hatte, geglückt wäre. Dann wäre ich heute nicht hier. Oder überhaupt irgendwo.

»Ja«, sagte Nash. Sein Streicheln hatte aufgehört, und ich hob den Kopf, um ihm ins Gesicht zu sehen. Er starrte nur nach oben und wirkte, als wäre er abwesend.

»Geht es dir besser?«, flüsterte ich, und er zuckte kurz zusammen, als wäre er eben aus einem Traum aufgewacht. Sicherlich war es kein guter gewesen. Langsam senkte er den Kopf und sah mich an.

Er nickte leicht. »Danke.« Nash hob die Hand und strich mir eine blonde Haarsträhne aus dem Gesicht. Nur ganz zart berührten seine Fingerkuppen meine

Haut. »Wieso habt du und deine Schwester keinen Kontakt mehr?«, fragte er sanft.

Ich presse die Lippen aufeinander, weil ich es nicht aussprechen konnte. Oder wollte. Nashs Blick ließ nicht von mir ab, und es dauerte einige Atemzüge, bis er seinen Finger zurückzog, der immer noch an meiner Schläfe gelegen hatte.

»Was ist das in deinen Augen?«, flüsterte er und zog die Augenbrauen zusammen, als könnte er damit leichter erkennen, was in mir vorging. Ich schluckte das Gefühl hinunter und umfasste seinen Oberkörper fester. Auch sein Griff um mich zog sich ein wenig zusammen. Es fühlte sich immer noch gut an, hier mit ihm zu liegen, aber etwas hatte sich geändert. Auf einmal wollte ich mehr. Viel mehr. Ich wollte ihn. Hier. Jetzt. Plötzlich war mir alles egal. Meine Gedanken drehten sich nur noch um eines.

Meine Hand fuhr nach oben und legte sich um seine Wange. Ich spürte die rauen Bartstoppeln auf meiner Haut. Seine Lippen waren leicht geöffnet, und ich schluckte, weil ich sie unbedingt berühren musste. Der Drang wurde größer, wie ein Luftballon voller Wasser, der bald zu platzen drohte. Auch Nash schien die Spannung zwischen uns zu spüren und drehte sich ein Stückchen weiter zu mir, sodass wir uns gegenüberlagen. Sein Unterleib streifte dabei meine Hüfte, und das Gefühl sendete einen elektrischen Schlag durch meinen gesamten Körper.

Ich fühlte seine schnelle Atmung, die sich mit meinem Herzrasen vermischte. Langsam fuhr ich mit der Hand von seiner Wange weiter nach hinten und zog mit sanftem Druck sein Gesicht näher an meines.

Er leckte sich über die Lippen und legte seine Hand an meine Hüfte, damit er mich näher an sich pressen konnte. *Berauschend*. Das war das einzige Wort, das mir dazu einfiel.

»Zuerst Schritt. Hast du das vergessen?«, wisperte Nash zittrig, und ich sah ihm an, dass er mit seiner Beherrschung kämpfte.

»Du bist bereit für den Galopp«, erwiderte ich. Nur noch wenige Zentimeter trennten uns von dem Unaufhaltsamen, das die ganze Zeit zwischen uns gestanden hatte. Vor dem ich Angst gehabt hatte, dass es mich in winzig kleine Stückchen brach. Aber ich wollte mich verlieren. In ihm. Meine Gedanken abstellen. Das Feuer in meinem Inneren durch ein anderes ersetzen und danach löschen.

Nash lehnte sich ein Stück weiter vor, und ich schloss die Augen. Ich wartete sehnsüchtig auf seinen Kuss. Seine Lippen, die meine in Besitz nahmen. Seinen kräftigen Körper, der sich eng an meinen presste. Seine Hände, die meine Haut in Brand setzten. Seine Wärme, die mich umschloss. Das Gefühl der Geborgenheit, das sich dabei in mir ausbreitete. Aber all das kam nicht.

Stattdessen spürte ich seinen Mund an meinem Ohr. »Aber du noch nicht, Elli.«

Schlagartig öffnete ich die Augen, und gleichzeitig brannte heftige Scham in meinem Inneren. Er wollte mich nicht. Und ich konnte es verstehen. Niemals hatte mich jemand auf diese Art gewollt, die ich mir mein ganzes Leben herbeigesehnt hatte. Wieso sollte es bei Nash anders sein? Wieso sollte er jemanden wollen, der genauso kaputt war wie er?

Ich drückte ihn weg und sprang auf.

»Elli! Warte!«, rief er, aber ich sah ihn nicht an. Zu groß war die Reue, dass ich mich ihm tatsächlich hatte hingeben wollen. Mal wieder kurz vor einem Fehler gestanden hatte. Ich stürmte Richtung Ausgang.

»Elli, verdammt! So meinte ich das nicht!« Ich hörte Nashs Schritte hinter mir, die sich raschelnd durch das Stroh kämpften, aber ich wurde nicht langsamer. Ich wollte weg, einfach nur weg! Vor allem von ihm! Wie sollte ich ihm jemals wieder in die Augen schauen können, ohne darin das zu sehen, was ich so fürchtete? Ablehnung.

Er packte meinen Oberarm und drehte mich ruckartig zu sich herum. »Sieh mich an!« Seine Stimme war drohend, fast ein Knurren. Ich tat ihm nicht den Gefallen und starrte weiter auf den Boden. Heiße Tränen brannten in meinen Augen, die ich mit all meiner Kraft zurückhielt. »Ich will dich, Elli, seitdem ich dich das erste Mal gesehen habe, will ich dich! Aber nicht auf diese Art! Du benutzt mich.«

Jetzt sah ich doch auf. »Ich benutze dich?« Meine Stimme war laut und hysterisch. »Du bist der, der den ganzen Tag verschwunden war! Der, der sich hier in der Scheune versteckt hat!«

»Nur weil du körperlich anwesend bist, heißt es nicht, dass du dich nicht auch versteckst!« Sein Griff wurde fester, und am liebsten hätte ich ihm eine Ohrfeige verpasst, dafür, dass er mich hier festhielt. Und dass er recht hatte. So recht. »Ich hab es gespürt. Das da eben im Heu warst nicht du! Das war eine Hülle, etwas, das ich von mir selbst kenne, wenn ich abschalten möchte! Ich will nicht deine Hülle, Elli, ich will dich!«

Ich schaffte es nicht mehr, die Tränen zu unterdrücken. »Du weißt gar nichts von mir!«, spie ich ihm entgegen. »Verdammt noch mal gar nichts!«

»Dann lass mich dich kennenlernen. Erzähl es mir! Alles!«

Ruckartig entzog ich ihm meinen Arm. Ich spürte seinen Handabdruck immer noch auf meiner Haut.

»So wie du mir alles erzählen würdest?« Er sah kurz weg, bevor er wieder meinen Blick einfing. »Siehst du, genau das meine ich. Ich wusste von Anfang an, dass wir uns nicht guttun würden und ich dir aus dem Weg gehen muss. Aus zwei Kranken wird nicht ein Gesunder! Ich bin froh, wenn du wieder weg bist.«

Damit drehte ich mich um, eilte aus der Scheune und auf das Haus zu. Er folgte mir nicht, und insgeheim bedauerte ich meine Worte. Aber sie waren wahr.

Zwei kaputte Teile würden niemals einen Motor wieder zum Laufen bekommen. Niemals.

Kapitel 23

Gegenwart
NASH

Sie ging mir die ganze Woche aus dem Weg, genauso wie ich sie ignorierte. Wir zogen nachmittags unsere Reitstunden durch, aber unterhielten uns dabei nicht. Sie gab mir Anweisungen, und ich versuchte sie umzusetzen. Nach wochenlangem Training brauchte ich sie eigentlich nicht mehr, denn ich hatte das Reiten tatsächlich mittlerweile ganz gut drauf. Außerdem machte es mir Spaß, mit Buck, Levin und Matt in die Steppe zu reiten und auf andere Gedanken zu kommen.

Je weiter ich von Elli fort war, umso besser. Die Abendessen in ihrer Nähe waren fast eine Qual, genauso die Nächte, wenn ich wach in meinem Bett lag und immer noch an meine Dränge dachte. Jede. Verdammte. Nacht.

Elli war einer davon geworden.

Aber sie hatte mir unmissverständlich klargemacht, dass sie nichts mit mir zu tun haben wollte. Obwohl ich das respektierte und auch ein Stück weit verstand, machte ihre krasse Reaktion doch keinen Sinn. Was hatte sie erlebt, dass sie so mit Zurückweisung umging? Eigentlich hatte ich sie noch nicht mal richtig abgewiesen, denn zum ersten Mal in meinem Leben wollte ich mehr. Der alte Nash hätte die Situation ausgenutzt und sie im Heu gefickt. Vielleicht danach noch ein paar Mal, bis ich irgendwann zurück nach Hause gefahren wäre und sie vergessen hätte.

Aber diesmal war es anders. Ich konnte es nicht, denn ich hatte gespürt, dass die Situation nicht gepasst hätte. Dass sie etwas versteckte oder von etwas ablenken wollte und vorhatte, mich dafür zu benutzen. Doch das war jetzt auch egal, ich hatte es mit meinem Rückzieher verbockt, und vielleicht war das gut so. Einmal hatte ich nach diesem Abend noch einen Versuch gestartet, mit ihr zu reden, aber sie hatte abgeblockt.

»Du machst gute Arbeit, Nash, wirklich.« Matt hatte sich mit seinem Pferd zurückfallen lassen und ritt nun neben mir her.

Ich schenkte ihm ein Lächeln. »Wir sind sehr zufrieden mit dir.«

»Danke, das höre ich gern.«

»Levin ist nur noch bis nächste Woche hier, Sophia möchte eine Abschiedsfeier für ihn in der Scheune organisieren. Aber du darfst nichts verraten.« Matt grinste bis über beide Ohren, weil er sich so sehr darauf freute, das sah man ihm an.

»Natürlich nicht.«

»Vielleicht kannst du ihn ablenken, damit wir alles aufbauen können?«

»Klar.«

Ich schaute nach vorne zu Buck und Levin. Die beiden unterhielten sich, lachten, wirkten unbeschwert. Levin würde es draußen ganz bestimmt packen, da war ich mir sicher. Von mir konnte ich das immer noch nicht behaupten. Viel zu oft dachte ich noch daran, wie es wäre, sich nur einen einzigen Joint anzustecken. Nur einfach so.

»Aber was ich eigentlich fragen wollte, wir bräuchten noch einen dritten Mann. Jemand, der immer hier wäre, um Buck und mich zu unterstützen. Ich werde nicht jünger und die Arbeit nicht weniger. Was hast du nach dem hier vor?«

Ich zog mir den Cowboyhut tiefer ins Gesicht, um die untergehende Sonne davon abzuhalten, mich weiter zu blenden. Das Haupthaus erschien schon am Horizont.

»Wow, Matt. Soll das ein Jobangebot werden?«

Er grinste breit und nickte. »Ja. Zusätzlich braucht Elli jemanden, der sie auf die Touristentouren begleitet. Buck oder ich haben dafür keine Zeit, außerdem ehrlich gesagt auch keine große Lust. Aber Elli allein mit wildfremden Menschen raus in die Steppe schicken möchte ich auch nicht.«

Elli. Da war der Grund, weshalb ich das Angebot, das sich unglaublich verlockend anhörte, nicht annehmen konnte. »Ich danke dir für dein Vertrauen, aber ich glaube, das ist keine gute Idee. Ich muss wieder zurück nach Hause und mein Leben auf die Reihe kriegen.«

»Klar. Kann ich verstehen.« Matt wirkte enttäuscht, und das tat mir leid. »Kannst du trotzdem dieses Wochenende eine Tour mit ihr übernehmen? Es ist diesmal nur ein Ehepaar dabei, das die Führung gebucht hat, aber wir brauchen das Geld. Die Tour geht von Freitag bis Sonntag, Elli hat den Plan, du musst nur ihre Anweisungen befolgen. Pass auf sie auf da draußen, okay?«

Wie sollte ich nun verneinen? »Sicher.«

»Danke, Nash. Ich wusste schon beim ersten Blick auf dich, dass du ein guter Junge bist.«

Ein guter Junge. Das wäre der letzte Begriff gewesen, als den ich mich bezeichnet hätte. Trotzdem lächelte ich, als wir gemeinsam auf den Hof ritten. Es würde mir schwerfallen, hier wegzugehen, das war sicher. Aber es musste sein.

***

Meine heutige Sitzung bei Clark bestand mehr aus Schweigen als aus Sprechen. Ich musste zu ihm, denn das war eine der Bedingungen, damit ich am Programm weiter teilnehmen durfte. Aber es hieß nicht, dass ich auf seine Fragen antworten musste.

»Glaubst du, es bringt uns weiter, wenn wir nicht über das sprechen, was den Ausbruch provoziert hat?«

Ich blickte nach draußen. Beobachtete mehrere Raben, die sich in der Luft umkreisten. Es dauerte mindestens eine Minute, bis ich Clark wieder ansah. Nicht lang genug, denn ich musste immer noch mehr als eine halbe Stunde hierbleiben.

»Nein, ich will nicht darüber sprechen.«

Clark seufzte und legte den Block mitsamt Stift zur Seite.

»Na gut, lass uns über etwas anderes reden.«

Ich verdrehte die Augen. Jetzt kam wieder dieser umgekehrte Psychoquatsch. Ich würde auch dann nicht darüber reden, wenn er mal nicht nachbohrte, denn zweifelsfrei würden wir irgendwann wieder an diesem Punkt landen. Und ich wollte ihn nicht erneut durchleben. Nie wieder. »Wie gefällt es dir bei Matthew?«

»Sehr gut.«

»Erzähl mir mehr. Was macht ihr den ganzen Tag?«

»Hauptsächlich arbeiten, aber es tut gut. Es macht mich müde, zu müde, um ständig über alles nachzudenken.«

»Fällt es dir deswegen so schwer, dich auf die Gruppentherapie oder unsere Stunden einzulassen? Weil du nicht nachdenken willst?« Erwischt. Ich antwortete ihm nicht. »Vielleicht hilft es dir, wenn du dich jemandem anderen anvertraust. Jemandem, der das Gefühl kennt, das du beschreibst.« Wir wussten beide, wen er meinte.

»Ich kann sie nicht mit hineinziehen«, erwiderte ich.

»Und was, wenn Elli stärker ist, als du denkst?«

»Was, wenn nicht? Dann wäre ich schuld daran, wenn sie rückfällig wird. Das kann ich nicht ertragen.«

»Vielleicht würdet ihr beide davon profitieren. Du kannst dich an den Punkt unserer Therapie erinnern? Gestehe dir deine Sucht ein und vertraue dich jemandem an. Lerne, zu vertrauen, Nash! Du kannst andere Menschen mit deinen Dämonen belasten, wenn sie dies wollen! Was ist mit deinen Brüdern?«

»Meine Brüder haben selbst genug Kacke am Stiefel.«

Clark lehnte sich seufzend zurück und kaute auf dem Ende seines Stiftes. »Okay. Und was, wenn du das Gefühl bei anderen Dingen rauslässt? Ein Hobby zum Beispiel.«

Es gab nur eine Sache, die ich früher getan hatte, um mich abzulenken. Der Gedanke daran war gar nicht so abwegig. Vielleicht machte ich vor meiner Rückfahrt zur Ranch noch einen Zwischenstopp.

Kapitel 24

Gegenwart
ELINOR

»Habt ihr alles?« Sophia stand neben mir, während ich die Riemen am Sattel meiner schwarzen Stute Hope festzog. »Das Essen, Trinken, vor allem das ist ganz wichtig bei der Hitze! Die Zelte, Schlafsäcke …«

Ich drehte mich zu ihr um und lächelte. »Wir haben alles. Ich mach das nicht zum ersten Mal.«

»Lass mich mir doch Sorgen um euch machen«, erwiderte sie mit einem Lächeln. »Da draußen ist es nachts gefährlich und tagsüber einsam.«

»Ich kenne die Steppe wie meine Westentasche. Hab doch schließlich vom Besten gelernt.«

»Ach, Matt ist ein Angeber und tut nur immer so, als hätte er alles unter Kontrolle«, sagte sie, zeigte aber dieses warme Lächeln, das mir immer auffiel, wenn sie über Matt sprach. »Ein Glück hast du Nash dabei, da fühle ich mich ein wenig wohler.« Na dann war es wenigstens eine, die das tat. Ich hatte mir Besseres vorgestellt, als ein Wochenende allein mit Nash unter dem Sternenzelt zu schlafen. Ich setzte meinen Fuß in den Steigbügel und schwang mich in den Westernsattel. Mein Blick wanderte zu Nash, der dasselbe tat. Ophelia, die dunkelbraune Stute, die Nash für seine Zeit hier zugeteilt bekommen hatte, trappelte bei seinem Gewicht einige Schritte auf der Stelle, bis sie ihr Gleichgewicht wiederfand. Nash sah auf, und ich wandte den Blick ab. Unsere beiden Gäste, ein Ehepaar Ende vierzig aus Deutschland, war bereits aufgesessen und wartete, dass es losging. Sie wirkten nett. Silvia hatte helles blondiertes Haar, das gerade unter einem großen roten Cowboyhut versteckt war. Sie trug Handschuhe und Chaps in derselben Farbe und wirkte ein wenig nervös. Ihr Mann Rudolf trug Jeans und ein Karohemd. Seine schwarzen Haare waren an den Seiten ergraut, aber auch er hatte einen dunkelbraunen Hut darüber gezogen. Es wäre auch fahrlässig, in der texanischen Hitze keinen Kopfschutz zu tragen.

»Es wird alles gut gehen. Bis Sonntag, dann«, sagte ich noch mal zu Sophia.

Sie lächelte mich an und nickte. »Bis Sonntag. Viel Spaß!«

Wir ritten los, ich vorne, Silvia und Rudolf hinter mir und Nash als Nachhut. Ich hatte auch kein großes Interesse, mich den gesamten Ritt über mit ihm zu unterhalten. Schwer lastete seine Abfuhr immer noch auf mir. Zum anderen fragte ich mich nun immer öfter, wieso er es nicht getan hatte. Wieso hatte er die Situation nicht ausgenutzt und mich, ohne nachzudenken, im Heu genommen? Ein Typ wie er ließ doch sicherlich so eine Chance nicht ungenutzt. Aber anscheinend war seine Abneigung gegen mich zu groß, als dass es überhaupt fürs Bett reichte. Sein Gefasel, dass er mich wollte, waren hohle Worte, denn seine Taten hatten eine andere Sprache gesprochen.

Ich musste auf andere Gedanken kommen, der Ritt und der Tag würden lang werden, also ließ ich mich ein wenig zurückfallen, damit ich neben unseren Gästen herreiten konnte.

»Ist alles in Ordnung bei euch?«, fragte ich.

»Oh ja, es ist wunderbar!«, erwiderte Rudolf mit einem deutschen Akzent und strahlte über das ganze Gesicht. »Genau so, wie ich es mir vorgestellt habe. Die heiße Prärie, Pferde und keine Menschenseele außer uns.«

Silvia, die direkt neben mir ritt, lächelte und hielt ihren Hut fest, als ein warmer Windhauch ihn von ihrem Kopf zu wehen drohte. Er war ein wenig zu groß und zeigte kein bisschen Abnutzung, wahrscheinlich hatte sie ihn nur für diesen Trip gekauft. »Rudolf hat sich eine Amerikareise schon immer gewünscht, und jetzt, an seinem fünfzigsten Geburtstag, konnte ich sie ihm endlich schenken.«

»Ja, ist meine Frau nicht die Beste?« Rudolfs Schnurrbart verzog sich wieder nach oben, als er breit grinste. Seine braunen Augen leuchteten warm und herzlich.

»Und wie. Halt sie bloß fest«, erwiderte ich lachend.

»Das kannst du aber glauben! Auch nach fast dreißig Ehejahren weiß ich sie noch zu schätzen.« Silvia warf Rudolf einen liebevollen Blick zu. Das zweite Pärchen, das ich kennengelernt hatte, das sich nach so vielen Jahren immer noch so ansah. Gab es so etwas wie dauerhafte Liebe doch? Vielleicht für manche Menschen, aber ganz sicher nicht für alle. Die meisten waren zu sehr auf ihr eigenes Ding fokussiert.

»Wie sieht der genaue Plan aus?«, fragte Silvia.

»Wir reiten jetzt ungefähr eine Stunde Richtung Westen und machen dann eine kurze Rast. Wenn irgendetwas vorher sein sollte, sagt mir oder Nash einfach Bescheid.«

Die beiden bedankten sich, und ich trieb Hope an, damit ich wieder an die Spitze reiten konnte. Nash würde schon klarkommen, er war mittlerweile auch längere Ritte gewohnt, ihn musste ich nicht fragen.

Nach etwas mehr als einer Stunde wurde das umliegende Gelände ein wenig grüner, und eine kleine Baumgruppe tauchte am Horizont auf. Ich kannte diesen Ort, denn ich hatte ihn einmal durch Zufall gefunden, als ich an einem Tag mit Hope allein ausgeritten war. Ich war damals nur wenige Wochen hier gewesen und kurz davor abzubrechen. Aber dieser Ort, die Ruhe und vor allem die Schönheit, inmitten der sonst kargen und staubtrockenen

Umgebung, hatte mich geerdet. Es war der perfekte Ort für einen ersten Halt.

Als wir die Bäume erreicht hatten, stieg ich ab und wartete, bis die anderen es mir nachmachten. Wir führten die Pferde durch immer dichter werdendes Geäst, bis ich das leise Rauschen im Hintergrund hörte und darauf zusteuerte. Die Sonne war unter den Baumkronen nicht mehr ganz so stark, und ich zog meinen Hut ab, den ich an den Sattelknauf hängte. Es roch nach Grün und Frische, als wir immer näher an mein geplantes Ziel kamen.

»Wir sind da«, sagte ich und band Hope an einem Baum fest. Silvia und Rudolf stießen erstaunte Laute aus, und auch Nash wirkte überrascht, als ich es wagte, ihm einen schnellen Seitenblick zuzuwerfen. Das klare Wasser des ungefähr fünf Meter hohen Wasserfalls brach über einer schmalen Klippe und ergoss sich mit Getöse in einen kleinen See. Das Grün der Bäume wirkte um das Gewässer noch strahlender und die Luft viel frischer. Ich atmete tief ein. Genau der richtige Ort für eine kurze Rast bei dem heißen Wetter heute, das mittlerweile mit Leichtigkeit die Vierzig-Grad-Marke geknackt hatte.

»Wow, so etwas gibt es hier?«, bewunderte Rudolf den See von Nahem. Silvia stellte sich neben ihn und begann bereits, die Riemen der knallroten Chaps zu lösen.

»Wer als Erstes im Wasser ist!«, rief sie, und auch ihr Mann begann, sich bis auf die Unterwäsche auszuziehen. Ich musste lachen. Normalerweise erfrischten sich unsere Gäste vielleicht mal im Gesicht oder tauchten die Füße hinein, aber die Idee, baden zu gehen, gefiel mir. Ein einziger Blick zu Nash genügte, damit er verstand und mir half, die angebundenen Pferde mit Wasser zu versorgen. Danach stellte ich mich an den Rand des Sees und sah Silvia und Rudolf zu, wie sie wie die Teenager im Wasser tobten.

»Toller Ort.« Ich zuckte zusammen, als ich Nashs tiefe Stimme neben mir hörte. Es war der erste Satz seit Tagen, den er direkt an mich gerichtet hatte. In diesem Moment merkte ich erst, wie sehr ich es vermisst hatte, mit ihm zu sprechen und bei unseren Reitstunden rumzualbern. Weswegen? Wegen meines gebrochenen Stolzes? Sollte ich über meinen Schatten springen?

»Ja, hab ihn durch Zufall gefunden«, erwiderte ich sachlich. Ich wusste immer noch nicht, wie Nash zu dem stand, was zwischen uns vorgefallen war, und vor allem, wie ich mich ihm gegenüber verhalten sollte. Er hatte mich körperlich abgewiesen, aber bedeutete das, dass er mich als Freundin auch nicht wollte?

»Wetten, du traust dich nicht, auch baden zu gehen«, sagte er neckend.

Fast schüchtern warf ich Nash einen Blick zu. Auf seinem Gesicht erschien dieses herausfordernde Grinsen, das sein Grübchen auf der rechten Wange zeigte und seine blauen Augen zum Strahlen brachte. Das Strahlen, das man nicht oft bei ihm sah. Durch sein braun gebranntes Gesicht wirkten seine Zähne noch ein bisschen weißer, und ich musste sein Lächeln einfach erwidern. Ich atmete aus und hatte das Gefühl, die Anspannung fiele stückchenweise von mir ab.

»Ich war hier schon baden, da hast du zu Hause noch an deinem Motorrad rumgeschraubt.«

»Leere Worte«, sagte er und zog sich mit einem Mal das Shirt über den Kopf. Beim Anblick seines nackten Oberkörpers fiel mir auch diesmal wieder auf, wie stark er geworden war. Gut definierte Muskeln hoben sich unter gebräunter, tätowierter Haut. Er sah gesund aus. Kräftig. Und verdammt anziehend.

»Ich habs doch gesagt. Feigling.« Er grinste immer noch ein bisschen, während er seine Jeans aufknöpfte und mich unverwandt ansah. Im Augenwinkel erkannte ich, dass er dunkelblaue, eng sitzende Pants anhatte, aber ich versuchte, nicht hinzustarren. Schon einmal hatte ich ihn fast nackt gesehen, und das hatte mich vollständig aus dem Konzept gebracht.

»Wer zuletzt im Wasser ist, muss heute Abend die Zelte aufbauen«, rief ich und begann ebenfalls, mir mein Shirt auszuziehen. Kurz verharrte Nash in der Bewegung, als ich die Jeans über meine Oberschenkel nach unten schob und nur noch in Unterwäsche vor ihm stand. Glücklicherweise hatte ich mich heute Morgen für ein gleichfarbiges Set aus roséfarbenem Stoff entschieden und meine bequeme Supermanunterhose im Schrank gelassen.

Nash räusperte sich und zog sich die Socken von den Füßen, während ich schon auf den See zurannte. In meinen Gedanken spürte ich bereits das kühle

Wasser an meiner Haut, aber bevor ich es tatsächlich erreichen konnte, schlang Nash einen Arm um meinen Bauch und schleuderte mich über seine breite Schulter. Vor Überraschung schrie ich laut auf, während er mit großen Schritten auf das Wasser zuging.

»Nein, nein! Das wagst du nicht!«

»Wirst du sehen. Und ich würde sagen, ich habe gewonnen«, sagte er, ohne stehen zu bleiben, und tunkte einen seiner Füße ins Wasser.

»Du bescheißt! Das ist unfair!«

Nash verharrte und legte seine Hand auf meinen Oberschenkel, knapp unter meinem Po. Seine Berührung brannte auf meiner Haut. »Ich hab niemals gesagt, dass ich fair bin«, erwiderte er, drehte mich mit einer Bewegung nach unten, sodass er mich nun seitlich in den Armen hielt. Wir sahen uns an. Zurückhaltend hob ich die Hände und klammerte mich an seinem Nacken fest, spürte die Hitze seiner Haut an meinem Körper. Seine Atmung, die leicht über mein Gesicht zog. Die Spannung, die sich immer weiter aufbaute. »Und ich werde heute nicht damit anfangen, Baby«, wisperte er und sprang mit einem Satz in den See. Das kühle Wasser umspülte meinen Körper. Ich hielt die Luft an, während ich einmal komplett untertauchte und mir der Schock in alle Glieder fuhr. Nash ließ mich los. Der steinige Grund kitzelte meine Fußsohlen, und ich stieß mich daran ab, damit ich wieder auftauchen konnte. Als ich die Wasseroberfläche durchbrach, atmete ich tief ein und füllte meine Lungen mit Sauerstoff. Nash schwamm mit sanften Ruderbewegungen seiner Arme vor mich und grinste mich breit an. Er sah in diesem Moment viel jünger aus als sonst. Als hätten ihn nicht tausend Kämpfe mit unsichtbaren Narben gezeichnet.

Ich verengte die Augen zu Schlitzen. »Du weißt, was das bedeutet. Krieg.«

Nash lachte sich schlapp und ging fast dabei unter. »Fang nichts an, was du nicht durchziehen kannst.«

»Du wirst sehen. Unterschätze nicht meine Macht.«

»Welche? Die, mir ergeben zu sein?« Er packte mich erneut und zog mich zu sich ran. Ich stemmte die Hände gegen seine harte Brust und wollte mich aus seiner Umklammerung befreien, aber er ließ mich nicht. Das Wasser umspielte unsere erhitzten Körper, während mein Widerstand erlahmte. Vorerst. Er sollte sich in Sicherheit wiegen.

»Das Einzige, was du einsetzen kannst, ist deine Kraft. Hast du auch noch was anderes zu bieten?«, fragte ich atemlos.

Nashs blaue Augen wirkten dunkler, weil er sie zusammenkniff. Aus seinem Gesicht war der Schalk verschwunden, und seine Züge wurden wieder ernster. Er hielt mich immer noch mit einem Arm fest, während er mit dem anderen ruderte und uns zu flacherem Grund brachte. Ich unterdrückte den Drang, meine Beine um seine Hüften zu schlingen, als er stehen konnte. Nicht noch einmal würde ich von mir aus einen Annäherungsversuch starten. Die Nähe zwischen uns wurde mir auf einmal unangenehm. Meine Füße berührten den rauen Grund.

»Lass mich los, Nash«, sagte ich leise.

»Wenn ich das nicht kann?«

Mein Herz raste, und ich vergaß alles drumherum. Dass wir eigentlich nicht allein waren. Die Geräusche des Wasserfalls im Hintergrund. Das Rascheln der Baumkronen im Wind. Der Geruch von Wald und Gras.

Aus Nashs Kehle kam fast so etwas wie ein Knurren, dann ließ er mich tatsächlich los und schwamm zurück, so als müsste er schnellstmöglich Abstand zwischen uns bringen, bevor er etwas Dummes tat. Oder etwas, das wir nicht rückgängig machen konnten.

Ich räusperte mich und drehte mich um, damit ich aus dem Wasser steigen konnte. Silvia und Rudolf waren bereits draußen und teilten sich ein Handtuch.

»Wie lange seid ihr zwei denn schon zusammen?«, fragte Silvia, als ich an ihnen vorbeilief. Nash befand sich noch im Wasser und war zum Wasserfall geschwommen. Ich schaute kurz seinem breiten Rücken hinterher, wandte mich dann von seinem Anblick ab und zeigte ihr ein falsches Lächeln. »Wir sind nicht zusammen, und das wird auch niemals passieren.«

»So habe ich auch einmal gedacht, Schätzchen.« Silvia grinste, als wüsste sie, was zwischen Nash und mir in der Luft hing, und ich wandte mich ab. Unsere Situationen waren überhaupt nicht vergleichbar. Es gab keine Zukunft für Nash und mich. Zumindest keine, die lange gut gehen würde. Wir waren uns viel zu ähnlich und würden uns unweigerlich zurück in das Meer aus Schlamm und Dreck ziehen, aus dem wir uns mühsam hervorgekämpft hatten.

Nein. Nash und ich waren nicht füreinander geschaffen. Körperliche Anziehung hin oder her. Er war eher wie eine letzte Prüfung, die ich bestehen musste, um mich endlich frei fühlen zu können.

Kapitel 25

Gegenwart
NASH

Obwohl ich die Wette genau genommen nicht verloren hatte, hatte ich die Zelte aufgebaut. Na gut, ich hatte sowieso ein wenig geschummelt, aber es war zu verlockend gewesen. Hätte ich Elli länger in ihrer Unterwäsche ansehen müssen, ohne sie anfassen zu können, wäre ich durchgedreht. Da war das Mindeste, dass ich sie über meine Schultern geschmissen und mit ihr ins Wasser gesprungen war. Auch wenn ich danach eine kurze Auszeit für mich gebraucht hatte, um wieder runterzukommen. Und ich meinte das definitiv im wörtlichen Sinne.

Während sich Elli nun mit Silvia um das Essen kümmerte, versorgte ich mit Rudolf die Pferde. Nachdem wir noch weitere drei Stunden durch die Prärie geritten waren, hatten wir uns einen Schlafplatz gesucht, der vor hohen Bäumen umgeben und geschützt von der Sonne und nächtlichen Besuchen durch Tiere war. Während die Pferde genüsslich das Gras vertilgten, das auf dem Boden wuchs, oder aus dem kleinen Bach tranken, der sich durch die Bäume schlängelte, spannten Rudolf und ich provisorisch Seile um die Baumstämme als Absperrung.

Rudolf war ein echt netter Typ und erzählte, dass er zu Hause einen alten BMW 3200 CS Bertone von seinem Opa in der Garage stehen hatte. Wir unterhielten uns darüber, wie er ihn am günstigsten wieder fahrtüchtig bekommen könnte. Auch wenn eher Ev der Autofreak von uns dreien war, konnte ich durch die Arbeit in der Autowerkstatt vor einigen Jahren natürlich ein paar Tipps geben.

Als wir fertig damit waren, die Pferde für die Nacht zu versorgen, gingen wir mit etwas neuem Feuerholz zurück zu den Frauen. Elli hatte bereits ein kleines Feuer zwischen den drei Zelten gemacht und rührte in einem Topf, der auf einem Gitter über den Flammen stand. Ihre blonden Haare hatte sie in einem Knoten nach oben gebunden, und ihr Nacken lag frei. Meine Finger kribbelten, weil ich ihr darüberstreichen wollte, als ich hinter ihr vorbeiging. Ich wollte sehen, wie sie dabei erschauerte, vielleicht sogar für einen kurzen Moment die Augen schloss. Auch wenn ich nicht gewusst hatte, wie ich die Funkstille der letzten Tage zwischen uns beenden konnte, hatte unser Bad in dem kleinen See die Stimmung ein wenig aufgelockert. Ich musste unbedingt noch mal mit ihr reden und ihr im richtigen Moment sagen, dass es mir leidtat, wie sich das zwischen uns entwickelt hatte, und vor allem, dass es nicht meine Absicht gewesen war, sie zu verletzen.

»Da seid ihr ja wieder!« Silvia strahlte, als sie uns auf sich zukommen sah. Die Frauen hatten Decken auf dem Boden um das Feuer ausgebreitet. Silvia saß Elli gegenüber, und die beiden hatten sich bis eben noch über irgendetwas unterhalten. Auch Elli sah nach oben, als ich mich neben sie setzte und Rudolf neben seiner Frau Platz nahm.

»Was gibt es zu essen, Frau?«, fragte ich grinsend.

Elli warf mir einen gespielt bösen Blick zu. »Du kannst froh sein, dass Sophia uns Dosen für ein ganzes Jahr in der Wildnis eingepackt hat. Würden wir uns auf deine Jagdkünste verlassen, wären wir schon längst verhungert.«

Ich schnappte mir ein kleines Brötchen, das ebenfalls auf dem Gitter über dem Feuer lag. Um es abzukühlen, warf ich es von einer Hand in die andere und riss danach ein Stückchen ab, das ich mir in den Mund schob. »Wer sagt das? Gib mir Pfeil und Bogen, und Katniss Everdeen würde vor Neid erblassen!«

Elli lachte einmal prustend und sah mich an, als könnte sie nicht fassen, dass ich diesen Namen überhaupt kannte. »Aber nur, wenn du dabei ihr Feuerkleid trägst. Doch selbst dann könntest du dich nicht mit Jennifer messen.«

»Kennst du sie etwa persönlich?«, fragte ich und zog eine Augenbraue nach oben. »Ich steh auf sie, vielleicht kannst du mir mal ihre Nummer besorgen«, sagte ich scherzhaft. Ich hatte fast vergessen, was Elli vor dem hier getan hatte. Bestimmt kannte sie die meisten Stars und Sternchen und war mit ihnen per Du. Doch Elli wirkte plötzlich so, als wäre ihr das Thema unangenehm.

»Flüchtig.« Mehr sagte sie dazu nicht. Ich aß das restliche Brötchen auf, lehnte mich ein Stück weiter vor und starrte in den kleinen Topf mit dem dampfenden Inhalt, der wirklich köstlich roch. Natürlich war Dosenessen nicht mit dem vergleichbar, was Sophia sonst für uns zauberte, aber es war noch nicht allzu lange her, da hätte ich mir so was hier gewünscht.

»Was gibts eigentlich?«

»Bohneneintopf mit Beef Jerkys«, antwortete Elli.

»Hmm, lecker, mein Lieblingsgericht.« Sie schenkte mir ein kleines Lächeln, und ich war froh, sie wieder entspannter zu sehen. Ich hatte den Anblick vermisst. Eigentlich hatte ich noch so viel mehr vermisst. In ihrer Nähe zu sein. Ihren Kokosduft einatmen zu können. Zu sehen, wie sie die Stirn kräuselte, wenn sie in Gedanken abdriftete. Wie jetzt gerade.

Ich hob die Hand und legte sie auf ihr Knie. Sie schüttelte leicht den Kopf, als bräuchte sie einige Zeit, um wieder zurückzufinden. Ich wusste, wie sich so etwas anfühlte. Kurz verlor man den Boden unter den Füßen, und das Atmen fiel schwerer, bis man sich darauf besinnen konnte, dass man woanders war. In Sicherheit. Dieses Gefühl wollte ich Elli mit meiner Berührung vermitteln. Egal wo sie sich in ihren Gedanken gerade befunden hatte, es war nicht real. Sie war hier. Bei mir.

»HA! Ich wusste, ich hab die Tüte eingepackt!« Ich zog ruckartig die Hand weg, als ich Silvias Stimme und lautes Geraschel vernahm. Sie wedelte mit einer riesigen Tüte Marshmallows. »Der Nachtisch wäre damit gerettet!«, triumphierte sie. Fast hätte ich die beiden auf der anderen Seite des Feuers vergessen.

Elli stand neben mir auf und klopfte sich den Staub von der Jeans. »Das Essen wäre jetzt auch fertig.«

Sie lächelte, aber diesmal war es ein falsches, unehrliches Lächeln, das man nur durchschaute, wenn man es selbst bis zur Perfektion beherrschte. Hinter Ellis Fassade sah es ganz anders aus. Egal was sie sagte, sie log, wenn sie behauptete, es ginge ihr mittlerweile gut. Einen Scheiß tat es. Und genau das hatte ich gemeint.

Menschen wie wir konnten nur verdrängen, aber niemals vergessen. Das Problem beim Verdrängen war jedoch, dass die Dinge in einem unbedachten Moment nach oben drückten. Immer wieder. Man musste ständig dagegen ankämpfen, dass der Deckel, der alles verschloss, nicht aufsprang und der Inhalt einen verbrühte. Ein ewig andauernder Kampf. Bis zum Ende.

Kapitel 26

Gegenwart
ELINOR

Nach dem Abendessen hatten wir noch bis kurz vor Mitternacht zusammengesessen und Silvias Marshmallows über dem Feuer geröstet. Die beiden waren wirklich sehr nett und hatten allerlei Dinge über Deutschland erzählt. Ich selbst war einmal in Berlin zu einem Dreh gewesen, aber da war kaum Zeit gewesen, um irgendetwas von der Stadt zu sehen. Ein Abend in einem Pub war kaum der Rede wert und der nächste Morgen noch viel weniger, bei dem ich im Bett meines Co-Stars aufgewacht war, der mich nur zehn Minuten nach dem Aufwachen aus seinem Zimmer schmiss.

Ich starrte an die Zeltdecke und rutschte noch ein wenig tiefer in den warmen Schlafsack. Nash versuchte, sich mir wieder anzunähern, das hatte ich anhand seiner Gesten und Blicke gemerkt. Die Frage war nur, wollte ich das? Vor allem, wollte ich es riskieren, eine weitere Abfuhr von ihm zu kassieren? Oder sollte ich mich darauf einlassen? Freundschaftlich?

Nash war genauso widersprüchlich wie ich selbst. Wir umkreisten uns so lange, bis wir einen Schritt aufeinander zugingen, nur um kurz danach wieder den Schwanz einzukneifen, um so weit voneinander wegzurennen wie nur möglich. Einerseits fühlte ich mich von ihm angezogen, das konnte ich nicht abstreiten, aber was genau wollte ich von ihm? Eine Ablenkung? Bestätigung? Oder mehr? Ich hatte keine Ahnung. Wir kannten uns ja kaum.

Es nützte ja doch nichts, ich konnte einfach nicht schlafen, also schälte ich mich aus dem Schlafsack, zog mir einen weiten Pullover über mein Schlaftop und öffnete das Zelt, um nach draußen zu gehen. Ich sollte sowieso noch mal nach den Pferden sehen, und ein wenig frische Luft würde mir guttun.

Die Glut im Feuer glomm, und ich schnappte mir zwei Holzscheite, die ich darauf warf, um die Feuerstelle erneut anzufachen. Rote Funken stoben Richtung Himmel, und ich folgte ihnen mit meinem Blick. Dann sah ich über unser kleines Lager, Silvia und Rudolfs Zwei-Mann-Zelt gegenüber und Nashs Zelt links von meinem, aber alles lag in besinnlicher Ruhe. Ich sah nach oben und schlang die Arme um meinen Körper. An diesem Ort, mitten in der Prärie, konnte man so viele Sterne zählen wie kaum an einem anderen Fleck. Keine Stadt, keine Lichter, nur ungetrübte Sicht in den Himmel. Auch dafür liebte ich diesen Ort. Er verströmte ein Gefühl von Freiheit, Wildheit und Selbstbestimmung. Dinge, die ich vorher nicht gekannt hatte.

Als ich in Richtung unserer Pferde gehen wollte, vernahm ich Geräusche und hielt inne. Es hörte sich an wie Keuchen. Stöhnen. Gemurmelte Worte, die ich nicht entziffern konnte. Als ich noch einen Schritt weiterging, wurden sie lauter. Es kam eindeutig aus Nashs Zelt. Ein kurzer Schrei, so schmerzhaft und qualvoll, wie ich selten etwas gehört hatte. Ich rannte auf sein Zelt zu, zog den Reißverschluss auf und spähte ins Innere. Nash hatte sich aus seinem Schlafsack gewühlt, sein Kopf kippte mit geschlossenen Augen von links nach rechts und wieder zurück, seine Hände hielt er abwehrend vor sich, und seine Stirn war nass vor Schweiß. Ein Albtraum, aber einer von der besonders üblen Sorte.

»Nicht! Nein! Bitte! Mum!«, murmelte er.

Ich kroch ins Innere und legte meine Hand auf seine Schulter. »Hey, Nash! Du träumst! Wach auf!«, sagte ich sanft, während sich sein breiter Körper immer stärker wand. Sein weißes Shirt klebte an seiner schweißnassen Haut. »Nash!«, sagte ich lauter, plötzlich riss er die Augen auf, packte meine Schultern und schleuderte mich auf den Rücken. Mir entwich die Luft aus den Lungen, als ich auf dem harten Boden aufkam. Nash thronte über mir. Seine Atmung ging schnell. Sein Gesicht war verzerrt vor Wut und Schmerz.

Vorsichtig hob ich den Arm und legte meine Handfläche an seine Wange. Er erstarrte, atmete flacher, noch abgehackter. Auch meine Atmung nahm seinen schnellen Rhythmus an.

»Es ist alles gut«, flüsterte ich so leise, dass ich meine Worte kaum selbst vernahm. »Ich hab dich.«

In Nashs leere Augen trat wieder etwas. Er blinzelte, während ich meine Hand immer noch an seiner Wange hatte. Es sah aus, als versuchte er, sich durch den dichten Nebel zu kämpfen, der ihn zu verschlingen drohte. »Ich hab dich«, wiederholte ich und legte die zweite Hand mit sanftem Druck an seine andere Wange. Nashs Gesicht senkte sich plötzlich, seine Lippen trafen meine. Es ging schnell, ich konnte kaum etwas dagegen tun, aber im Endeffekt wollte ich das auch nicht. Ein Seufzen entkam meinem Mund, und als ich ihn öffnete, schob Nash seine Zunge hinein. Wenn dieser Kuss eines war, dann richtig. Er fühlte sich an, als gäbe es nichts auf der Welt, was selbstverständlicher wäre, ganz natürlich. Wie Atmen. Oder Leben. Obwohl wir uns diese beiden Dinge gerade erst wieder mühsam erkämpften.

Ich umschlang Nashs Nacken, zog ihn noch näher zu mir, und er drückte fest seinen heißen Körper auf meinen. Die Hitze seiner Haut drang selbst durch meinen dicken Pullover, und ich öffnete die Beine, damit er sich dazwischen legen konnte. Seine Härte presste sich gegen den Stoff seiner Pants und meiner dünnen Pyjamahose, und ein Kribbeln erfasste meinen gesamten Unterleib. Setzte mich in Brand. Schubste mich über die Linie, hinter der mein rationales Denken aufhörte. Sein Keuchen ging in ein Knurren über, als er noch weiter mit seiner Zunge meinen Mund in Besitz nahm. Ich verstand ihn. Es war immer noch nicht genug. Meine Finger fanden wie von selbst zu dem Saum seines Shirts und zogen es ihm über den Kopf. Nur kurz trennten sich seine weichen Lippen von meinen, als ich es ihm abstreifte. Ich roch leichten Duft von Seife und frischem Schweiß. Eine berauschende Mischung, bei der ich alles andere vergaß.

»Elli«, wisperte er. Er löste sich von mir und sah mich durchdringend an. Seine blauen Augen zuckten über mein Gesicht, und ich hatte Angst. Davor, dass er wieder einen Rückzieher machte und mich hier allein ließ, obwohl ich es so sehr wollte. Ihn wollte! Oder dass er dann, wenn es ihm am schlechtesten ging, dachte, er könne mich nicht damit belasten. Doch ich wollte, dass er das tat! Er musste nicht allein mit seinem Schmerz sein, genauso wie ich es gerade nicht sein wollte. Auch wenn wir nur aus diesem einen Grund hier zusammenblieben, um uns den Halt zu geben, den wir so lange gesucht hatten. Wir durften so egoistisch sein! Nur dieses eine kleine Mal.

Doch er sagte etwas völlig anderes, als ich vermutet hatte.

»Bleib«, wisperte er. »Bleib bitte hier bei mir. Nur heute Nacht.« Er klang gepresst. Der Schmerz in seinem Inneren ließ seine Stimme immer noch ein wenig zittern.

Ich nickte, denn zu mehr war ich nicht fähig. Nash nickte ebenfalls, als müsste er es noch mal bestätigen. Dann schob er sich von mir, legte sich neben mich, um mich direkt an seine Brust zu ziehen. Eigentlich hatte ich gedacht, er würde mein Einverständnis für etwas anderes benutzen, aber das war nicht das, was wir in diesem Moment brauchten. Wir brauchten keinen Sex, um einander zu helfen. Wir brauchten Halt. Nähe. Alles andere würde sich ergeben. Zum ersten Mal in meinem Leben wollte ich es so sehr, dass es wehtat, und gleichzeitig sah ich zum ersten Mal ein, dass es nicht richtig war.

Ich spürte Nashs warmen Atem in meinem Haar, seinen heftig klopfenden Herzschlag an meinem Rücken und seine Finger, die meine fanden und sich mit ihnen verhakten. Er zog mich noch ein wenig dichter an sich heran. Mit einer Hand legte er den geöffneten Schlafsack über uns.

»Danke«, flüsterte er in mein Ohr und drückte mir einen Kuss auf den Hals, dort, wo mein Puls immer noch heftig schlug. Seine Atemzüge wurden gleichmäßiger. Meine Lider schwerer. Dicht verschlungen und aneinandergeschmiegt drifteten wir schlussendlich ab in unsere Träume. Und in dieser Nacht waren sie nicht so schlimm wie sonst.

***

Als ich am nächsten Morgen aufwachte, lag ich allein im Zelt. Ich drehte mich auf den Rücken und suchte den kleinen Innenraum ab, aber es war tatsächlich keine Spur von Nash zu sehen. Bereute er den Gefühlsausbruch von letzter Nacht? Oder dass er mich gefragt hatte, ob ich bei ihm blieb? Wahrscheinlich. Wie jedes Mal. Ich kannte es nicht, mit jemandem aufzuwachen, der sich freute, mich zu sehen. Wieso sollte es jetzt anders ein?

Schlaftrunken krabbelte ich aus dem Zelt. Silvia und Rudolf schliefen noch, das Feuer war immer noch an. Oder wieder? Frische Holzscheite brannten darauf ab. Vielleicht hatte sie Nash nachgelegt. Ich stellte mich auf und wollte gerade zu meinem Zelt gehen, als mich ein Arm hinderte, der sich um meine Mitte schlang.

»Wo willst du denn hin?«, hörte ich Nashs Stimme dicht an meinem Ohr und musste lächeln. Langsam drehte ich mich in seiner Umarmung um. Er wirkte frisch, sein Atem roch nach Minze, als hätte er sich eben die Zähne geputzt. Seine blauen Augen funkelten wieder. Keine Spur mehr von der leeren Schwärze, die ich heute Nacht in ihnen gesehen hatte.

»Ich dachte … Ich … Es wäre besser, wenn …«, stammelte ich.

Nash gab mir einen Kuss auf die Stirn. »Süß, wenn du stotterst. Überlass am besten das Denken mir und komm wieder zurück ins Zelt. Ich hab nur nach den Pferden gesehen.«

Ich biss mir auf die Unterlippe. Sollte ich ihn auf gestern Nacht ansprechen? Oder würde das die Stimmung zwischen uns zerstören?

Die Fragen erledigten sich, als das Geräusch eines Reißverschlusses uns auseinanderfahren ließ. Silvia kroch als Erste aus dem Zelt, stellte sich daneben und streckte sich gähnend.

»Guten Morgen!«

Rudolf folgte ihr.

»Guten Morgen, habt ihr gut geschlafen?«, fragte Nash freundlich. Ich spürte, wie er hinter meinem Rücken den Arm hob und seine Finger durch meinen Nacken fuhren. Ein Schauer erfasste mich, und ich warf ihm einen schüchternen Seitenblick zu. Was bedeutete die letzte Nacht jetzt für uns? Ich hatte keine Ahnung.

Bevor ich weiter darüber nachgrübeln konnte, löste ich mich von seiner Berührung und holte den Kosmetikbeutel aus meinem Zelt, damit ich mich frisch machen konnte. Die zwei Männer unterhielten sich weiter, und Silvia folgte mir zu dem kleinen Bach, der sich etwas weiter entfernt durch die Bäume schlängelte.

»Hab ich es dir nicht gesagt?«, fragte sie und grinste, als ich sie ansah.

»Ich weiß nicht, was du meinst.« Ich stellte mich extra dumm, um bohrenden Fragen auszuweichen, aber Silvia ließ anscheinend nicht locker.

»Du und Nash. Ihr zwei seid wirklich süß zusammen. Egal was das zwischen euch ist oder nicht ist.«

»Danke.« Ich wollte nicht darüber sprechen, wenn ich es selbst nicht mal benennen konnte. Aber ich wusste zumindest eins, es hatte mir gefallen, in Nashs starken Armen zu liegen. Ich fühlte mich beschützt, begehrt, und ich bekam dieses dumme Grinsen einfach nicht aus meinem Gesicht.

Kapitel 27

Gegenwart
NASH

Elli führte uns durch grüner werdendes Gelände, an hohen Sandstein-Klippen und haufenweise Kakteen vorbei, über trockene Prärie und saftiges Gras. An diesem Tag erlebten wir Texas Vielfalt, und ich musste sagen, mir gefiel es hier immer besser. Nicht nur die Menschen, die mir freundlich und ohne Vorbehalte begegneten, ich mochte auch das Land. Trotz sengender Hitze und massenweise Moskitos.

Silvia und Rudolf waren ebenfalls begeistert und genossen den Ritt und ihren Urlaub. Elli war die perfekte Reiseführerin, hielt hier und da für eine Rast, erklärte Dinge über die Natur oder die Bräuche von Land und Leuten. Ich spürte, dass sie sich genauso wohl fühlte wie ich, wenn nicht sogar noch etwas mehr. Sie hatte ihr Zuhause gefunden, ohne Zweifel. Und ich war darüber fast ein wenig neidisch.

Ich bewunderte sie aus der Ferne. Ihre dunkelbraunen Augen, die jedes Mal glänzten, wenn sie sich auf ihrem Pferd zu uns umdrehte und mich dabei ansah. Und jedes Mal musste ich lächeln. Weil sie lächeln musste. Und weil sie so schön war.

Unter keinen Umständen würde sie mir heute Abend davonkommen und in ihrem eigenen Zelt übernachten. Zu erholsam war die letzte Nacht gewesen, zu gut meine Träume, zu wohltuend mein Schlaf.

Es tat gut, jemanden bei sich zu wissen, ohne dass man das Gefühl hatte, derjenige bliebe nur, weil du den nächsten Kick für ihn hättest.

Auch heute gab es wieder ein Dosenabendessen über dem Feuer mit Stockbrot und getrocknetem Fleisch. Es waren sogar noch einige von Silvias Marshmallows da, die wir genüsslich als Nachtisch verschlangen. Ich hätte mir kein besseres Abendessen vorstellen können. Irgendwann, als die Sterne schon hoch am Himmel standen, verabschiedeten sich Silvia und Rudolf mit einem »Gute Nacht« und gingen in ihr Zelt. Ich konnte es kaum erwarten, dass sie verschwanden und ich Elli endlich für mich hatte.

Sie saß neben mir, und das Feuer warf in der Dunkelheit der Nacht Schatten auf ihre gleichmäßigen Züge, während sie in die Flammen sah. Ich konnte nicht aufhören sie anzusehen, bis sie ihr Gesicht in meine Richtung drehte und leicht schmunzelte.

»Was?«

»Nichts.«

»Wieso starrst du dann?«

»Ich starre doch gar nicht.« Ich hob die Hände und zuckte mit den Schultern. »Darf ein Mann eine schöne Frau nicht einfach nur anschauen?«

Elli schüttelte lachend den Kopf. »Männer schauen meistens nur so, wenn sie irgendwelche schmutzigen Hintergedanken haben.«

»Schmutzig gefällt mir.«

Elli lehnte sich zurück und gegen einen Baumstamm, der hinter uns lag. Ich tat es ihr gleich und rutschte dabei noch ein wenig näher zu ihr, schlang meinen Arm um ihre Schultern und zog sie an mich. Sie legte ihren Kopf auf meiner Brust ab und seufzte leise. Ihr Körper passte perfekt in meine Umarmung.

»Bist du müde?«, fragte ich.

»Ja, aber ich will nicht schlafen.«

Ich drückte meine Lippen auf ihr weiches Haar und atmete tief dessen Duft ein. »Ich hab auch Angst vor der Nacht«, wisperte ich und sah wieder in die Flammen vor uns. Das Holz knackte, als ein altes Stück verglühte und ein neues Feuer fing.

Ellis Körper spannte sich für einen kleinen Moment an, als hätte ich genau das angesprochen, was sie gedacht hatte. »Wieso kommt alles in der Nacht wieder? Wieso lässt man uns nicht wenigstens unsere Träume?«, fragte sie leise.

Mit dem Arm zog ich sie noch dichter an mich, sodass ich jeden ihrer schweren Atemzüge spürte.

»Keine Ahnung, vielleicht hat irgendjemand da oben einfach einen miesen Humor.«

Sie sah auf und blickte mich an. Als sie sich kurz über die Lippen leckte, glänzten sie und luden mich förmlich ein, sie zu küssen. Ich erinnerte mich noch gut an das Gefühl von letzter Nacht und verzehrte mich den ganzen Tag schon danach, sie wieder zu schmecken.

»Oder wir müssen für irgendetwas büßen, was wir in einem Leben davor verbockt haben.«

»Glaubst du, wir haben uns da schon gekannt und auch nicht gemocht?«, fragte sie grinsend.

Ich fuhr ihr mit dem Daumen über die nassen Lippen und legte meine Hand um ihre Wange. »Bestimmt. Du bist auch wirklich unausstehlich«, sagte ich und zog schmunzelnd die Augenbrauen zusammen.

»Wie bist du so geworden, Nash?«, flüsterte sie.

Ich löste mich von ihr, sah zurück ins Feuer, und es dauerte einige Atemzüge, bis ich antworten konnte. »Miese Eltern, mieser Onkel, miese Lehrer, miese Freunde.«

Elli seufzte leise, und ich merkte, dass sie erhofft hatte, wirklich mehr von mir zu erfahren. Nicht nur die Standardfloskeln, die ich jedem sagte. Die Wirklichkeit, was hinter alldem stand. Aber ich hatte Angst davor, es auszusprechen. Nicht nur, weil ich es dann erneut durchleben musste. Ich hatte Angst, dass Elli damit feststellte, dass ich noch kaputter war, als sie angenommen hatte, und mich dann wieder verließ.

»Ich hab mit sechs meine Mum verloren.« Ich räusperte mich, weil meine Stimme kurz versagte. »Sie war nicht die beste Mum der Welt, ehrlich gesagt sogar ziemlich beschissen als Mutter, aber ich hab sie trotzdem geliebt. Wenn sie nicht betrunken war, war sie wirklich nett zu mir. Wir haben Pancakes im Bett zusammen gegessen und bis spät in die Nacht Musik gehört und im Wohnzimmer getanzt. Ich weiß nicht mehr wirklich viel, aber das, was ich von ihr in Erinnerung habe, hat sich in mein Hirn gebrannt. Sie hatte feuerrotes Haar und hellblaue Augen.«

Elli schlang den Arm um meine Hüfte und drückte mich, als würde sie mir damit Kraft geben wollen, weiterzusprechen.

»Mein Vater war ein mieser Säufer und kaum zu Hause, zum Glück. Doch wenn er da war, hat er meistens irgendwelche genauso versoffenen Arschlöcher angeschleppt. Sein Bruder, Glenn, war oft bei uns, auch wenn mein Vater nicht da war. Leider.«

Zuerst begann das Jucken in meiner Handfläche, dann breitete es sich wie ein Waldbrand meinen Arm hinauf aus. Es wurde so schlimm, dass ich kaum klar denken konnte. Ich legte den Finger unter Ellis Kinn, und sie sah nach oben. Leicht riss sie die Augen auf, als sie die Träne sah, die einsam meine Wange hinabrollte und die ich spürte, als würde sie Tonnen wiegen. »Küss mich. Bitte«, wisperte ich. Ich musste mich ablenken. Atmen. Das Jucken musste verdammt noch mal aufhören!

Sie zögerte nicht und legte ihre Lippen auf meine. Erst vorsichtig, dann öffnete sie den Mund und fuhr mit der Zungenspitze über meine. Sie übernahm die Führung und vertiefte den Kuss, setzte sich rittlings auf mich und umfasste fest mein Gesicht mit beiden Händen, während sie den Schmerz weg küsste. Ihn aufnahm. Umwandelte. Hatte ich vor gestern Nacht gedacht, ihr Duft oder das Gefühl ihrer weichen Haut sei berauschend, wurde ich eines Besseren belehrt, als ich ihren Geschmack testen durfte. Sie schmeckte nach Minze. Nach Hoffnung. Nach Zuhause. Nach mehr.

»Schlaf bei mir«, sagte ich leise zwischen unseren Küssen. »Lass mich heute Nacht nicht allein.« Sie nickte, stieg von mir herunter. Ich stand auf und hielt ihr die Hand hin. Als ich sie hoch und an mich zog, umschlang ich ihren Körper mit meinen Armen. So schnell würde sie mir nicht mehr entkommen. Das war sicher.

Ich öffnete den Reißverschluss meines Zeltes und ließ sie vor. Es war eigentlich nicht für zwei Menschen gemacht, aber wir brauchten nicht viel Platz. Ich schloss den Zelteingang hinter uns, und wir legten uns wie gestern auf die dünne Decke auf dem Boden. Den Schlafsack breitete ich wieder aus und legte ihn auf uns.

Meine Arme schlangen sich um Ellis schmalen Körper. Ich konzentrierte mich auf das Gefühl ihres Rückens an meiner Brust. Auf ihre Atmung. Auf die Spannung, die die Luft förmlich zum Knistern brachte. Auf die Geräusche, die der Wind draußen auf dem Zeltstoff machte.

»Ich hab mit dem Freund meiner Schwester geschlafen. Betrunken. Das war wohl das Schlimmste, was ich getan habe, neben hundert anderen Dingen.« Elli sprach ganz leise in die Dunkelheit hinein, aber ich hörte ihre Stimme trotzdem. Jedes einzelne Wort davon. Ich vernahm den Schmerz und die Überwindung, die es sie kostete, das auszusprechen. »Ich würde gerne meinen Eltern die Schuld geben, weil mich meine Mum als kleines Kind von einem Schönheitswettbewerb zum anderen geschleppt hatte. Weil ich keine Kindheit hatte. Weil sich mein Vater mehr für ein Footballmatch im Fernsehen interessiert hatte als für mich. Weil ich nicht ihre Tochter, sondern nur Mittel zum Zweck war, solange ich genug Gewinne und Trophäen nach Hause brachte. Aber so einfach ist es nicht. Ich war alt genug, um zu wissen, dass ich das meiner Schwester nicht antun durfte, und hab es trotzdem getan.« Sie verstummte eine ganze Weile, und ich dachte schon, sie wäre eingeschlafen, bis sie tief Luft holte. »Danach hab ich zu viel von irgendwelchen Schlaftabletten genommen, die ich gekauft hatte, weil ich dachte, damit würde das Sterben nicht so wehtun. Ich nahm an, das wäre der einzige Weg raus.« Sie atmete schwer. »Aber selbst der Tod wollte mich nicht.«

Plötzlich erbebte ihr Körper unter ihren Schluchzern, und ich drückte sie auf den Rücken und lehnte mich über sie. Nur leicht konnte ich die Schemen ihres

Gesichtes erkennen und die Tränen, die nun ihre Wangen hinunterliefen. Wir waren so kaputt. Kaputte Teile eines kaputten Ganzen, aber zumindest waren wir nun nicht mehr allein.

»Sie sind schuld, wir waren Kinder, wir wussten es nicht besser und haben nur versucht, zu überleben. Aber eines merke ich immer mehr …« Ich strich ihr eine feuchte Haarsträhne aus dem Gesicht. »Wir sind die Einzigen, die uns selbst retten können. Wir können nicht drauf warten, dass wir von alleine heilen, denn das wird nicht passieren.«

»Nein, das wird es nicht«, flüsterte sie, und ich senkte den Kopf und küsste sie. Ich küsste sie und gab ihr alles von mir, weil ich wusste, ihr Leben hing davon ab. Genauso wie mein eigenes.

Kapitel 28

Gegenwart
ELINOR

Unser Kuss schmeckte salzig, und ich konnte nicht sagen, woher die Tränen kamen. Waren es seine? Meine? Oder unsere? Es war egal. Es zählten nur seine Lippen, die meine als seinen Besitz kennzeichneten. Seine starken Arme, die mich fest umklammerten, in denen ich mich beschützt fühlte. Als könnte mir diese verdammte Welt nichts mehr anhaben, wenn wir nur hier zusammen in diesem Zelt mitten im Nichts blieben. Ich wollte morgen nicht zurückreiten, denn dann würde wieder ein Tag vergehen, und das Ende unserer Zeit würde unweigerlich näher rücken, bevor sie überhaupt richtig angefangen hatte.

Nash drehte sich auf die Seite und zog mich mit sich. Wir lagen uns gegenüber und küssten uns immer noch. Seine Berührungen luden mich auf, gaben mir ein wenig Kraft zurück. Meine Hände fuhren unter sein Shirt, berührten seine Bauchmuskeln, und ich kratzte mit den Fingernägeln darüber. Leicht fuhr ich in den Bund seiner Hose. Nash stöhnte dabei und hielt meine Hände fest. »Hör auf damit, oder ich kann nicht mehr stoppen.«

»Dann stopp nicht, Nash. Ich will dich berühren. Und ich will, dass du mich berührst.«

Sein Blick wirkte zögernd, aber als ich meine Lippen wieder auf seinen Mund drückte, schob er die Hände unter meinen Pullover. Er streichelte meine Haut am unteren Rücken und etwas weiter in den Bund meiner Pyjamahose, bis er sachte den Ansatz meines Pos berührte. Glücklicherweise hatte ich meine Schlafklamotten direkt nach dem Abendessen angezogen, weil sie gemütlicher waren als meine engen Jeans.

Nash trug noch seine Sachen von heute. Er roch nach Sonne, nach Hitze, nach ihm, und ich saugte den Geruch in mich auf. Unsere Berührungen und unser Atem wurden immer drängender. Meine Hände lösten den Knopf seiner Jeans und öffneten den Reißverschluss. Er unterbrach unseren Kuss und sah mich erneut an. Ich erkannte die stumme Suche in seinem Blick. War ich es, die ihn wollte, oder wollte ich mit ihm nur vergessen? Beides. Ich würde lügen, wenn ich etwas anderes behauptete. Aber ich wusste, dass ich diesmal ihn wollte. Nur Nash. Ich jagte nicht einer

Idee hinterher, bei der es mir egal war, mit wem ich mein Ziel erreichte.

Während wir uns immer noch ineinander verloren, schob ich meine Hand in seine Hose. Seine Finger taten es mir gleich und wanderten von meinem Rücken zu meiner Vorderseite. Als er in meinem Höschen verschwand, stöhnte ich unterdrückt auf und biss mir auf die Unterlippe.

»Nash«, seufzte ich, während sein Finger kleine Kreise über meinem Kitzler zog und sich meine Hand fest um seine Länge schloss.

»Großer Gott, wie oft habe ich davon geträumt?«, wisperte Nash zittrig. »Leg dein Bein auf meine Hüfte.«

Ich befolgte seinen rauen Befehl, und er hatte noch mehr Zugang zu mir. Mein Daumen umkreiste seine Spitze und verteilte den Lusttropfen, der heraustrat. Am liebsten hätte ich ihn geschmeckt, aber ich konnte mich nicht lösen, zu gut war das Gefühl, als Nash einen Finger in mir versenkte, dann zwei.

Unsere Bewegungen wurden gezielter, unsere Atmung schneller, und ich versuchte, so leise wie möglich zu sein, damit uns niemand sonst hörte. Doch als ich das Kribbeln spürte, das meinen gesamten Unterleib in Aufruhr versetzte, und Nashs Erektion in meiner Hand zu pumpen begann, war es um mich geschehen. Ich kam heftig. Nash presste seine Lippen auf meine, um meinen Schrei zu dämpfen. Es war überwältigend. Ich zerbrach, fiel einmal komplett auseinander, doch Nash zog mich danach eng an sich.

Hielt mich. War für mich da. Erlebte dieses Gefühl mit mir gemeinsam und setzte mich damit wieder zusammen.

Als ich klar denken konnte, fiel mir auf, dass ich tatsächlich zum ersten Mal dabei nüchtern war. Ziemlich traurig, aber die Trauer erfasste mich diesmal nicht. Ich stürzte nicht von einer schwindelerregenden Höhe im freien Fall hinab in eine tiefe Schlucht wie sonst. Denn zu intensiv hallte das Gefühl, Nash in meiner Nähe zu wissen, in mir nach.

Er drückte mir noch einen kurzen Kuss auf die Lippen, als wir uns voneinander gelöst hatten. »Bin gleich wieder da, nicht weglaufen«, sagte er leise und verschwand nach draußen. Ich lächelte. Und freute mich schon darauf, wenn er wiederkam und er mich heute Nacht hielt.

Kapitel 29

Gegenwart
NASH

Vor der Hütte, in der ich mit Buck und Levin übernachtete, stand ein kleiner Tisch mit zwei Stühlen. Auf einem davon hatte ich Platz genommen und mir das Papier und den Bleistift geschnappt, den ich vor dem Wochenende mit Elli gekauft hatte.

Ich musste lächeln, als ich an die Zeit dachte. Auch wenn es mich fast umgebracht hatte, hatte es sich gut angefühlt, mit Elli über meine Vergangenheit zu sprechen, obwohl ich ihr nicht alles erzählen konnte. Aber das wollte ich noch. Und es machte den Anschein, als hätte auch sie es gebraucht. Vielleicht war es doch nicht so, wie ich dachte, dass wir uns nicht guttaten, weil wir uns so ähnlich waren. Vielleicht war es genau andersrum. Sie verstand meinen Schmerz, weil sie den gleichen in sich trug. Auch ihre Wunden mussten erst noch heilen, aber wenn es niemanden gab, der sie versorgte, wie sollten sie gesund werden?

Ich vermisste sie, obwohl sie gerade erst heute Mittag mit Sophia in die Stadt gefahren war. Die beiden wollten noch irgendwas für Levins Abschiedsparty organisieren, die heute Abend stattfand. Ich stellte eigentlich das Ablenkungsmanöver dar, aber Levin ruhte sich gerade etwas aus, deshalb war ich in der Beziehung arbeitslos. Buck saß gegenüber auf der Veranda des Haupthauses und unterhielt sich mit Matt und Haddy. Die alte Dame war nicht gerade gesprächig, wenn sie ihren E-Reader in der Hand hielt. Legte sie ihn jedoch beiseite, konnte sie gar nicht mehr aufhören zu erzählen. Ich hörte ihr Gelächter im Hintergrund, während ich den Stift ansetzte. Natürlich hätte ich mich zu ihnen setzen können, aber je cleaner und klarer ich im Kopf wurde, umso mehr erinnerte ich mich an einzelne Dinge aus meiner Kindheit. Gute Dinge. Zum Beispiel, dass ich es einmal geliebt hatte zu zeichnen. Im Kinderheim hatte ich eine Zeit lang gar nicht mehr damit aufhören können.

Als ich die ersten Striche setzte, fühlte es sich noch schwerfällig an. Es gelang mir nicht so gut, wie ich gedacht hatte, aber ich bemühte mich und konzentrierte mich weiter auf das Blatt vor mir und das Bild, das ich in meinem Kopf vor Augen hatte. Es tat gut, sich darauf zu konzentrieren, und verdrängte alle anderen Gedanken aus meinem Hirn.

Nach ungefähr einer Stunde ging die Tür neben mir auf, und Levin kam nach draußen. Matt und Buck waren vor einer halben Stunde in der Scheune verschwunden, um die Party vorzubereiten.

»Guten Morgen! Na, gut geschlafen?«, sagte ich neckend, und Levin grinste mich an.

»Guten Morgen! Oh ja, das war nötig.« Er setzte sich auf den anderen Stuhl neben mich. »Irgendwie hab ich das Gefühl, je näher der Abschied rückt, umso müder werde ich.«

»Ich kann verstehen, was du meinst.« Auch wenn ich an das Ende meines Aufenthaltes dachte, wurde mir anders. Ich hatte Angst.

Levin lehnte sich auf dem Tisch ein Stück vor und spähte auf das Blatt Papier vor mir. »Was ist das?«

Beschämt drehte ich es um. »Ist noch nicht fertig.« Ich zuckte mit den Schultern, aber Levin grinste nur wissend.

»Hab schon gehört, dass Künstler ziemlich eigen mit ihren Werken sind.«

»Oje, bis ich mich Künstler nennen kann, vergeht noch einige Zeit. Bin ganz schön aus der Übung.« Bei den Worten schüttelte ich meine linke Hand aus, die seit ein paar Minuten schmerzte.

Levin klopfte auf seine Oberschenkel und wollte aufstehen. »Ich geh dann noch mal eine Runde angeln.«

Das Geräusch eines Trucks, der langsam auf den Hof rollte, ließ uns aufsehen. Sophia stieg aus der Fahrerseite aus, und Elli folgte ihr auf der anderen

Seite. Beim Aussteigen warf sie mir einen Blick zu, bei dem ich am liebsten aufgesprungen wäre und sie an mich gezogen hätte. Aber wir hatten den anderen noch nicht gesagt, dass sich etwas zwischen uns entwickelt hatte. Sie war sich nicht sicher, wie wir es benennen sollten. Ich allerdings wusste es ganz genau. Sie gehörte von jetzt an zu mir. Ich konnte kaum meinen Blick von ihr nehmen, geschweige denn klar denken, wenn sie in meiner Nähe war. Das Einzige, was ich wollte, war, sie zu berühren. Sie bei mir zu wissen. Für mich war das beschlossene Sache.

Aber ich nahm Rücksicht auf ihre Zurückhaltung den anderen gegenüber. Ich hatte erlebt, wie beschützerisch Buck und Matt sein konnten.

Sophia und Elli verschwanden mit großen Papiertüten in der Scheune, und auch Haddy erhob sich aus dem alten Schaukelstuhl und ging hinüber.

»Na dann«, sagte Levin.

»Du musst zuerst mitkommen, Matt hat gesagt, wir sollen ihm, wenn du wach bist, irgendwas in der Scheune helfen.«

Ich stand auf, und Levin tat es mir gleich. »Na klar, ganz sicher sollen wir ihnen etwas helfen.« Er verdrehte grinsend die Augen. Er wusste es. Natürlich. Hier konnte man schlecht etwas vor den anderen geheim halten.

Ich schlug Levin freundschaftlich auf die Schulter, und wir liefen zur Scheune. Auf dem Weg dahin schlossen wir zu Haddy auf, der ich meinen Arm hinhielt, damit sie sich abstützen konnte.

»Du bist ein guter Junge. Elli kann sich glücklich schätzen«, sagte sie und grinste mir von unten entgegen.

Überrascht sah ich sie an. »Ich weiß nicht, was du meinst.«

»Aber sicher weißt du das.« Okay, anscheinend war nicht nur Levins Abschiedsparty durchgesickert, und ich war sogar froh darüber. Vor allem, dass es sie nicht zu stören schien, dass zwischen uns etwas lief.

Wir betraten die Scheune, und ich erkannte sie fast nicht wieder. In der Mitte standen Holzbänke und zwei lange Tische, auf denen gelbe Stofftischdecken lagen und allerlei Essen und Trinken angerichtet war. Es roch köstlich nach gebackenem Maisbrot, Süßkartoffeln und einem Eintopf, den ich bereits von Sophia kannte. Über unseren Köpfen hingen Lichterketten, die von rechts nach links gespannt waren und ein gemütliches Licht in der sonst recht dunklen Scheune verströmten. Im Hintergrund liefen irgendwelche Country-Hits.

»Überraschung!«, riefen alle und eilten auf Levin zu. Man konnte ihm ansehen, dass er gerührt darüber war, was alles für ihn veranstaltet worden war.

Matt umarmte ihn. »Du hast wirklich gute Arbeit geleistet und warst uns immer ein treuer Kamerad. Wir werden dich vermissen. Aber du weißt, dass du uns jederzeit besuchen kommen kannst!«

»Danke, Matt«, erwiderte Levin brüchig.

Während sich die anderen um Levin versammelten, ging ich zu Elli, die sich ein wenig im Hintergrund gehalten hatte.

»Hi.«

»Hi«, erwiderte sie schüchtern.

»Du siehst toll aus«, sagte ich leise und zupfte an dem Stoff ihres hellblauen Sommerkleides. Ihre blonden Haare lagen heute offen über ihren Schultern. Sie winkte ab.

»Ach das alte Ding«, sagte sie grinsend.

»Haddy weiß es.«

»Was weiß sie?«

»Dass du jetzt mein Mädchen bist.«

Sie biss sich auf die Unterlippe und sah sprachlos zu mir auf. Allein aufgrund dieser Geste und ihrer Reaktion war ich kurz davor, sie an mich zu ziehen und ihr meine Worte mit meinen Lippen zu beweisen. Scheiß auf die anderen!

»Ich sollte auch kurz zu Levin gehen.« Sie wandte sich ab, aber ich hielt sie an der Hand fest.

»Du wirst es von jetzt an immer sein.«

Sie nickte, ihre Augen begannen zu glänzen, und an ihren Mundwinkeln zupfte ein leichtes Lächeln. Sie war wunderschön.

Dann ließ ich sie los, und sie lief auf Levin zu. Ich ging zu Matt, der sich gerade ein Bier öffnete. Der Drang, ebenfalls eines trinken zu wollen, war nicht mehr ganz so stark wie zu Beginn meines Aufenthaltes hier. Aber immer noch vorhanden.

»Levin wusste, was wir geplant haben«, sagte ich und stellte mich neben Matt.

Er grinste breit. »Natürlich wusste er das. Er ist ja nicht bescheuert.«

Wir sahen gemeinsam zu den anderen, die lachten und sich miteinander unterhielten. Levin forderte Haddy zu einem kleinen Tanz auf und schwang sie vorsichtig über den Heuboden. Zum ersten Mal fühlte es sich wirklich so an, als hätte ich eine Familie gefunden. Wären Tanner, Cassie und Everett noch hier, wäre sie komplett gewesen. Es wurde Zeit, dass ich mich bei ihnen meldete.

»Ich übrigens auch nicht.« Ich sah Matt aufgrund seiner Worte an. Er wirkte ernst, und ich versuchte zu ergründen, worauf er hinauswollte. »Elli«, sagte er nur. Konnte er wirklich etwas dagegen haben? Wahrscheinlich, denn er sah Elli wie seine Tochter an, und hätte ich es gerne gesehen, wenn sich meine Tochter mit einem Ex-Junkie traf? Ganz bestimmt nicht.

Aber plötzlich entspannte sich sein Gesicht, und er schlug mir fest auf die Schulter. »Aber ich habe nichts gegen eure Verbindung. Ich mag dich, Nash, wirklich. So wie du jetzt bist, verstehst du?« Ich nickte. »Wenn du so bleibst, unterstütze ich alles, was Elli glücklich macht. Und so, wie sie seit gestern strahlt, machst du sie glücklich.«

Ich schaute sie an. Sie unterhielt sich mit Sophia und lachte dann mit Levin und Haddy. Ihr Lachen öffnete mein verschlossenes Herz, jedes Mal, wenn ich es sah.

»Das hab ich vor.« Und das war die Wahrheit, denn Elli hatte verdient, endlich glücklich zu sein. Und auch ich wollte dieses Gefühl für immer festhalten, und das konnte ich nur mit ihr.

Kapitel 30

Gegenwart
ELINOR

»Hey, komm mit.« Nash packte plötzlich meine Hand. Levins Party war in vollem Gange, wir tanzten, hatten Spaß zusammen, und das Essen, das Sophia gezaubert hatte, war ebenfalls großartig gewesen. Nur von Nash hatte ich ein wenig Abstand genommen. Ich konnte selbst nicht sagen, woran es lag. Vielleicht weil ich immer noch Angst hatte, dass er seine Worte irgendwann bereute und mich doch wieder allein ließ. Dann, wenn ich mich schon Hals über Kopf in etwas verrannt hatte, bei dem ich das erste Mal das Gefühl hatte, es wäre richtig.

Er zog mich auch draußen weiter um die Ecke der Scheune und drückte mich gegen die Wand. Es war bereits dunkel, und man hörte nur das Geräusch der zirpenden Grillen und dumpf die Musik, die zu uns drang. Nash stemmte seine Hände in Höhe meiner Schultern rechts und links neben mich und sah mich an. Seine Augen hatten etwas Raubtierähnliches an sich, das mir sofort ein kribbeliges Gefühl bescherte. Die Luft zwischen uns lud sich auf und fühlte sich an wie kurz vor einem starken Gewitter.

»Wieso gehst du mir aus dem Weg?«

Ich leckte mir über die Lippen und wich seinem Blick aus. »Weil ich es den anderen gerne zuerst sagen würde, bevor wir knutschend vor ihnen stehen.«

»Matt weiß es schon.«

Überrascht sah ich ihn an.

»Er hat nichts dagegen, und die anderen sind auch nicht blöd. Ihnen fällt auf, wie ich dich ansehe.« Er setzte einen Finger an meinen Ausschnitt und fuhr langsam daran hin und her. Mein Herz wummerte heftig in meiner Brust. »Und wie du dir unruhig über die Lippen leckst, wenn ich in deine Nähe komme.« Er hob die Hand und strich mit dem Daumen über meinen Mund. »Sie sehen ganz bestimmt auch, wie mein Herz schlägt, wenn ich an dich denke.« Er nahm meine Hand und legte sie auf seine Brust. Tatsächlich schlug sein Herz schnell und kräftig gegen meine Handfläche. Es hatte den gleichen Takt wie mein eigenes. »Aber ich weiß, wo dein eigentliches Problem liegt.« Er drückte meine Finger enger gegen sich, und ich versank in seinem intensiven Blick. Das Atmen fiel mir immer schwerer. »Ich will dich, und ich werde dich nicht im Stich lassen. Hörst du?«, wisperte er.

»Aber wenn du …«, bevor ich den Satz zu Ende sprechen konnte, presste er seine Lippen auf meine. Er verharrte, testete und wartete, bis ich mich hingab und entspannte. Daraufhin fuhr seine Zunge leicht über meine Lippen, drang in meinen Mund und intensivierte den Kuss, nach dem ich mich den ganzen Tag insgeheim verzehrt hatte. Mir wurde erst in diesem Moment bewusst, wie oft ich tatsächlich an ihn gedacht hatte. An seinen Körper, der mich hielt, als wäre ich für ihn das Kostbarste der Welt. An seine Hände, die mich bei jeder kleinen Berührung in Brand setzten. Und an seine hellblauen Augen, in denen ich nicht nur ihn erkannte, wie er wirklich war, sondern auch ein Stück von mir selbst.

Als ich meine Arme um seinen Hals schlang und mit den Fingern die dunklen Locken in seinem Nacken berührte, kam ein Knurren über seine Lippen, und er drückte mich fester gegen die Wand. Wir küssten uns immer wilder, fast so, als hätten wir Angst, es könnte das letzte Mal sein. Aber Nash versicherte mir, zu mir zu stehen. Ich wollte ihm glauben, so sehr, doch das Gefühl, das mich mein ganzes Leben schon begleitet hatte, ließ sich nicht einfach abschütteln. Ich brauchte mehr als seine bloßen Worte. Ich schob ihn ein Stückchen weg und löste meine Lippen von seinen. Dann sah ich ihn an. Flehend. Angsterfüllt. Skeptisch. Lustvoll. So viele Emotionen kämpften in meinem Inneren, dass mir schwindelig wurde. Er nahm mein Kinn zwischen zwei Finger und hob es an.

»Okay, ich verstehe. Dann lass mich dich ausführen. Ich frage Matt um Erlaubnis, und dann gehen wir aus. Wie ein normales Pärchen, das sich kennenlernt.«

Ich kicherte. »Du musst ihn nicht fragen.«

»Doch, wenn du dich dann besser fühlst, tue ich das.« Er grinste, ließ mich los und stieß sich von der Wand ab. Dann hielt er mir seine Hand hin. »Wollen wir wieder rein?«

Ich zögerte. Wenn ich ehrlich zu mir selbst war, wollte ich ihn lieber hier draußen weiter küssen, aber sein Vorschlag gefiel mir. Wir sollten einen Schritt nach dem anderen gehen. Schritt. Trab. Galopp.

Vielleicht beseitigte das meine Bedenken endlich und brachte meine innere Stimme zum Schweigen.

»Aber glaub bloß nicht, dass ich dich deswegen heute Abend noch mal loslassen werde«, murmelte er, während wir wieder Richtung Tür der Scheune liefen und sich in mir ein warmes Gefühl ausbreitete. Immer weiter, bis es nicht nur meinen skeptischen Kopf erreichte, sondern auch mein blutendes Herz, und beides zum Stillstand zwang.

***

Ich stand vor dem hohen Spiegel in meinem Zimmer und drehte mich von links nach rechts. Der lockere Rock des weißen Sommerkleides schwang mit meiner Bewegung mit. Ich hatte es vor zwei Jahren einmal in Mailand gekauft, weil es mir so gut gefiel, aber nie eine Gelegenheit gehabt, bei der ich es anziehen konnte, also trug ich es zum ersten Mal. Auch das blaue Kleid von gestern Abend hatte ich zum ersten Mal getragen. Bisher hatte es auch nicht sonderlich viele Anlässe gegeben, es auszuführen. Ich strich mir eine blonde Haarsträhne hinter das Ohr. Meine dunkelbraunen Augen hatte ich ein wenig mit Mascara betont, und meine Lippen glänzten von dem roséfarbenen Lipgloss. Ich hatte mich schon lange nicht mehr richtig geschminkt oder meine Haare offen getragen. Und ich war nervös. So wahnsinnig nervös. Denn wenn ich es recht überlegte, war es mein erstes richtiges Date. Ich hatte in der Schule nicht viele Freunde gehabt, und kein Junge wollte mit dem merkwürdig stillen Mädchen, das sowieso nie Zeit hatte, weil es am Wochenende auf Misswahlen gehen musste, etwas zu tun haben. Und später, als die Schauspielerei an Fahrt aufnahm, war ebenfalls nicht an Dates zu denken. Es gab Männer. Ja. Einige. Aber keine Dates.

Einmal holte ich noch tief Luft, dann schnappte ich mir die kleine Umhängetasche aus hellbraunem Leder, die auf der Kommode neben der Tür lag, und verließ mein Zimmer.

»Viel Spaß euch!«, hörte ich Sophia aus dem Esszimmer rufen, als ich am Ende der Treppe angekommen war. Die anderen saßen gerade beim Abendessen, das Nash und ich heute schwänzten. Ich hatte fast ein schlechtes Gewissen, vor allem, weil es Levins letzter Abend war. Aber er hatte mir versichert, dass es ihm nichts ausmachte und wir morgen das Frühstück noch mal gemeinsam hatten. Außerdem nahmen wir uns fest vor, in Kontakt zu bleiben, und ich wollte es diesmal auch wirklich einhalten.

»Danke«, rief ich zurück, schlüpfte in meine Boots und durchquerte die Tür nach draußen. Als ich hinaus auf die Veranda trat, hielt ich kurz inne.

Nash lehnte an Matts Pick-up. Glücklicherweise hatte er ihn nach unserer letzten Panne mit einigen Ersatzteilen von dem alten Tucker tatsächlich reparieren können.

Er verschränkte die Arme vor der Brust und grinste mich an, als er mich sah. Sein weinrotes Shirt spannte über seinem gebräunten Bizeps, und die Jeans saß wie für ihn gemacht auf seinen Hüften. Seine schwarzen Haare waren verwuschelt wie immer. Von Tag zu Tag wurden sie ein Stückchen länger, aber ich fand, das stand ihm ausgezeichnet. Er war perfekt. Nicht nur äußerlich.

Ich erwiderte sein Lächeln, stieg die Stufen nach unten und ging auf ihn zu. Der trockene Boden staubte bei meinen Schritten um meine hellbraunen Cowboyboots.

»Hi«, sagte ich und blieb vor ihm stehen.

Er umschlang meine Taille mit einem Arm und zog mich an sich. »Hi«, flüsterte er rau und drückte mir einen Kuss auf die Wange. Er verharrte knapp vor meinem Ohr. »Wir werden beobachtet, deswegen lass ich es mal langsam angehen.« Als er mich losließ, unterdrückte ich mein Lachen.

»Wir sind eben die Sensation des Tages.«

»Wahrscheinlich des Jahrhunderts.« Nash stieß sich mit einem Bein vom Auto ab und öffnete mir die Beifahrertür. »Heute fahre ich, wegen der Date-Sache und so.«

Ich rutschte auf den Beifahrersitz und beobachtete Nash dabei, wie er den Truck umrundete und ebenfalls Platz nahm.

»Oh, wow, also steckt doch so was wie ein Gentleman in dir.«

»Erwarte nicht zu viel, Baby.«

Ich schmunzelte. »Wo fahren wir hin?«

»Ich hab gehört, auf der Cleeveland Ranch könnte man heute riesigen Spaß haben.«

»Das Rodeo!«, rief ich begeistert. »Davon hat dir Matt erzählt! Und ich hab es fast vergessen!« Ich liebte solche Veranstaltungen hier, aber ich hatte mich in der Vergangenheit oft davon ferngehalten. Zu groß waren die Versuchungen dort. Doch diesmal fühlte ich mich so, als könnte mir mit Nash überhaupt nichts passieren.

»Dann mal los.« Er startete den Wagen und fuhr auf die Hauptstraße. Während der Fahrt unterhielten wir uns über alles Mögliche. Ich fand heraus, dass Nash tatsächlich den Film »Der weiße Hai« genial fand und auf Placebo und Nirvana stand, seine Lieblingsfarbe schwarz war – was genau genommen keine Farbe ist, wobei er aber das Gegenteil behauptete – und Salziges dem Süßen vorzog. Wir hatten unglaublich viel Spaß und hielten fast die gesamte Fahrt über

Händchen, bis wir ankamen und ausstiegen. Auch dann griff er wieder nach meiner Hand, und wir schlenderten über die große Wiese hinter der Ranch, auf der die Cleevelands ein Barbecue veranstalteten. Überall waren provisorische Stände aus Palettenholz aufgebaut, bei denen es etwas zu essen oder zu trinken gab. Ich hatte das Gefühl, alle Menschen der umliegenden Farmen wären zu diesem Event gefahren, denn die Wiese quoll regelrecht über. Kinder konnten sich an einem Stand Zuckerwatte und Luftballons in Form eines Bullen holen. Für die Erwachsenen gab es Bier und Gegrilltes. Ich konnte mich kaum an dem sattsehen, was die Cleevelands organisiert hatten.

»Also, ich kann immer noch nicht fassen, dass du den Film nie gesehen hast«, sagte Nash, und wir blieben vor einem Stand stehen, an dem es Pulled Pork gab.

»Keine Ahnung, ich steh einfach nicht auf dieses Fantasy-Zeug, und ein Ring, der alle knechtet? Mal ehrlich …« Ich verdrehte die Augen, und Nash musste lachen. Er zog mich an meiner Hand zu sich und drückte mir einen Kuss auf die Stirn.

»Dabei braucht man nicht unbedingt einen Hobbit, um so einen Ring zu kriegen.« Ich wusste, worauf er anspielte, aber wir waren noch nicht weit genug, überhaupt in die Nähe des Themas Hochzeit zu kommen. Wir waren ja noch nicht mal so weit, zurück in das wirkliche Leben zu treten, wie könnten wir da an so etwas denken?

»Aber dass du so ein Nerd bist, hätte ich dir gar nicht zugetraut.«

»Bin ich auch eigentlich nicht. Mein kleiner Bruder Everett ist ein großes Kind und steht auf so ein Zeug. Immer wenn ich bei Tanner und ihm zu Besuch war, musste ich mir so einen Film reinziehen und danach stundenlang mit Everett darüber quatschen, weil er aufgeregt wie ein Zweijähriger im Spieleparadies war. Tanner konnte damit noch weniger anfangen als ich.« Er lächelte bei seiner Erzählung, und mir gefiel der warme Ausdruck in seinen Augen, als er mir etwas über seine Brüder anvertraute. »Ich hab eine E-Mail bekommen«, sagte er und wurde auf einmal ernst. Er mied meinen Blick. »Von Tanner. Er hat gefragt, wie es mir geht.«

»Das ist doch nett, oder nicht?«

»Ja, ich hab mich auch sehr gefreut.« Wir waren an der Reihe und bestellten jeweils ein Brötchen, dick belegt mit Pulled Pork und Barbecue-Soße. Daraufhin liefen wir weiter und suchten uns ein Plätzchen auf einer Holzabsperrung etwas außerhalb des Trubels. Wir begannen zu essen, und ich dachte schon, Nash wollte nicht weiter über das Thema sprechen, als er doch wieder damit anfing.

»Es liegt nicht an Tanner. Aber jedes Mal, wenn ich ihn ansehe, versetzt es mich in die Zeit zurück, die hinter uns liegt, und ich werde indirekt wieder daran erinnert. Obwohl gerade er jemand ist, der sich immer vor mich gestellt und mich unterstützt hat! Ist das schräg?« Er schaute mich an und zog die Augenbrauen zusammen.

Ich schüttelte den Kopf. »Nein, überhaupt nicht. Ich verstehe, was du meinst.«

»Tanner und Everett sind meine besten Freunde, meine Brüder, meine Verbündeten. Aber trotzdem habe ich bei ihnen ständig das Gefühl, wieder alles zu durchleben. Total bescheuert, dabei sind die beiden die Einzigen, die mich zu hundert Prozent verstehen können. Bis auf dich.« Ich lächelte, aber es war kein glückliches Lächeln. Ich wünschte dabei, wir hätten eine andere Verbindung, als Gebrandmarkte zu sein. War es das, was Nash in mir sah? »So meinte ich das nicht.« Manchmal war es, als könnte er jeden einzelnen meiner Gedanken in meinen Augen lesen. »Du bist mehr, okay?«

»Okay«, sagte ich leise.

»Mit dir kann ich atmen, wir können lachen und so sein, wie wir sind. Ich mag es, wie du dich um Sophia und Matt kümmerst und Haddy neue Bücher besorgst, obwohl sie nicht darum bittet.« Er senkte die Stimme und schubste mich sanft mit der Schulter an. »Außerdem steh ich auf deinen Befehlston, wenn du mir das Reiten zeigst.« Ich musste lachen, und wir aßen unser restliches Essen auf, putzten uns die Finger an mitgenommenen Servietten ab, bis ich aufstand und Nash meine Hand hinhielt. Im Hintergrund hörte man zum zweiten Mal die Ansage von Mister Cleeveland, der nun den Beginn des Wettkampfes ansagte.

»Bereit für das erste Rodeo deines Lebens, Cityboy?«, fragte ich grinsend. Irgendwie hatten wir in den letzten Minuten die Leichtigkeit verloren, zu der ich unbedingt wieder zurückwollte.

»Bereit, wenn Sie es sind«, zitierte Nash den Film »Das Schweigen der Lämmer«.

»DAS war ein guter Film! Aber Der weiße Hai«, ich bitte dich«, sagte ich augenrollend, und Nash lachte. Da war die Unbeschwertheit wieder, und ich war glücklich, dass wir sie zurückhatten.

***

Das Rodeo war großartig gewesen. Die ganze Atmosphäre, die angespannten Schreie der Reiter, während sie versuchten, sich auf den bockenden Stieren zu halten, die Gerüche des Barbecues, die Hitze eines texanischen Abends, der Staub in der Luft. All das war genau mein Ding, und ich hatte das Gefühl, dass es Nash ebenso gefallen hatte. Als wir nach Hause fuhren, rückte ich dicht an ihn heran und lehnte mich an seine Schulter. Fast wäre ich eingeschlafen, als Nash den Wagen vor der Ranch parkte und mir über den Kopf strich.

»Wir sind da«, wisperte er.

Seufzend schob ich mich vom Rücksitz, und wir liefen händchenhaltend bis zum Treppenaufgang der Veranda.

»Mein erstes Date mit dir hat mir sehr gut gefallen«, sagte er, und seine Lippen formten sich zu einem Lächeln.

»Mir auch. Danke für den schönen Abend.«

»Ich danke dir.« Er kam näher und legte die Hände an meine Hüften. »Hab ich dir heute schon gesagt, dass du fantastisch aussiehst?« Langsam senkte er den Kopf, drückte mir einen Kuss auf den Hals und sog den Duft meiner Haut ein. »Und wahnsinnig gut riechst.« Ein weiterer Kuss. »Und schmeckst.« Bis sich seine Lippen knapp vor meinen befanden und ich die restliche Entfernung zwischen uns überbrückte.

Ein keuscher Kuss ohne Zunge, und Nash zog sich zurück. Es war mal wieder nicht genug. »Schlaf gut, und träum von mir.«

»Du ebenfalls.« Er löste sich von mir und ging rückwärts, ohne den Blick von mir abzuwenden, Richtung Arbeiterhaus. Bevor er sich umdrehte, hob er noch einmal die Hand, und ich sah seinem breiten Rücken hinterher. Meine Handfläche berührte schon das warme Holz des Verandageländers, da zögerte ich.

Ich wollte mich noch nicht von ihm trennen. Der Abend war viel zu schön gewesen. Wieso ihn also jetzt schon beenden?

Kapitel 31

Gegenwart
NASH

Ich saß auf meinem Bett und knetete meine Hände. Mein Shirt war immer noch von ihrem köstlichen Duft getränkt. Am liebsten hätte ich sie gefragt, ob sie noch mit zu mir kam. Die letzte Nacht, die ich allein verbracht hatte, hatte gereicht, dass mich meine Dämonen erneut heimsuchten. Nun hatte ich gespürt, dass es auch anders ging. Mit ihr. Die beiden Nächte gemeinsam in meinem Zelt hatten mich für alle kommenden versaut. Ich wollte sie bei mir haben. Aber ich wollte auch nicht zu große Schritte gehen, um es nicht kaputt zu machen. Richtig. Falsch. Etwas dazwischen. Eigentlich hatte ich keine Ahnung, wie ich reagieren sollte.

Leise klopfte es, und ich sah auf. Die Tür öffnete sich nur einen kleinen Spalt, und ich erkannte die weiße Spitze von Ellis Sommerkleid, bevor sie sich durchdrückte und sich mit dem Rücken gegen das geschlossene Türblatt lehnte. Sie wirkte atemlos. Ihre weichen Lippen waren einen Spalt breit geöffnet, ihre dunklen Augen fixierten jede meiner Regungen.

»Was tust du hier?«, raunte ich. Ich wollte es von ihr hören. Ich musste sogar!

»Ich will bei dir bleiben. Heute Nacht.« Sie biss sich auf die Unterlippe. »Und eigentlich immer.«

Langsam stand ich auf und ging auf sie zu, als würde ich sie sonst verschrecken, wenn ich es schneller täte. »Willst du mich immer noch?«, flüsterte sie.

»Jede Sekunde ein bisschen mehr«, antwortete ich leise und blieb vor ihr stehen.

»Dann kannst du mich haben. Nur mich. So wie ich bin.«

Sie konnte sich nicht mal ansatzweise ausmalen, was diese Worte mit mir anrichteten. Mir wurde heiß, mein Mund trocken, meine Hände zittrig. Es fühlte sich an, als wäre ich high. So high, wie schon lange nicht mehr. Doch diesmal war es ein gutes Gefühl, obwohl ich auch jetzt all meine Kontrolle verlor.

Ich legte meine Hand an ihren Hals und strich mit dem Daumen über ihre Haut. Sie sah mit ihren schönen Augen zu mir auf, und ich erkannte kein Zögern. Nur pure Lust, die auch meinen Körper in Besitz nahm. Der Rausch vereinnahmte mich so sehr, dass ich kaum zu etwas anderem fähig war, als sie zu berühren. Selbst das Atmen fiel mir schwer, während ich mit der anderen Hand einen Träger von ihrer gebräunten Schulter strich und ihr einen Kuss auf die Stelle drückte. Ich küsste weiter ihren Hals hinauf, und sie bekam eine Gänsehaut, drehte den Kopf, sodass sich unsere Gesichter knapp voreinander befanden.

Ich wollte etwas sagen, das unfassbare Gefühl hinausschreien, das mich gepackt hatte, aber ich konnte es nicht in Worte fassen. Noch nicht.

Also küsste ich sie. Ich küsste sie, als wäre sie mein frischer Morgen nach einer langen Nacht. Mein Hoch nach einem dunklen Tief. Meine Luft nach einem bodenlosen Tauchgang. Mein Leben nach dem Tod.

Sie wisperte meinen Namen, und ich hob sie hoch und drückte sie gegen die Tür, während sie meine Hüften mit ihren schlanken Beinen umschlang. Als unsere Lippen fast taub waren, trug ich sie zu meinem Bett und legte sie darauf ab.

»Du bist berauschend, du kannst dir nicht vorstellen, was du mit mir machst«, wisperte ich. Vorsichtig zog ich ihr das Kleid aus, während ich meine Klamotten im Gegensatz dazu hektisch von mir riss, um so schnell wie möglich wieder in ihre Nähe zu kommen. Nur in Boxershorts gekleidet, legte ich mich zu ihr. Mit dem Finger fuhr ich von ihrem Hals hinunter, an dem vorderen Verschluss ihres BHs vorbei und über ihren Bauch zu dem Ansatz ihres Höschens. Sie war die pure Sünde. Alles an ihr, ihre ebenmäßige Haut, die kleinen Sommersprossen auf

Nase und Schulter, die vollen kirschroten Lippen und der sinnliche Blick. Ich hatte noch keine perfektere Frau in den Armen halten dürfen.

»Wunderschön«, raunte ich, und sie senkte leicht die Lider. Sie schloss die Augen ganz, als ich mich über sie lehnte und den gleichen Weg nach unten küsste, den mein Finger zuvor entlanggefahren war. Ich hauchte warmen Atem über den Stoff ihres Höschens, und allein das reichte aus, dass sie sich unter mir aufbäumte und stöhnte.

»Nash, bitte«, wisperte sie und sah mich von oben an. Ich musste schmunzeln, weil sie es anscheinend genauso wenig erwarten konnte wie ich. Trotzdem wollte ich es genießen, es auskosten und völlig in ihrer Lust aufgehen.

»Was *bitte?*«, fragte ich.

»Bitte mach schneller. Fass mich an. Mehr.«

Ich lachte leise über ihre Ungeduld, lehnte mich über sie, öffnete den BH und umfing ihre weichen Brüste mit meinen Händen, zupfte an ihren Brustwarzen, während sie sich unter mir wand. Ihre Kurven, der Duft ihrer Haut, alles an ihr berauschte mich noch mehr, sodass ich nicht mehr klar denken konnte. Wir küssten uns, während ich meinen Körper an ihren presste und meinen ungeduldigen Schwanz rhythmisch gegen ihren heißen Unterleib drückte. Ich hielt es keine Minute länger aus, ohne in ihr zu sein, also löste ich mich von ihr, zog ihr hektisch mit ihrer Hilfe das Höschen aus und entledigte mich meiner Boxershorts. Aus meiner Reisetasche holte ich ein

Kondom und streifte es mir über, während ich ihre heißen Blicke überall auf meinem Körper spürte.

Vorsichtig legte ich mich auf sie, während sie mich mit ihren Beinen umfing. Ich sah in die Tiefen ihrer Augen. Sah die gleiche Dunkelheit. Sah das gleiche kleine Glimmen neuer Helligkeit darin. Hoffnung und Schmerz, so nah beieinander und nie getrennt. Ich verliebte mich in jedes ihrer zerbrochenen Teile noch mehr als in die ganzen.

»Du bist wie für mich geschaffen«, wisperte ich und schob meine Spitze in ihre enge Mitte. Sie stöhnte, und meine Muskeln zitterten, weil ich so sehr versuchte, die Beherrschung zu behalten. Wenn es um sie ging, fiel mir das unglaublich schwer.

»Und du für mich.« Ein warmes Lächeln umspielte kurz ihre Mundwinkel, bis der lustvolle Aufschrei es ablöste, als ich komplett in sie eindrang. Erst langsam, dann immer schneller führte ich meine Bewegungen, versank tief in ihr, zog mich fast vollständig wieder heraus und hatte das Gefühl, als Geschenk ein Stückchen ihrer selbst zu erhalten, während sie meinen Namen hauchte. Ich wollte ihr so viel mehr sagen. So viele Worte, die ich in diesem Moment, der mich völlig vereinnahmte, nicht formen konnte. Dafür versuchte ich sie alles fühlen zu lassen, was ich ihr geben konnte.

Ihre Arme umfassten meinen Nacken, zogen mein Gesicht noch dichter an ihres, damit unser Kuss niemals endete. Aber das hatte ich als Letztes vor.

Unsere Bewegungen wurden schneller, sie drückte mir ihren Unterleib entgegen, und ich schob eine Hand unter ihren perfekten Po, um sie noch dichter an mich zu pressen. Ihr Kopf fiel in ihren Nacken, und ich konnte die Augen von dem lustvollen Ausdruck in ihrem schönen Gesicht kaum abwenden. Immer tiefer drang ich in sie ein. Immer unbeherrschter wurden meine Bewegungen. Immer stärker erfasste meinen Körper ein Rausch, den ich nicht mehr kontrollieren konnte. Den ich überhaupt nicht kontrollieren wollte.

Ich spürte die Anspannung ihrer Muskeln, als der Orgasmus sie vereinnahmte, und ließ selbst los, drückte dabei mein Gesicht an ihre Halsbeuge.

Als wir wieder einigermaßen zu Atem kamen, hob ich den Kopf und sah sie an, erkannte das Glitzern in ihren Augen und küsste sie sanft.

»Alles okay?«, fragte ich, und sie nickte.

»Mehr als das.« Wir verharrten einige Sekunden, sahen uns in die Augen und küssten uns abwechselnd, bis ich mich von ihr löste, das Kondom verknotete, es auf den Boden warf und sie an mich zog. Heute Abend würde sie garantiert nicht wieder davonkommen, wenn nicht sogar nie mehr.

Kapitel 32

Gegenwart
ELINOR

Kalte Luft zog über meinen nackten Rücken, und ich atmete einmal tief ein. Die Nacht war wunderschön gewesen, auch wenn mein Körper jetzt von meinem Scheitel bis zu den Zehen erschöpft war. Aber nicht nur Nash bekam nicht genug von mir, auch ich wollte das Gefühl, das er mir gab, immer und immer wieder spüren.

Er wollte mich. Er hielt mich. Er war da. Er brauchte mich. Genauso sehr wie ich ihn.

Ich lächelte, als ich seine kratzigen Bartstoppeln an meinem unteren Rücken spürte und seine weichen Lippen, die sich einen Weg weiter in Richtung meines Pos bahnten.

Nash brummte genüsslich, dann biss er mir in die linke Pobacke, und ich schrie überrascht auf. »Ich liebe deinen Arsch. Er ist das wirklich Perfekteste, was ich je in meinem ganzen Leben gesehen habe.« Erneut drückte er einen Kuss auf meine Haut, und ich musste lachen. »Und angefasst. Irgendwann wird er mir gehören.«

Heiße Schauer zogen sich über meine Haut und endeten in meiner Mitte, die sich sehnsüchtig zusammenzog. »Dann hast du noch nicht viel in deinem Leben gesehen.«

»Mhm«, summte er. »Darauf gehe ich jetzt nicht ein, glaub mir einfach, wenn ich es dir sage.« Er schob eine Handfläche unter mich, und ich spürte seine Finger an meinem Kitzler. Mit der anderen Hand drückte er mich sanft in die Matratze, damit ich ihm nicht entkam. Seine Berührungen schürten das Feuer in meinem Inneren, obwohl ich eigentlich komplett erschöpft war. Egal. Ich konnte mich ihm nicht verwehren, zu lange hatte ich in meinem Leben so etwas gesucht. Jemanden, der das in mir hervorholte, was ich dachte, verloren zu haben. Liebe. Ja, ich musste es einfach im Stillen vor mir selbst zugeben. Laut hätte ich es trotzdem noch nicht ausgesprochen. Es war zu früh. Und doch so stark. Hoffentlich würde die Zeit, in der es Nash genauso ging, irgendwann kommen und die Blase nicht einfach zerplatzen.

Nash schob sich nach oben, während er meine Mitte weiter streichelte und ich unter ihm stöhnte. Er drückte seinen Mund an meinen Hals und biss leicht in mein Ohrläppchen, während mich sein schwerer Körper tiefer in die Matratze presste.

»Bereit für Runde vier?«, hauchte er mir zu, aber selbst wenn ich nicht bereit gewesen wäre – er schaffte es, mich innerhalb von Sekunden alle Bedenken vergessen zu lassen. Spätestens, als ich spürte, wie er sich von hinten zwischen meine Beine schob, die Hand unter meinen Bauch führte und mich nach oben in Position drückte, war es um mich geschehen, und ich konnte nur noch fühlen.

Eine Stunde später verabschiedeten wir uns heimlich und leise an der Tür zu dem Haus, in dem er wohnte. Es war glücklicherweise noch recht früh und fast noch dunkel draußen. Buck und Levin schliefen wahrscheinlich noch, und auch das Haupthaus lag in völliger Ruhe, als ich leise und mit einem breiten Grinsen auf den Lippen darauf zulief. Ich sah sie erst, als es schon zu spät war.

»Na, schöne Nacht gehabt?«

»Haddy!« Erschrocken drückte ich die Hand auf meine Brust in Höhe des Herzens. »Was tust du denn schon hier draußen?«

»Eigentlich sitze ich jeden Morgen hier, wenn alle noch schlafen. Richard und ich haben das früher immer gemeinsam gemacht, bevor er sich um die Farmarbeit kümmerte. Komm, setz dich.« Sie tätschelte den leeren Platz neben ihr auf der alten Hollywoodschaukel. Ich ließ mich neben ihr nieder, und wir sahen schweigend zusammen auf den Horizont, an dem die Sonne gerade aufging.

»Ich hätte ihn gerne kennengelernt, deinen Richard«, sagte ich leise. Ich hatte viel von Matts Vater gehört, und es waren ausnahmslos gute Geschichten gewesen. Er war hier auf der Farm aufgewachsen. Rau, für das harte Leben auf einer Ranch gemacht, und sein Herz hatte wohl ebenfalls am rechten Fleck gesessen.

»Dein Nash erinnert mich sehr an ihn.«

Ich verkniff mir zu sagen, dass er nicht mein Nash war. Er war im Moment einfach nur Nash. Vielleicht wäre er irgendwann etwas anderes. Vielleicht würde er auch einfach nur mein angeknackstes Herz komplett zerbrechen.

»Er hatte einen genauso starken Willen, und vor allem stand er ebenso für das ein, was er liebte.« Sie warf mir einen kurzen Seitenblick zu. »Meine Eltern mochten Richard nicht besonders. Er war ihnen zu ruhelos, ging jedes Wochenende auf ein Fest und hatte zahlreiche Frauengeschichten vor mir.« Sie verdrehte die Augen, und ich musste lächeln. »Meine Eltern sahen nicht, dass er dafür tagein, tagaus hier auf der Farm schuftete, bis ihm die Finger bluteten. Und eigentlich hat er nur nach etwas gesucht, das ihn vollständig machte.« Haddy legte ihre dünnen Finger auf mein Bein und drückte mein Knie. »Ihr tut euch gut, auch wenn es schwere Zeiten geben wird. Aber die gibt es immer im Leben, mein Kind. Lass dich von diesen nicht verunsichern und finde den Weg zurück nach Hause. Du weißt, dass du hier ein zweites

Zuhause gefunden hast, oder?«

»Ein richtiges Zuhause. Danke, Haddy.«

»Nicht dafür. Und jetzt sieh zu, dass du noch ein bisschen Schlaf bekommst, bevor Matt und Sophia wach werden.«

Mit einem Lächeln auf den Lippen verabschiedete ich mich von Haddy und lief in mein Zimmer. Ich konnte es kaum erwarten, bis ich wieder aufstand und Nash erneut sah. Es hatte mich erwischt. Jedes Atom in meinem Körper. Unwiderruflich.

***

Es war Zeit, mal wieder meine E-Mails zu checken. Da ich mein eigenes Handy hier zu Beginn meines Aufenthaltes ausgemacht und nicht wieder angeschaltet hatte, war das einzige Kommunikationsmittel in die Außenwelt meine E-Mail-Adresse. Aber wer sollte mich auch anrufen oder sonst kontaktieren? Freunde hatte ich außerhalb dieser Ranch keine mehr, und Nachrichten von meiner Familie waren sowieso nie gut.

Ich startete Matts alten Rechner, während ich in seinem Arbeitszimmer durch die Gegend starrte und mir die Schwarz-Weiß-Fotos an den Wänden ansah. Egal zu welcher Zeit, alle Menschen hier wirkten stets glücklich. Und auch in mir wuchs dieses Gefühl immer weiter an. Immer noch musste ich grinsen bei dem Gedanken daran, wie der heutige Tag gelaufen war. Nash hatte mich heute Morgen vor allen anderen einfach an sich gezogen und geküsst. Zuerst war es mir peinlich gewesen, aber nachdem ich ihre Gesichter gesehen hatte, waren meine Bedenken verflogen. Vor allem auch, nachdem ich Haddy heute am frühen Morgen auf der Veranda getroffen hatte.

Ich tippte mit den Handkanten den Takt von »We will rock you« auf der Schreibtischplatte, bis endlich das E-Mail-Programm startete und ich mich anmelden konnte.

Spam, Werbung, irgendwelche fremden Menschen, die mir Kredite und/oder Waschmaschinen verkaufen wollten, Newsletter einiger Online-Modehäuser, die ich früher abonniert hatte, und eine E-Mail, die mich innehalten ließ.

Mit zittrigen Fingern öffnete ich sie mit einem Doppelklick. Meine Mum hatte mir in den ersten Monaten meines Aufenthaltes hier des Öfteren geschrieben, dass ich zurückkommen solle, aber nie hatte ich bei einer E-Mail von ihr so ein ungutes Gefühl wie bei dieser hier. Und ich konnte nicht mal genau benennen, woran das lag.

Von: Grace Raver
Betreff: Dringend!

Darling,
hoffentlich hast du diese Mail nicht wie die vielen anderen davor einfach gelöscht, oder hast du sie gelesen und extra unbeantwortet gelassen?

Aber ich schreibe dir nicht, um dich an deine gute Kinderstube zu erinnern, sondern weil ich dir etwas sagen möchte. Etwas Wichtiges, das ich ungern am Telefon mit dir besprechen und auch nicht plump in einer E-Mail schreiben möchte.

Ich kann dir nur so viel sagen, dass es Dad nicht gut geht. Auch nicht, während ich dir diese Mail schreibe und sicher bin, dass du trotz deines Fehlverhaltens in der letzten Zeit immer noch etwas für deine Familie übrig hast. Zumindest hoffe ich das.

Damit wir es dir so einfach wie möglich machen, ist ein Flugticket für dich reserviert. Du musst dich nur in diesen Flieger setzen und zu uns kommen.

Das bist du uns schuldig, nachdem du uns ein Jahr lang ignoriert hast. Jetzt brauchen wir dich, einmal im Leben, also sei die gute Tochter, die ich irgendwann vor über einem Jahr verloren habe.

Mum

Ich rieb mir die Schläfen und atmete tief ein und aus. Hinter diesen ganzen Vorwürfen steckte nur ihre Unsicherheit. Außerdem war sie immer schon der Typ Mensch, der Fehler bei anderen Menschen suchte und auf gar keinen Fall bei sich selbst. Dass sie das Flugticket gebucht hatte, wäre nicht nötig gewesen. Sie wollte doch nur nach außen hin sagen können, sie habe alles getan, was möglich sei. Obwohl es nur so aussah. Außerdem bezahlten sie es sowieso von meinem Geld, das ich ihnen zum Großteil vor meinem Aufenthalt hier überlassen hatte. Ich wollte es nicht mehr. Ich brauchte es nicht mehr. Sie brauchte es viel dringender, um den Schein, den sie sich die letzten Jahre über aufgebaut hatte, bewahren zu können.

Aber was meinte sie damit, dass es Dad nicht gut ging?

War das eine Masche, damit ich zurückkam? Oder steckte tatsächlich etwas dahinter? Verdammt. Mal davon abgesehen, dass ich einen Grund hatte, mich von meiner Familie fernzuhalten, würde meine Mum mir sowieso nichts sagen, wenn ich sie jetzt anrief. Es würde nur weitere Vorwürfe hageln, bis ich erneut begann, an diese zu glauben, und mich unzulänglich fühlte.

Ich schloss die E-Mail, fuhr den PC herunter und ging hinüber in die Küche zu Sophia und Haddy, um ihnen wie immer beim Abendessen zu helfen. Die Männer müssten bald hier eintreffen. Sollte ich Nash von der Mail erzählen? Ich war mir immer noch nicht sicher, ob ich darauf reagieren sollte. Das Flugticket war online für in zwei Tagen gebucht. Zwei Tage in denen ich mir überlegen konnte, ob ich flog oder nicht. Doch was wäre, wenn ich es nicht täte und es meinem Dad wirklich schlecht ginge? Das würde ich mein gesamtes restliches Leben bereuen.

Auch wenn mir der Gedanke, zurück in diese Welt zu gehen, die mir alles, einschließlich meinem Selbst, genommen hatte, Bauchschmerzen bereitete. Mehr noch. Ich hatte Angst davor. Angst vor den Erinnerungen und vor allem davor, erneut darin zu versacken. Ich würde es gar nicht vermeiden können, meiner Schwester zu begegnen und all den Menschen, die mein altes Ich wieder zum Vorschein brachten. Und ich hasste diese Elinor, die ich nie wieder werden wollte. Doch würde sich das vermeiden lassen? War ich schon so weit, dass ich die alten Gefühle an mir abprallen lassen konnte?

Ich hatte keine Ahnung.

Das Abendessen ging mehr oder weniger an mir vorbei, ohne dass ich wirklich bei der Sache war und mitbekam, was sich die anderen erzählten. Hin und wieder spürte ich Nashs fragende Blicke, denn natürlich hatte auch er meine stille Art bemerkt. Ich sollte es ihm sagen, vielleicht hatte er eine Lösung dafür. Und wenn nicht, konnte ich mich wenigstens jemandem mitteilen, dem ich wirklich vertraute.

»Hey, ist alles in Ordnung bei dir?«, fragte er sanft und hielt mich am Ellenbogen fest, bevor ich nach dem Abendessen einige Teller in die Küche zu Sophia und Haddy bringen konnte. Matt und Buck waren bereits mit einem Bier auf die Veranda vorgegangen.

Ich schüttelte den Kopf, und Nash nahm mir die Teller aus der Hand. »Warte hier.« Er drückte kurz meine Schulter und verschwand in der Küche. Nach einer Minute tauchte er wieder im Esszimmer auf, nahm meine Hand und zog mich nach draußen. Auf die Kommentare von Matt und Buck, als wir an ihnen vorbeiliefen, ging Nash nur mit einem Lächeln ein. Er ließ mich erst los, als wir in seinem Zimmer ankamen, aber nur kurz, um mich sanft auf sein Bett zu drücken.

»Du warst so still heute beim Abendessen, was ist los?«

Ich zögerte. Aber nicht, weil ich es Nash nicht erzählen wollte, sondern weil ich nicht wusste, ob ich ihm endlich alles sagen sollte. Alles, was mich zu der Person gemacht hatte, die ich jetzt war.

»Meine Mum hat mir eine E-Mail geschrieben.« Ich holte einmal tief Luft, während Nash meine Hand nahm und meine Finger drückte. Seine Stärke gab mir ein wenig an Kraft zurück. »Sie hat angedeutet, dass es meinem Dad nicht gut geht, und mich gebeten, nach Hause zu kommen.«

»Hat sie geschrieben, was er genau hat?«

»Nein. Am Anfang meiner Zeit hier hatte sie mehrmals versucht, Kontakt mit mir aufzunehmen und vor allem mich zu überreden, wieder zurückzukommen. Sie nannte es eine kurzfristige Phase. Wenn sie mich wenigstens bei sich haben wollte, weil sie mich vermisst oder sich Sorgen macht, aber im Grunde will sie nur, dass ich wieder arbeiten gehe und weiter das Geld ranschaffe, das sie mit beiden Händen ausgibt. Schließlich hat sie durch mich das geschafft, was sie sich als Zukunft für sich selbst ausgemalt hatte. Reich und protzig zu sein und das allen anderen Menschen zu zeigen. Vor allem schrieb sie meinen Erfolg immer sich selbst zu, weil sie ja ach so viel in meine sogenannte Ausbildung investiert hatte.«

Nash rieb mir den Rücken und zog mich an sich. Ich legte den Kopf auf seiner Schulter ab und genoss einige Sekunden das Gefühl seiner Nähe. »Es geht um deinen Dad.«

»Ich weiß«, erwiderte ich leise.

»Also wirst du fliegen?«, fragte Nash.

»Ich muss es tun«, flüsterte ich. »Vielleicht hilft es mir sogar, mich endlich davon zu lösen.«

»Ich begleite dich.«

»Nein, das musst du nicht. Außerdem solltest du das Programm vor den vier Monaten nicht unterbrechen.«

»Ich fühle mich bereit und würde es tun, wenn du mich brauchst. Ich hab es ernst gemeint, als ich sagte, du gehörst nun zu mir.«

Ich hob den Kopf und musste bei seinen Worten lächeln. Noch nie hatte ich zu irgendjemandem gehört, der mich so nahm, wie ich war, ohne mich verändern zu wollen, und das Gefühl, zu Nash zu gehören, fühlte sich mehr als gut an. Außerdem rührte es mich, dass er wegen mir seine eigene Genesung aufs Spiel setzte. Konnte es tatsächlich sein, dass er das Gleiche wie ich spürte? Mehr. Denn meine Heilung stand in direkter Verbindung zu seiner Nähe. Ich drückte ihm einen Kuss auf die Lippen, aber bevor mich das Gefühl übermannte, mehr von ihm zu wollen, löste ich mich von ihm.

»Bleib hier. Ich fliege nur ein paar Tage und komm dann zurück. Es wird alles gut gehen.«

»Dann gib mir wenigstens deine Handynummer. Ich rufe dich jeden Tag an, und wenn du mich brauchst, sitze ich schneller in einem verdammten Flieger, als dass du Nein sagen kannst.«

»Danke.«

»Nicht dafür.«

»Ich meine für alles.« Er zog mich wieder an sich und sank mit mir auf sein Bett. Ich würde mich heute keinen Zentimeter mehr von ihm fortbewegen. Auch wenn ich es immer noch nicht geschafft hatte, ihm die volle Wahrheit zu sagen, weshalb meine Angst wirklich so groß war, meiner Familie wieder zu begegnen.

Vielleicht könnte ich das niemals. Vielleicht war es ja überhaupt nicht nötig.

Kapitel 33

Gegenwart
NASH

Es war keine Stunde vergangen, seit ich Elli an den Flughafen gebracht hatte und sie in den Flieger gestiegen war. Im Moment befand sie sich in Tausenden Metern Flughöhe über der Erde, und ich könnte sie nicht einmal erreichen, wenn ich es wollte. Das machte mich nervös.

Außerdem noch, dass sie zurück zu ihrer Familie musste. Zu den Menschen, die sie überhaupt erst in ihre Sucht getrieben hatten. So wie Elli von ihrer Mum gesprochen hatte, würde die wahrscheinlich nichts unversucht lassen, um sie zu überreden, zu bleiben. Auch wenn ich mir sicher war, dass Elli das ganz bestimmt nicht tat, war sie doch ungefiltert all den Emotionen ausgeliefert, denen sie aus dem Weg gegangen war. Sie hatte genauso wie ich versucht, die Spuren zu beseitigen, aber der Schmerz hatte sich viel zu tief in ihre Seele gebrannt. Wie in meine. Unsere Narben würden niemals heilen, aber vielleicht könnten sie irgendwann aufhören zu schmerzen. Doch das ginge nicht, wenn man ständig mit dem Feuer in Verbindung käme, das diese immer neu entfachte.

Ellis Abreise hatte mir eines vor Augen geführt. Dass es auch in meinem Leben etwas gab, was ich aus der Welt schaffen musste, um es endgültig verbannen zu können. Auch um alles wiedergutzumachen, was Tanner und Everett ertragen mussten. Denn meine Familie bestand aus zwei Brüdern, die im Grunde genommen die gleichen Narben trugen wie ich. Mit dem Unterschied, dass ich in dem dunklen Schleier, der mich umgeben hatte, nie sehen konnte, wie wir uns gegenseitig hätten helfen können. Im Gegenteil. Ich wollte den beiden nicht auch noch meinen Ballast aufbürden, aber es würde bald eine Zeit kommen, in der ich ihnen alles erzählen musste.

Wie unser Pflegevater wirklich zu mir gestanden hatte.

Wieso er Waisenkinder aufgenommen hatte.

Wieso er ein noch größerer Bastard war, als Tanner und Everett sich vorstellen konnten.

Wieso ich das Feuer, das meine Wunden schürte, ein für alle Mal löschen musste, um nicht vollständig zu verbrennen.

Nach meinem Ausbruch bei Clark hatte ich nicht mehr darüber gesprochen, und selbst Elli hatte ich es nicht erzählen können. Wieso? Keine Ahnung. Vielleicht weil Elli genug eigene Scheiße hatte, die ausreichte, und nicht auch noch meine ertragen sollte. Oder weil ich insgeheim Angst davor hatte, es noch mal aussprechen zu müssen.

Meine Finger hielten den Stift, als wären wir eins. Viel zu lange hatte ich nicht mehr gezeichnet, vielleicht, weil ich kein geeignetes Motiv gefunden hatte. Aber dieses Bild hatte sich in meinem Schädel eingenistet. Ich sah sie vor mir, als wäre sie hier. Bei mir.

Ihre blonden Haare, die leicht wellig ihr Gesicht umspielten. Ihre vollen Lippen, die sich zu diesem kleinen Schmunzeln verzogen, wenn sie mich herausfordern wollte. Dunkelbraune Augen umrahmt von schwarzen Wimpern, die so viel aussagten, obwohl sie keine Worte benutzte. Der winzige Leberfleck über ihrer rechten Augenbraue, den man kaum mit bloßem Auge erkennen konnte. Nur, wenn man ihrem hübschen Gesicht wirklich nahe war.

Das erste Mal war ich zufrieden mit einem Bild, das ich selbst gezeichnet hatte, und diesmal würde ich meinen Mut finden und es ihr schenken. Damit sie sich selbst so sah wie ich sie.

Wunderschön.

Kapitel 34

Gegenwart
ELINOR

»Wir wünschen Ihnen einen angenehmen Aufenthalt in Los Angeles«, klang es durch die Lautsprecher des Flugzeuges, als ich meinen kleinen Handgepäckkoffer aus dem oberen Gepäckfach hob. Ich hatte extra nicht mehr eingepackt als für ein paar Tage, damit ich nicht länger blieb. Sollte mich mein Dad länger brauchen, könnte ich immer noch neue Klamotten besorgen, aber wenn ich nicht so viel dabeihatte, fühlte es sich nicht so an, als würde ich mich lange dort aufhalten. Und dieser Gedanke und der, dass ich zurück zu Nash konnte, hielten mich aufrecht, als ich das Flugzeug und den Bereich für Passagiere durch die Sicherheitskontrolle verließ. Es war, als passierte ich eine unsichtbare Grenze in eine andere Welt. Es fühlte sich merkwürdig an, wieder in dem Trubel der Stadt zu sein. Anders. Falsch.

Ich hatte nicht angenommen, dass mich irgendjemand abholte, auch wenn meine Familie natürlich wissen sollte, dass ich um diese Uhrzeit ankam, weil meine Mum mir das Ticket besorgt hatte. Umso überraschter war ich, als ich den hellblonden Schopf des einzigen Menschen sah, vor dem ich wirklich Angst gehabt hatte, ihm zu begegnen.

Mit klopfendem Herzen lief ich auf meine Schwester zu. Sie sah toll aus. Ihre Bluse saß an den richtigen Stellen eng, ihre dunkelblaue Jeans war wie für ihre schlanken Beine gemacht. Die Haare fielen in lockeren Wellen über ihre Schultern. Ich wusste, für den Anblick stand sie nicht wie viele andere stundenlang im Bad, nein. Sie war perfekt. Meine große Schwester, die ich immer bewundert hatte und die immer ein bisschen besser gewesen war als ich. In allem. Auch darin, das Richtige zu tun, denn das Gegenteil hatte ich in den letzten Jahren mehr als einmal bewiesen.

»Hallo Mara«, begrüßte ich sie und blieb vor ihr stehen. Ich wusste nicht, was ich sonst sagen sollte.

»Hallo Elinor.« Seit dem Vorfall mit Paul nannte sie mich bei meinem vollen Namen. Ich hatte es verspielt, ihre kleine Schwester Elli zu sein. »Dachte nicht, dass du kommst.«

»Ich auch nicht.«

Sie nickte, als würde sie mir das glauben, dann drehte sie sich ohne ein weiteres Wort um und lief in Richtung Aufzüge. Ich kannte den Flughafen, denn ich war oft von hier zu zahlreichen Drehs überall auf der Welt geflogen. Hatte haufenweise Menschen gesehen, wie sie sich tränenreich verabschiedeten oder glücklich lachend in die Arme fielen. Aber nie hatte ich hier irgendeine Emotion gespürt. Bis jetzt. Scham brannte sich bei jedem Schritt, den ich auf dem Steinboden machte, in die Fasern meines Körpers. Wir sprachen auch dann nichts, während wir runter in die Tiefgarage fuhren und danach durch das Parkhaus auf ihren Wagen zugingen. Es roch nach Benzin und Abgasen, und ich versuchte mich auf diese Gerüche zu konzentrieren, die mich von dem Knoten tief in meinem Inneren ablenkte, der sich immer weiter zuzog, sodass mir übel wurde.

»Neuen Wagen?«, fragte ich und sah über den glänzenden Lack ihres grauen Mercedes.

»Ja«, antwortete sie nur und drückte auf die kleine Fernbedienung in ihrer Hand, wodurch das Auto einige Male kurz aufblinkte. Meine Schwester hatte schon immer ein Faible für schöne Dinge gehabt, und jetzt als erfolgreiche Anwältin konnte sie sich diese durchaus leisten.

Die Kofferraumklappe öffnete sich automatisch, und ich legte meinen kleinen Koffer hinein, bevor ich die Klappe wieder schloss und nach einem tiefen Atemzug ins Auto zu meiner Schwester einstieg. Es fühlte sich nach so langer Zeit fast noch schwerer an, in ihrer unmittelbaren Nähe zu sein.

Sie umfasste das Lenkrad mit beiden Händen und starrte geradeaus, allerdings machte sie keine Anstalten, das Auto zu starten. Ich sah sie fragend an und erkannte dabei die kleine Schwalbe auf ihrem Finger. *Freiheit.* Ein weiterer Stich fuhr mir durchs Herz.

»Hör zu. Ich habe dich nur abgeholt, weil Mum mich darum gebeten hat, und du weißt, wie sie ist, wenn sie um etwas bittet. Wir müssen nicht so tun, als würden wir uns für den anderen interessieren. Du musst mir nichts von Texas erzählen und ich dir nichts von meiner Arbeit und meinem Leben hier. Ich werfe dir auch nicht vor, dass du dich über ein Jahr nicht bei Mum und Dad gemeldet hast und ich mich allein um sie kümmern musste, während sie ständig erzählt haben, dass du doch die Bessere von uns beiden bist. Also spar dir jeden Versuch, irgendein Gespräch mit mir anzufangen, um dein Gewissen zu erleichtern. Bitte.«

Ich leckte mir über die trockenen Lippen und knetete meine gefalteten Hände auf dem Schoß.

»Okay«, flüsterte ich. Meine Schwester nickte, startete den Motor und fuhr aus dem Parkhaus in Richtung des Hauses meiner Eltern. Eigentlich hatte ich sie fragen wollen, was mit Dad war und wie es ihm ginge, aber nach ihrer Ansprache traute ich mich das nicht mehr. Wieder überrollte mich das Gefühl, einfach nicht in diese Welt hier zu passen. Ich wollte zurück in Texas sein, die trockene Luft einatmen, Hopes Fell unter meinen Fingern spüren und die Bewegungen ihres Schrittes, während ich durch die staubige Landschaft mit Nash an meiner Seite ritt. Stattdessen saß ich in einem klimatisierten, nagelneuen Mercedes, dessen Innenraum nicht so kalt war, weil die Klimaanlage auf einundzwanzig Grad gestellt war, sondern weil die Ablehnung meiner Schwester das gesamte Auto füllte. Gänsehaut stellte sich auf meiner Haut auf, und ich dachte an Nash. Was er im Moment wohl tat? Bestimmt war er mit Matt oder Buck unterwegs oder die drei bauten endlich den neuen Unterstand für die Pferde, den sie die ganze Woche schon bauen wollten.

Ich stellte mir vor, wie Nash oberkörperfrei arbeitete. Wie er sich den Schweiß von der Stirn strich, sich umdrehte und mich anlächelte. Sein Lächeln, das dieses eine Grübchen auf seiner Wange zeigte und mein Herz zum Schmelzen brachte. Weil es nur für mich war.

Das Knallen der Autotür riss mich aus meinem Tagtraum. Ich sah durch die Scheiben nach draußen und konnte meiner Schwester hinterhersehen, die auf das Haus meiner Eltern zuging, während ich allein in ihrem Auto saß. Der Rasen des Vorgartens war tadellos, saftig grün und gut getrimmt. Am oberen Ende der kleinen Steintreppe, die hoch zum Eingang führte, standen immer noch die beiden Steinadler, die meine Mum einmal meinem Dad zum Geburtstag geschenkt hatte. Sie waren schweineteuer gewesen, und mein Dad hatte meine Mum nur mit gerunzelter Stirn angeschaut und gefragt, was er damit solle. Er hatte gesagt, das nächste Mal solle sie ihm einfach einen Sixpack Bier schenken, damit könne er wenigstens etwas anfangen. Ich wusste, weshalb meine Mum die

Dinger direkt vor dem Eingang platziert hatte. Um zu zeigen, dass wir es uns leisten konnten.

Seufzend stand ich auf, nahm meinen Koffer mit und lief über die Treppen zur Haustür. Als ich den Eingangsbereich betrat, hörte ich schon die Stimme meiner Mutter.

»Darling!« Ich hasste es, dass sie mich so nannte. Dabei fühlte ich mich wie eine Fremde, weil sie jeden Zweiten mit diesem Namen ansprach. Sie bog um die Ecke aus dem Wohnzimmer und lief mit offenen Armen auf mich zu. Ihr schweres Parfüm umhüllte mich komplett, als sie mich an sich drückte. Wie immer saßen ihre dunkelblonden, wie ich wusste, unechten Haare perfekt. Ihr Gesicht wirkte älter, trotz der vielen Schminke, und sie trug eines dieser lächerlichen blauen Etuikleider, die man sonst nur anhatte, wenn man in irgendeinem Büro arbeitete. Meine Mum dagegen trug diese Art Kleidung immer. Es könnte sie ja ein Nachbar sehen. Nicht auszudenken, wenn man sie in Jogginghose vorfände. Aber ich war mir sicher, sie besaß noch nicht mal eine.

Sie drückte mich von sich weg und hielt mich weiter an den Schultern fest. Ausgiebig inspizierte sie mein Gesicht, als hätte ich mich in einem Jahr völlig verändert.

»Man erkennt deine Sommersprossen. Du weißt, wie schlecht die Sonne für deine Haut ist, Darling?«

»Sicher, Mum.« Ich erinnerte mich daran, wie viele Tonnen Make-up ich auftragen musste, damit meine

Haut so ebenmäßig wirkte, wie meine Mum sich das vorstellte.

»Und du hast etwas zugenommen. Das Essen in Texas schmeckt wohl, was?« Ich war kurz davor, ihr zu sagen, was ich von ihren Aussagen hielt, dann schluckte ich die Worte doch herunter. Wie jedes Mal in der Vergangenheit. »Na ja, jetzt bist du ja wieder hier. Magda macht uns heute Abend erst mal einen leckeren Salat mit Putenbruststreifen. Den, den du so gern hast, Darling.«

Ich wusste nicht, woran es lag, aber in ihrer Gegenwart fühlte ich mich immer wie das kleine Mädchen von damals. Nicht wie die Frau, zu der ich in meiner Abwesenheit gereift war. Die saß irgendwo in Texas.

Sie ließ mich los, und ich sah mich in dem geräumigen Eingangsbereich um. Meine Mum hatte mal wieder die Wandfarbe auf Himmelblau geändert. Sie gestaltete immer etwas neu, wenn ihr langweilig war, und das war eigentlich fast ständig der Fall. Sie stellte Möbel um, ließ den Maler kommen oder kaufte einfach eine komplett neue Einrichtung. Ich war mir sicher, wenn sie das so oft gemacht hatte wie früher, war sie mittlerweile pleite. Vielleicht hatte sie mich deswegen angeschrieben.

»Mum, wo ist Dad?«

»Dad?« Sie zog die perfekt gezupften Augenbrauen zusammen. Es bildete sich keine einzige Falte auf ihrer glatten, gebotoxten Stirn. »Er ist nicht zu Hause, Darling.«

»Du hast geschrieben, ihm gehe es nicht gut.«

Sie drehte sich um und lief Richtung Küche. Die zehn Zentimeter langen Absätze ihrer Loubotins gaben ein klackerndes Geräusch von sich. Tack. Tack. Tack-Tack. Ihre Schritte wurden schneller.

»Komm mit, wir trinken erst mal ein Glas Dom Pérignon auf deine Ankunft. Deine Schwester möchte sicherlich auch etwas. Mara?«, rief sie die Treppe nach oben.

»Mum!«, sagte ich bestimmter, ohne sie darauf aufmerksam zu machen, dass ich einen Entzug hinter mir hatte und ganz sicher keinen Champagner trinken würde. Sie blieb stehen. »Was ist mit Dad? Geht es ihm gut?« Man hörte die Panik aus meiner zittrigen Stimme definitiv heraus.

»Jaja, er ist nur gerade mit Frank angeln. Machen sie doch jeden Sonntag.« Sie lief weiter.

»Angeln?! Mum, du hast geschrieben, ihm gehe es nicht gut.« Ich ließ meinen Koffer mitten im Eingangsbereich stehen und folgte ihr in die Küche. Dort hatte sie bereits den doppeltürigen Kühlschrank geöffnet und beugte sich hinein.

»Ach ja, er hat sich eine ganze fiese Magen-Darm-Grippe eingefangen. Keine Ahnung, vielleicht war es auch nur dieser ekelhafte fettige Burger, den er jede Woche in dieser komischen Bar isst. Möchtest du Rosé oder normalen, Darling?« Sie hielt zwei Flaschen nach oben, als wäre nichts gewesen. Als würden wir jede Woche hier stehen, und ich hätte nicht soeben drei Stunden in einem Flieger gesessen, weil sie angedeutet hatte, mein Dad sei ernsthaft krank! Ich ballte die

Hände zu Fäusten und versuchte, meine Atmung zu kontrollieren.

»Es hatte sich so angehört, als wäre er wirklich krank. Du wolltest mir das nicht am Telefon erzählen oder schreiben. Wieso nicht?«

»Ach, du weißt doch, wie unangenehm es deinem Vater ist, wenn er etwas hat. Im Internet kann doch jeder mitlesen, wie war das noch gleich mit diesem Zuckerdings und diesem Irgendwas-Book? Hat der nicht auch alle ausspioniert oder so was? Okay, wir nehmen den Rosé, der schmeckt dir sicherlich!« Sie ignorierte immer noch den Umstand, dass ich trocken war, stellte eine Flasche zurück in den Kühlschrank, während sie die andere rausnahm, und holte vier Gläser aus einem Schrank. Und ich hasste mich selbst dafür, dass ich immer noch hier stand und nicht schon längst umgedreht war und mit einem Taxi zurück zum Flughafen fuhr. Sie hatte mich angelogen. Und es war mir nicht klar gewesen. Nach allem, was sie mir angetan hatte, hätte ich ihr das eine nicht zugetraut. Dass sie mir vorlog, mein Dad hätte eine lebensbedrohliche Krankheit, damit ich zurückkam. Doch ich hatte mich in diesem einen Jahr verändert. Ich war nicht mehr die alte Elinor, die sich alles gefallen ließ, nur weil meine Mum es mir sagte. Ich war eine neue, eine stärkere Person, und ich würde meiner Mum ein für alle Mal sagen, dass sie so etwas nicht tun konnte. Sie konnte Menschen nicht manipulieren, wie es ihr passte! Hass rauschte durch meinen Körper, Wut und

Schmerz, und verbanden sich zu einem wirren Knäuel, das heftig gegen die Oberfläche drückte.

»Hallo, Elinor.« Bis ich die tiefe Stimme hinter mir hörte, die all das zum Einsturz brachte. *Seine Stimme.* Die mich all die Jahre meiner Karriere begleitet und mich erst in diese Situationen gebracht hatte.

Und alle Gefühle wurden durch ein einziges ersetzt. Panik.

Kapitel 35

Gegenwart
NASH

Mittlerweile hatte ich herausgefunden, dass es hinter der Scheune sogar eine Stelle gab, an der mein Handy einen kleinen Strich Empfang anzeigte. Ich hatte Elli eine Nachricht geschrieben, denn eigentlich hätte sie vor sechs Stunden angekommen sein müssen. Nachdem ich keine Antwort von ihr erhalten hatte, war ich an Matts alten PC in seinem Arbeitszimmer gegangen und hatte eine E-Mail verfasst. Aber auch diese blieb bis jetzt unbeantwortet. Ich redete mir ein, es läge daran, dass sie ihr Handy erst mal laden musste, aber ich wusste, das war Schwachsinn. Vielleicht hatte sie mich einfach vergessen. Alte Freunde und Bekannte getroffen, mit denen sie nun einen draufmachte. Ich wurde verrückt bei dem Gedanken, dass sie rückfällig werden könnte. Noch rasender machte mich allerdings, dass sie mir vielleicht aus dem Weg ging. Mal wieder.

Oder ging es ihrem Dad wirklich so schlecht, dass sie keine Zeit hatte, sich zu melden? Meine Gedanken drehten sich im Kreis und fanden keine Richtung.

Es war heiß heute Nacht, und ich konnte nicht schlafen. Natürlich konnte ich das nicht, denn mein Traumfänger fehlte.

Wieder und wieder wälzte ich mich hin und her, fand keine Ruhe. Also schnappte ich mir eine Zigarette und ein Feuerzeug, zog ein Shirt und meine Stiefel über und ging nach draußen vor das Haus. Ich zündete mir die Kippe an und sah in den Himmel. Der Mond stand schon hoch, doch es war noch zu früh, um alle Sterne zu sehen. Leises Gelächter drang nach draußen, wahrscheinlich schaute sich Buck irgendeinen Film auf dem alten Röhrenfernseher in seinem Zimmer an. Die anderen waren ebenfalls schon ins Bett gegangen. Ich zog noch einmal an der Zigarette, und der kratzige Rauch füllte meine Lungen. Auch bei den anderen hatte sich Elli noch nicht gemeldet. Sophia machte sich Sorgen, während Matt sagte, sie würde es schon schaffen. Er glaubte fest an sie, und ich wollte das auch. Wirklich. Trotzdem war die Angst, sie an etwas zu verlieren, das ich nicht unter Kontrolle hatte, größer.

Ich lief auf den Stall zu, warf die Kippe davor auf den Boden, trat sie aus und ging durch die Scheune zu den Boxen von Ophelia und Hope, die nebeneinanderlagen. Keine Sekunde später beruhigte mich das leise Rascheln des Strohs auf dem Boden, das Schnauben der Pferde und der warme, staubige Geruch, der hier in der Luft hing.

»Hallo, Ladys«, sagte ich und stützte mich auf Hopes Boxentür ab. Sie kam direkt zu mir und rieb den Kopf an meiner Schulter. »Du vermisst sie auch, oder?«, fragte ich leise, und Hope schnaubte, als hätte sie mich verstanden. »Sie kommt zu uns zurück. Ganz bestimmt.«

Als Hope bemerkte, dass ich wohl kein Leckerli für sie dabeihatte, drehte sie sich um und knabberte weiter etwas Stroh auf dem Boden. Ich ging zu einem kleinen Heuhaufen, legte mich hinein und starrte an die staubige, hohe Decke. Es waren nur ein paar Tage, verdammt. Wie hatte es dazu kommen können, dass sich selbst das wie eine Ewigkeit anfühlte und ich nicht mehr vollständig war, wenn sie weg war? Ich vermisste sie. Ihre Nähe, ihre Wärme, ihren Geruch, das Gefühl ihres schlanken Körpers in meinen Armen. Einfach alles. Bei den Geräuschen der Pferde fielen mir irgendwann die Augen zu, und ich dämmerte ein in einen leichten Schlaf.

Mein Traum war so real, dass ich fast Angst bekam. Mein Hals schnürte sich zu, und das Atmen fiel mir schwer. So schwer. Ich musste husten, und es fühlte sich so an, als drückte mir jemand immer weiter die Luftröhre zu. Tränen traten mir in die Augen. Schweiß auf die Stirn. Mein Puls raste. Heißer. Es wurde immer heißer. Bis ich realisierte, dass es überhaupt kein Traum war.

Ich blinzelte, doch der Schleier vor meinen Augen verzog sich nicht. Lautes Gewieher drang an meine Ohren und in mein Bewusstsein. Panisches Schnauben. Hufe gegen Holz. Rauch! Verdammter Mist! Ich lag immer noch in dem Strohhügel, aber überall um mich herum war dunkler, dichter Rauch! Der Geruch von Feuer lag in der Luft, der meine Lungen füllte und mich nicht atmen ließ. Ich musste hier raus! Hustend stand ich auf, hielt mir die Hand vor den Mund und lief Richtung Ausgang. Ich sah kaum etwas, tastete mich vorwärts und spürte die Hitze immer stärker auf mich zukommen, wie eine Welle, die mich niederzustrecken drohte! Die Pferde! Das Wiehern wurde immer lauter! Ich kämpfte mich durch den Qualm zu den vorderen Boxen. Meine Augen brannten, jeder Atemzug schmerzte, aber ich musste sie befreien. Sie mussten hier raus! Wir mussten hier alle raus!

Als ich die erste Tür öffnete, rannte Firestorm, ein Hengst, den Elli trainiert hatte, panisch aus seiner Box. Fast wäre ich unter seine Hufe geraten. Er stürmte gegen die hohe Wand aus Feuer, die sich links von uns vor dem Haupteingang auftat, bäumte sich auf und wich zurück. Ich trieb ihn in den hinteren Bereich der Scheune, weil ich wusste, dass es dort ein weiteres, kleineres Tor gab. So schnell, wie ich konnte, öffnete ich eine Box nach der anderen. Bis sich eine Herde verängstigter Pferde im Inneren der Scheune befand und ich mich am Rand nach hinten zum Tor kämpfte.

»Ruhig, pschh«, versuchte ich, die Tiere zu besänftigen, aber es gelang mir nicht. Das Holz der Scheune knackte, das Feuer übernahm bereits die Herrschaft über die Decke, breitete sich immer weiter aus und kam auf uns zu. Das Stroh, das überall war, brannte wie Zunder und heizte das Feuer nur noch mehr an. Es war heiß, so unfassbar heiß, dass ich das Gefühl hatte, meine Haut beginne zu glühen. Jeder einzelne Schweißtropfen darauf verdampfte und brannte sich tief ein.

Endlich schaffte ich es, den glühenden Riegel zu öffnen und ein Pferd nach dem anderen rauszutreiben. Ich zählte. Nein. Eines fehlte noch. Ausgerechnet Hope.

»Hope! Hope!«, rief ich durch den schwarzen Qualm, der mir fast die komplette Sicht nahm und immer dichter wurde. »Hope, wo bist du?!« Ein Wiehern nicht weit entfernt. Frische Luft drang durch das kleine Tor nach innen. Der Sauerstoff nährte das Feuer, das sich an den Seitenwänden nach oben schlängelte und mich fast einzuschließen drohte. Aber ich konnte nicht ohne sie gehen!

Also zog ich mein Shirt aus, hielt es mir vor den Mund und verschwand in einer Wolke aus schwarzem Qualm, bis ich die Umrisse von Hope erkannte. Ein Balken hatte sie eingekeilt. Panisch lief sie von links nach rechts, um sich einen Fluchtweg zu suchen.

»Ruhig, ganz ruhig, mein Mädchen«, versuchte ich, sie mit tiefer Stimme zu beruhigen. Immer wieder musste ich husten, und der Sauerstoff wurde knapper und knapper. Mir wurde schwindelig. Schwarz vor Augen. Und ich musste kurz anhalten und meine Besinnung wiederfinden. Wir würden es schaffen!

Mit all meiner Kraft zog ich den schweren Balken zur Seite. Scharfe Splitter brannten tief in meinen Handflächen, als ich es endlich schaffte. Hope rannte panisch an mir vorbei. Erwischte mich an der Schulter. Und ich stürzte. Ein stechender Schmerz durchzuckte meinen Kopf, ich musste stöhnen. Mit der Hand tastete ich meinen Hinterkopf ab und spürte etwas Flüssiges, Warmes meine Finger benetzen. Der Schmerz wurde stärker. Bis ich nicht mehr klar denken konnte. Der dichte Schleier nahm mir die Sicht. Und ich fiel. Ich fiel und fiel und fiel, bis mich fast nichts mehr umgab außer Schwärze. Und Qualm. Der den letzten Rest Sauerstoff aus meinen Lungen zog, bis ich mein Bewusstsein komplett verlor.

Kapitel 36

Gegenwart
ELINOR

Zuerst hatte ich Nash nicht anrufen können, weil ich wütend war und die Wut nicht an ihm auslassen wollte.

Ich war wütend auf meine Mum. Weil sie mich angelogen hatte. Weil sie mir Champagner vor die Nase stellte, obwohl sie wusste, dass ich Alkohol meiden musste. Weil sie Gabriel angerufen und eingeladen hatte.

Als ich ihn in unserer Küche stehen gesehen hatte, geschniegelt in einem grauen Designeranzug mit Sonnenbrille in seinem dunkelbraunen Haar und dem verschlagenen Grinsen, das ich so gut kannte, wie nichts anderes auf dieser Welt, war alles wieder hochgekommen. Es war hochgekommen, dass ich ein

Wrack war. Und kaputt. Und nicht fähig, mich um jemand anderen wie Nash zu kümmern, wenn ich nicht mal selbst mit mir und meinen Erinnerungen klarkam.

»Schätzchen, willst du den Scotch noch weitere zwei Stunden warmstarren, oder soll ich dir einen neuen machen?« Ich sah auf und hob den Blick von dem kleinen Glas, das vor mir auf dem Tresen stand und den Rest meines Lebens bedeutete. Die Barfrau hatte eine Hand in die Seite gestützt, in der anderen hielt sie eine Flasche und deutete damit auf mein Glas. Ihre blond gefärbten Haare waren am Ansatz schwarz, und ihr rot geschminkter Mund kräuselte sich jedes Mal, wenn sie den Kaugummi weiter kaute. Wahrscheinlich hatte sie sich ihr Leben auch anders vorgestellt, als in solch einer Spelunke zu arbeiten. Vielleicht war sie eines dieser Mädchen gewesen, die dachten, sie könnten in L. A. Karriere als Schauspielerin oder Sängerin machen, und an genau so einen zwielichtigen Typen geraten waren wie ich an Gabriel.

Aber was ging es mich an?

»Nein danke, ich bleib bei dem hier«, murmelte ich. Die Barfrau zuckte mit den Schultern und ließ mich wieder allein zurück. Mit meinen Gedanken. Und meinem schlechten Gewissen. Ich zog mein Handy aus der Tasche und scrollte durch mein Adressbuch.

Nash.

Ich musste nur auf den grünen Hörer drücken und könnte seine Stimme hören, die mir sagte, dass alles gut werden würde und ich einfach zurückkommen sollte. Und genau das sollte ich tun. Als ich das Handy an mein Ohr hielt und kurz darauf seine Stimme auf seiner Mobilbox vernahm, raste mein Herz. Ich fühlte mich einsam und verlassen und völlig verrückt.

»Hier bist du.« Ich schloss die Augen, beendete den Anrufversuch und legte mein Handy neben das Glas auf die klebrige Theke. Irgendwelche Leute hatten haufenweise Zeug in das Holz gekratzt, und ich fixierte Herzen mit Buchstaben, obszöne Sprüche oder geritzte Penisse.

»Was willst du?« Ich musste nicht nach rechts sehen, um zu wissen, dass sich Gabriel gerade auf einen Barhocker geschoben hatte und bei der Barfrau einen Whiskey mit Zitronenscheibe bestellte. Ich hatte niemanden kennengelernt, der einen guten Whiskey nicht zu schätzen wusste und ihn so verhunzte.

»Ich hab dich gesucht, was denn sonst? Du warst einfach fort.«

Sein kalter Zeigefinger hinterließ eine Spur an meiner Schläfe, als er mir eine Haarsträhne aus dem Gesicht strich. Langsam drehte ich doch den Kopf zu ihm. Mein Kiefer mahlte. Am liebsten hätte ich ihm endlich all das an den Kopf geknallt, was ich ihm schon lange sagen wollte.

»Wegen dir. Was hast du noch bei meiner Familie zu suchen?«

»Du weißt doch, dass mich deine Mutter liebt. Genauso wie du.« Er tippte mir auf die Nasenspitze, drehte sich dann von mir weg und trank einen Schluck. In seinem spitzen Gesicht lag immer noch der Hauch seines arroganten, selbstgefälligen Grinsens.

»Ich war abhängig, Gabriel, das ist keine Liebe.«

»Was denn sonst? Die Liebe wie in Gedichten oder Liedern gibt es sowieso nicht. Abhängigkeit *ist* Liebe. Oder hast du es jemals anders gefühlt?«

Ich nahm einen tiefen Atemzug, als seine grünen, verschlagenen Augen auf meine trafen. Alte Erinnerungsfetzen drangen in meinen Kopf. Ja, er hatte mir geholfen, berühmt zu werden. Aber zu welchem Preis? Eigentlich war es nie mein eigenes Ziel gewesen, und trotzdem musste ich dafür bezahlen.

»Hast du dich etwa in dem Nirwana, wo du dich aufgehalten hast, verknallt? Die kleine Miss Raver.« Er schnalzte mit der Zunge. »Denkt jetzt, sie wäre etwas Besseres, aber hör mir zu, Schatz …« Er nahm mein Handgelenk und drückte schmerzhaft zu. Ich versuchte, mich von ihm zu befreien, aber es nützte nichts. Er war stärker. Viel stärker. »Du wirst immer mir gehören. Dein hübsches Gesicht gehört mir genauso wie dein perfekter Arsch. Du bist, was du bist. Du kannst es leugnen, aber es wird dich immer wieder einholen. Daran ändert keine kleine Pause in irgendeinem texanischen Kaff oder ein Fick mit einem Cowboy etwas, Süße. Wir waren ein gutes Team, und ich werde nicht zusehen, wie du wieder in einem Flieger verschwindest und mich hier stehen lässt. Du weißt, was ich tun kann, damit auch dein kleiner

Cowboy sieht, wer du wirklich bist. Willst du das? Es wäre besser für ihn, er wüsste es nicht.« Damit ließ er mich los, hob sein Glas und stieß es gegen meines. Der Hass in meinem Inneren wuchs noch weiter an, obwohl ich gedacht hatte, das wäre überhaupt nicht möglich. »Cheers, Schatz.« Mit einem Grinsen schüttete er sich den Inhalt des Schwenkers in den Rachen und ließ mich dabei nicht aus den Augen.

Ich hasse ihn. Aber ich empfand auf der anderen Seite viel zu viel für Nash, als dass ich ihm das wirklich antun wollte. Er wollte mich nicht, wenn er mich wirklich kannte. Das wollte nie jemand, und das würde sich auch nicht ändern. Gabriel hatte recht. Ich war, was ich war.

»Was würden Sophia und Matt dazu sagen, wenn ich ihnen einen kleinen Besuch abstatte?«

Der Schock fuhr in meine Glieder und lähmte sie. Er hatte gewusst, wo ich gewesen war. Die ganze Zeit.

»Lass sie aus dem Spiel.«

»Ich lasse sie und deinen kleinen Junkie-Freund in Ruhe, wenn du wieder einsteigst.«

Ich presste die Lippen aufeinander. Eines musste man Gabriel lassen. Er machte keine leeren Drohungen. Nie.

Ich nahm das Glas, das vor mir stand, und setzte es an meinen Mund an. Während ich die scharfe Flüssigkeit hinunterstürzte, spürte ich die einsame Träne heiß auf meiner Wange, die das Leben bedauerte, das ich hätte führen können.

Ich war, was ich war.

»Noch einen bitte.« Meine Stimme klang heiser und so, als wäre sie nicht meine eigene.
»Braves Mädchen.«

Kapitel 37

Gegenwart
NASH

Ein Stöhnen kam über meine Lippen. Meine Augenlider fühlten sich schwer an. Zu schwer, um sie zu öffnen, also ließ ich sie einfach geschlossen.

»Wacht er auf?«

»Ja, ich glaube schon.«

»Großer Gott, ein Glück.«

Auf meine Stirn wurde etwas Kaltes gedrückt, und Wasser rann mir die Schläfen hinab.

»Nash?«

»Lass ihn, er braucht noch etwas Schlaf. Dr. Lanter müsste gleich hier eintreffen.«

Die Stimmen drangen nur halb an mein Bewusstsein. Es kreiste nur ein einziger Gedanke in meinem Kopf herum.

Was hatte ich getan?
Bis alles wieder in der Schwärze versank.

***

»Mister Stokes!« Jemand rüttelte an mir, und wieder wurde mir etwas ins Gesicht gedrückt. Ich inhalierte tief den frischen Sauerstoff, der aus einer Maske in meine Lungen strömte. »Mister Stokes!«

Schwerfällig schlug ich die Lider auf und presste sie wieder zu, weil mich ein kleines, grelles Licht blendete. »Mister Stokes, bleiben Sie hier.«

Ich stöhnte. Mein Kopf schmerzte. Die Übelkeit übernahm meinen gesamten Körper. Mein schlechtes Gewissen drückte mich augenblicklich Richtung Boden.

»Nash?« Ich schaffte es, die Augen aufzumachen. Sophia saß auf dem Bettrand und blickte mich mitfühlend lächelnd an.

Das Licht kam zurück, und ich hob den Arm, um mich davon abzuschirmen.

»Verdammt«, murmelte ich, und endlich verschwand es. Als ich die Lider wieder öffnete, sah ich in das Gesicht einer fremden Frau. Ungefähr Mitte dreißig, braunes, glattes Haar, besorgtes Gesicht.

»Hallo, Mister Stokes, ich bin Dr. Lanter. Wie geht es Ihnen?«

Ich setzte mich auf und lehnte mich gegen das Kopfteil. Wir befanden uns in meinem Zimmer.

»Nash, wir danken dir! Du hast sie gerettet! Alle von ihnen!«, sagte Sophia mit Tränen in den Augen und nahm meine Hand.

»Was?« Die Zunge in meinem Mund fühlte sich schwer an.

»Die Pferde. Die Scheune hat Feuer gefangen, und du warst da! Du hast dein Leben für sie riskiert! Buck konnte dich gerade noch so aus der Scheune ziehen, bevor sie eingestürzt ist.« Ein Schluchzer kam aus Sophias Kehle.

Ich schüttelte den Kopf und versuchte, aus dem Bett aufzustehen. »Nein.«

»Mister Stokes, wir müssen einige Untersuchungen durchführen, bleiben Sie liegen.«

»Könnten wir bitte eine Minute für uns haben?«, fragte ich die Ärztin, die nickte und aus dem Zimmer ging.

»Sophia.« Ich sammelte die Worte, die ich ihr jetzt sagen musste. Es war wie immer. Ich war nicht der Retter in der strahlenden Rüstung. Ich war der Böse, der die Gefahr verursachte. »Sophia, ich war der Grund, weshalb es den Brand dort überhaupt gab. Die Zigarette. Sie muss nicht richtig aus gewesen sein, als ich hineinging.«

Sie schluckte und ließ meine Hand los. Genau diesen Blick fürchtete ich. Wenn die Menschen das erkannten, was ich selbst im Spiegel sah.

»Nein, das war ein Versehen. Nash, du hast die Scheune doch nicht absichtlich angezündet.«

»Das spielt keine Rolle! Ich war es! Weil ich nicht darüber nachgedacht habe. Weil ich das nie tue. Weil ich alle in meiner Nähe verletze. Auch wenn es unabsichtlich ist.«

Ich stand vorsichtig auf, ignorierte den Schwindel und die Übelkeit, die mich erfassten, ging zu dem Seesack, der in der Ecke stand, und warf ihn aufs Bett. Sophia war aufgestanden und hielt mich an der Schulter fest.

»Was hast du jetzt vor? Du kannst nicht einfach wegen eines einzigen Fehlers, den du begangen hast, gehen!«

»Es wird nicht bei diesem einen bleiben«, erwiderte ich leise und sah nach unten auf den abgewetzten Dielenboden. »Es ist besser für euch, wenn ich gehe. Glaub mir.«

»Du wirst jetzt nicht davonlaufen, Nash Stokes!«

Ich musste fast lächeln, wie die kleine Sophia, die mir kaum bis zur Schulter reichte, vor mir stand und mich wütend anfunkelte. Ich zog sie kurz an mich und drückte sie.

»Es war mir eine Ehre, euch kennengelernt zu haben, und ich danke euch für alles. Gib Elli, wenn sie zurückkommt, das, was auf dem Tisch liegt, und richte ihr aus, dass es mir leidtut.«

»Das kannst du nicht tun. Sie wird am Boden zerstört sein«, schluchzte Sophia und umarmte mich noch einmal fest, bevor sie mich losließ.

»Sie wird es verstehen und über mich hinwegkommen. Sie ist die stärkste Frau, die ich kenne. Neben dir natürlich.«

Die Frage war nur, würde ich jemals darüber hinwegkommen? Während Sophia mich beim Packen beobachtete, nahm ich das meiste Geld, das ich für meine Arbeit hier erhalten hatte, und legte es zu der Zeichnung auf den Tisch. Einen kleinen Rest behielt ich für Judys Benzin. »Behaltet das bitte, um die Scheune neu aufzubauen. Wenn ich einen neuen Job habe, schicke ich euch mehr.«

»Das musst du nicht«, sagte sie leise und rieb sich die Arme. »Du könntest bleiben und beim Aufbau helfen.«

Ja, das könnte ich. Das müsste ich eigentlich sogar, aber die Gefahr war zu groß, dass ich mich umentschied und doch blieb. Und alle anderen weiter mir selbst aussetzte. Also schenkte ich Sophia noch ein kleines Lächeln, schulterte meinen Seesack und ging zur Tür.

»Lauf nicht weg, Nash.«

»Weglaufen konnte ich schon immer am besten«, erwiderte ich gequält und ging nach draußen zu Judy, um endlich mit dem abzuschließen, was mich mein bisheriges Leben gebrandmarkt hatte und ohne dessen Ende ich nicht weiterleben konnte.

Kapitel 38

Gegenwart
ELINOR

Ich hob die Arme und sah mir meine Hände an. Sie hatten Schwielen, waren rau und von der texanischen Sonne gebräunt. Keine weichen, manikürten Finger einer Schauspielerin mehr. Und ich hatte mich gut mit ihnen gefühlt. Denn je mehr ich von der perfekten Fassade verlor, umso echter fühlte ich mich. Wie konnte ich zurückgehen in diese verdammte Scheinwelt, die meine Mum für mich zurechtgelegt hatte, wenn es sich so falsch anfühlte? Aber ich musste.

Ich hob den Kopf, tastete nach meinem Nachtschrank und schnappte mir die Jack-Daniel's-Flasche. Als meine Lippen auf den kalten Flaschenhals trafen, trank ich gierig die bernsteinfarbene Flüssigkeit. Sie rann mir sogar aus den Mundwinkeln, aber das war egal. Hauptsache, der scharfe Geschmack tötete meine Sinne. Wie damals. Wie immer schon.

Ich war, was ich war.

Falsch. Betrügerisch. Einsam. Ängstlich. Und eine der besten Schauspielerinnen im ganzen Land. Deshalb würde ich weitermachen. Und auch, um andere Menschen vor meinem zerstörerischen Leben zu schützen.

Nash hatte schon recht gehabt, indem er gesagt hatte, wir seien uns zu ähnlich. Wir hätten uns sowieso nicht gutgetan. Niemals wäre aus unserer Beziehung etwas Gutes entstanden. Wie auch? Wenn sich zwei Menschen banden, die überhaupt nicht wussten, wie das ginge?

Aber wieso tat es so weh, wenn es doch angeblich das Richtige war? Wieso konnte ich seit gestern Abend, seitdem ich beschlossen hatte, hierzubleiben, nicht aufhören zu weinen? Wieso nicht atmen? Wieso nicht leben? Wieso …

Es klopfte an der Tür. Ich hatte mir gestern noch ein Zimmer in einem Hotel in der Nähe der Bar genommen, damit ich nicht zurück nach Hause musste. Zu Mum. Zu Dad. Zu Mara. Zu Gabriel. Zu allen Erinnerungen.

Mit einem Knall stellte ich die Flasche zurück auf den Nachttisch und stützte mich am Bettrand ab. Mein Mund schmeckte fahl, und mein Kopf hörte nicht auf, sich zu drehen. Ich senkte meinen schmerzenden Schädel und erkannte eine leere Flasche Wein auf dem Boden, die halb unter das Bett gerollt war. Keine

Ahnung, wie viele Flaschen sich dort noch befanden. Es war mir egal.

Das Klopfen wurde lauter.

»Jaja«, lallte ich und leckte mir über die spröden Lippen. Behäbig stand ich auf und schlurfte zur Tür. Auf dem Weg dahin warf ich einen Blick in den Spiegel und erschrak. So hatte ich lange nicht mehr ausgesehen. Auch das war mir egal.

Ich öffnete die Tür. »Was?«

Meine Schwester stand davor und biss sich nervös auf die Unterlippe. Scheiße. »Gabriel sagte, du wärst hier.« Sie musterte mein Gesicht. Ich traute mich nicht, etwas zu erwidern. Vielleicht auch, damit sie meine Alkoholfahne nicht roch, aber sie war nicht bescheuert. Sie sah auch so, dass ich alles andere als nüchtern war. Ich lehnte mich stärker gegen die Tür, sodass sie mit mir schwankte. »Gestern hab ich wirklich kurz gedacht, du hättest dich geändert. Bei unserer Fahrt nach Hause. Ich hatte die Hoffnung. Aber du hast mal wieder gezeigt, dass es nicht so ist.« Sie wandte sich zum Gehen, und ich hob die Hand.

»Warte!« Ich vermisste sie. So sehr. »Mara.« Mehr konnte ich nicht sagen. Sie schüttelte den Kopf und wirkte enttäuscht. Ihr Anblick versetzte mir einen Stich ins Herz, und ich musste schlucken. »Es tut mir leid«, wisperte ich, während ich versuchte, die Tränen fortzublinzeln. Wenn sie nur verstehen könnte, wieso es so weit gekommen war. Aber ich verstand es ja selbst nicht.

»Eigentlich bin ich hier, um …« Sie verstummte. Schüttelte den Kopf. Wich meinem Blick aus, um ihn wieder einzufangen. »Ach egal!« Meine Schwester stürmte den Flur hinunter, und ich trat einen Schritt aus dem Hotelzimmer. Draußen musste ich mich an der Wand festhalten.

»Was? Was wolltest du mir sagen?«, schrie ich ihr hinterher, und sie blieb stehen. Ich wollte es aus ihrem Mund hören. Dass wir noch Schwestern waren. Dass sie für mich da war. Dass ich nicht zurück zu Gabriel oder meiner Mum musste. Dass ich gut war, wie ich war.

»Dass ich schwanger bin. Aber das Kind wird keine Tante haben.« Sie ging, und als sie um die Ecke bog, sickerten ihre Worte in meinen Geist.

Schwanger. Sie war schwanger. *Wieder*. Und es begann genau so, wie es das letzte Mal aufgehört hatte. Wegen mir. Weil ich schuld daran war, dass ihr Baby heute kein halbes Jahr alt war. Dass sie es nicht lachen sehen konnte. Oder wir gemeinsam mit ihm durch den Garten tollten. Weil sie es wegen mir verloren hatte. Wegen des Stresses mit Paul, als er sie mit mir betrogen hatte. Einem Wrack. Einem Menschen, der es nicht verdiente, geliebt zu werden. Ich lehnte mich gegen die Wand und sank auf den Boden.

Wo war ich? Wer war ich? Ich hatte keine Ahnung. Wieder mal.

Aber das Kind wird keine Tante haben.
Nein. Das würde es nicht.

Kapitel 39

Gegenwart
NASH

Das Päckchen in meiner Hose fühlte sich präsenter an denn je. Ich wusste ganz genau, dass es dort war und auf seinen Einsatz wartete. *Vergessen.*

Ich ließ es los und zog die Hand aus meiner Hosentasche. In der anderen befand sich noch viel mehr. Genug für ein allerletztes Mal. Aber noch war die Zeit nicht gekommen.

Auch wenn es gefühlt eine Ewigkeit her war, seit ich zuletzt hier gestanden hatte, sah Glenns Haus noch genauso aus wie damals. Heruntergekommen. Und selbst das Gefühl war das gleiche. Panik.

Erinnerungen drangen in meinen Geist und lähmten mich, sodass ich keinen weiteren Schritt auf den grasumwachsenen Asphaltweg vor dem Haus setzen konnte. Ich stand nur da und starrte die Holzfassade an, die zersplittert und bleich durch die Witterungen war. Tief atmete ich die stickige Luft ein, die in dem schäbigen Viertel, das einmal mein Zuhause gewesen war, noch dreckiger roch als irgendwo anders auf der Welt. Kinderlachen drang im Hintergrund an meine Ohren. Ein Auto hupte. Eine Polizeisirene heulte auf.

Alles Geräusche, die die altbekannten Gefühle in meinem Inneren schürten und das Rumoren in meinem Magen verstärkten. Wie früher.

Mit einem Unterschied.

Diesmal war ich ein anderer. Ich war kein kleiner verängstigter Junge mehr, der gerade seine Mum verloren hatte und zu seinem Onkel ziehen musste, der schuld daran hatte und Pflegekinder nur aufnahm, damit er die Kohle vom Amt kassieren konnte. Ich war erwachsen und hatte ein Ziel. Endlich die Dämonen abzustellen, die mich mein gesamtes Leben verfolgt hatten.

Also straffte ich die Schultern und lief los. Als sich die Haustür mit der löchrigen Fliegengittertür davor näherte, wusste ich nicht, ob ich mir doch lieber wünschen sollte, er wäre nicht zu Hause. Für ihn.

Doch Mitgefühl hatte ich keines für diesen Mann, der mir alles genommen hatte, was ich besessen hatte. Und zu verlieren hatte ich mittlerweile auch nichts mehr.

Ich wusste, dass er die Tür nie abschloss. Wieso auch? Es gab in diesem Haus nichts zu holen außer ein paar Bierdosen im Kühlschrank. Wenn man Glück hatte.

Ich drückte das knarrende Fliegengitter zur Seite und öffnete die Eingangstür. Ein abgestandener Geruch nach Alkohol und Schweiß schlug mir entgegen, und ich atmete flacher, als ich den Flur betrat. Auch hier sah es noch genauso aus wie an dem Tag, als Tanner Everett und mich einpackte und wir davonfuhren. Vor einem Leben, das ich niemandem wünschen würde und schon gar keinen unschuldigen Kindern, wie wir sie mal gewesen waren. Aber das war lange her.

Das Haus hatte nicht viele Zimmer. Das erste hatte einmal Tanner gehört, das zweite hatten Everett und ich uns geteilt. Danach kam ein winziges Badezimmer und auf der anderen Seite Wohnzimmer und Küche. Glenns Zimmer lag am Flurende. Er hatte uns verboten, es zu betreten. Ich erinnerte mich an einen Tag, an dem Everett darin nach etwas Essbarem gesucht hatte, weil Glenn zwei volle Tage nicht aufgetaucht war und wir hungrig waren. Aus irgendeinem Grund hatte Glenn es herausbekommen, aber bevor er Everett verprügeln konnte, hatte sich Tanner vor uns gestellt und alles auf sich genommen. Das war das erste Mal gewesen, dass Glenn ihn so zugerichtet hatte, dass er am nächsten Tag nicht zur Schule gehen konnte. Aber eigentlich besuchten wir die Schule sowieso nur, damit die vom Amt Glenn nicht auf die Schliche kamen. Für ihn hieße das, keine Kohle mehr. Für uns hieße es, in andere Familien zu kommen, die vielleicht schlimmer waren und vor allem uns trennten. Also spielten wir sein Spiel mit. Jeden. Verschissenen. Tag.

Ich lief weiter und hielt am Durchgang zum Wohnzimmer inne. Die gelbe Couch stand fleckig und schäbig vor einem uralten Fernseher mitten im sonst leeren Raum. Der Geruch nach Fäulnis wurde stärker, und ich unterdrückte einen Würgereiz. Vielleicht kam ich zu spät. Oder genau zum richtigen Zeitpunkt.

Doch als ich den Raum betrat, sah ich ihn. Er lehnte mit dem Rücken an der Couch und saß auf dem Boden. Um ihn herum massenhaft leere Bierflaschen. Er wirkte alt. Die Haare waren ihm fast vollständig ausgefallen, seine Arme, die ich als breit und kräftig in Erinnerung hatte, waren abgemagert wie kleine Stöckchen. Die Tätowierungen auf seiner Haut wirkten durch seine graue Haut verblasst. Er schaute nach oben. Sein Blick war verhangen und glasig. Ich war mir nicht mal sicher, ob er mich noch erkannte.

»Glenn«, sagte ich nur, erhielt aber keine Reaktion. Er starrte mich an, als wäre ich nicht real. Ich ging nicht auf ihn zu. Als er den Arm hob, um ihn auf sein angewinkeltes Knie zu legen, erkannte ich dunkle Schweißflecken unter seinen Armen auf dem verwaschenen Unterhemd. Er war am Ende. Das sah man auf den ersten Blick.

Er wandte den Kopf ab und sah auf den ausgeschalteten Fernseher, als würde darauf eine seiner bescheuerten Sendungen von früher laufen. »Nash«, nuschelte er, ohne mich anzuschauen. Also erkannte er mich doch. »Ich hätte nicht gedacht, dass du zurückkommst.« Er hustete verschleimt. Alles an ihm widerte mich an.

»Hab noch eine Rechnung zu begleichen«, sagte ich.

Glenn lachte und musste erneut husten. »Deine Mum war einmal eine wirklich hübsche Frau, das muss ich sagen. Wir waren alle scharf auf sie.«

Ich ballte die Fäuste. Der Hass kam zurück, auch wenn dieser Mann hier nichts mehr mit dem alten Glenn, den ich so fürchtete, gemeinsam hatte. Trotzdem war er es noch.

Er, der schuld daran hatte, dass meine Mum nicht mehr da war.

Er, der hilflose Jungs noch mehr zerstört hatte, als sie ohnehin waren.

Er, der für all seine Taten endlich das bekommen sollte, was er verdiente.

»Aber mein Bruder hat sie bekommen. Wie er alles bekommen hat.« Ich ging einen Schritt auf ihn zu. »Sie war mal eine schöne Frau gewesen. Deine Mum«, wiederholte er, als hätte er vergessen, dass er es schon einmal gesagt hatte. Als er mich ansah und so breit lächelte, dass seine verfaulten Zähne zum Vorschein kamen, ging meine Atmung nur noch abgehackt.

»Halts Maul«, knurrte ich.

Glenn gluckste. In meinem Kopf hallten ihre Schreie wider. Immer und immer wieder. Ich hatte sie in den Nächten gehört, in denen Glenn oder mein Vater bei uns zu Hause gewesen waren. Und in den anderen ihr Weinen. Diese Laute verfolgten mich jede einzelne Nacht.

»Ich stand auf ihr Haar«, redete er weiter, als wollte er mich herausfordern. Als würde er es drauf anlegen, dass ich das beendete, was ich mir vorgenommen hatte. »Und sie hatte Titten! Meine Güte, hatte deine Mum Titten!«

Mit einem Schlag brannte die letzte Sicherung durch, die mich noch zurückgehalten hatte. Ich sprintete auf ihn zu und zog ihn an seinem dreckigen Unterhemd nach oben. Durch die Farmarbeit und weil ich so lange clean war, war ich stärker und kräftiger als jemals zuvor in meinem Leben. Glenn war leicht, seine Arme und Beine hingen schlapp nach unten, und er wehrte sich nicht, als ich meine Faust immer enger um seinen Kragen schloss. Sein fauler Atem schlug mir entgegen, und ich erkannte rote Adern in seinen gelben Augen.

»Tu es«, hauchte er. »Das willst du doch, oder? Ich hab es getan. Ich hab sie geschubst, weil sie nicht richtig bei der Sache war. Wegen mir ist sie gefallen. Und sie hat danach nicht geweint. Sie war ganz still.«

Ich biss mir auf die Unterlippe, bis ich Blut schmeckte. Meine Finger waren taub, weil ich sie so stark zusammenpresste. In meinem Schädel rauschte es. Mums Schreie. Tanners blaue Flecken. Meine gebrochene Seele. Allein das reichte aus, um zu rechtfertigen, wie sehr Glenn den Tod verdient hatte.

»Ich hasse dich«, wisperte ich.

Glenn grinste nur. Kurz flackerte so etwas wie Hoffnung in seinen Augen auf. Hoffnung worauf? Im selben Moment wurde mir eines klar. Es würde nichts ändern. Meine Mum würde nicht zurückkommen, und Tanner, Everett und ich hätten die gleichen inneren Narben, die wir sowieso schon trugen. Der Himmel würde nicht strahlend blau und unsere Kindheit nicht schön werden, nur weil Glenn bezahlte. Ich würde es ihm nur einfacher machen, denn so wie er aussah, schaffte er den nächsten Winter, der bald schon an die Tür klopfte, bestimmt nicht mehr. Vielleicht litt er schon. Viel mehr als durch mich.

Ruckartig ließ ich ihn los und schubste ihn dabei nach hinten. Er verlor das Gleichgewicht und kam mit dem Rücken auf dem Boden auf. Spucke sammelte sich in meinem Mund, aber selbst diese war er nicht wert. Also drehte ich mich um und lief zur Tür.

»Nein! Nein! Nash, tu es! TU ES!« Glenn kroch mir auf dem Boden hinterher und hielt sich an meinem Hosenbein fest. Angewidert sah ich nach unten, wie er sich Hilfe suchend an mich klammerte. »Bring es zu Ende! Bitte!«, schluchzte er, und zum ersten Mal hatte ich einen winzigen Funken Mitleid mit ihm, der jedoch sofort wieder verglühte. »Bitte! Ich habe Leberzirrhose im Endstadium! Ich habe Schmerzen! Es tut so weh! So weh! Bitte, Nash! Mach, dass es aufhört!«

Ich schüttelte ihn von meinem Bein ab und ging einen Schritt zurück. Er kniete, Stirn und Ellenbogen ruhten auf dem dreckigen Boden, und sein ausgemergelter Körper erbebte unter seinen Schluchzern.

»Gut. Es soll wehtun«, sagte ich nur und verließ das Wohnzimmer. Vor der Eingangstür verharrte ich. Ich fühlte mich leer. Frei.

Meine Finger tauchten in meine Hosentaschen, während ich im Hintergrund noch Glenns Schluchzer hörte. Langsam zog ich die kleinen Päckchen heraus und schluckte. Ich schloss die Augen. *Vergessen*.

War es wirklich so richtig, zu vergessen? Oder war es im Gegenteil sogar wichtig, dass man sich an alles erinnerte, was einen zu dem gemacht hatte, der man war? Der man nicht mehr sein wollte.

Ich öffnete meine Hand, und die Päckchen fielen auf den fleckigen Teppich. Glenn konnte sie besser gebrauchen als ich.

Damit verließ ich diesen Ort, der mir so viel genommen hatte, und würde nie wieder zurücksehen. Ab jetzt gab es für mich nur noch einen Weg. Nach vorne. Nur ich hatte in der Hand, wie mein Leben weiter verlaufen würde. Nur ich konnte das Ruder in die Hand nehmen und rumreißen.

Und mein Ziel stand fest.

Kapitel 40

Gegenwart
ELINOR

Elli, melde dich bei mir!

Geht es dir gut?

Wir müssen reden.

Wenn du dich nicht bald bei mir meldest, wird das Konsequenzen haben. Keine guten für dich!

Verdammt, Elli!

Das waren nur einige von Nashs Nachrichten, die ich ignorierte. Vor fünf Tagen war ich hier angekommen.

Fünf Tage hatte ich im Nebel verbracht. Und genauso lange hatte ich versucht, alles zu verarbeiten.

Gabriels Drohung.

Die Trennung von Nash.

Das Verhalten meiner Mum.

Die Schwangerschaft meiner Schwester.

Ich setzte mich in dem Doppelbett des Mittelklassehotels auf und trank einen Schluck Wein direkt aus der Flasche. Meine Grenze war nach einem Jahr völliger Alkohol-Abstinenz sowieso gebrochen, also konnte ich jetzt so weitermachen wie zuvor. Obwohl die Scham bei jedem Schluck heftig hinter meinen Lidern brannte. Ich wollte weinen. Aber es ging nicht mehr. Die Verzweiflung hatte mich zurück, und ich versank jede Minute, die ich hier verbrachte, mehr darin. Sie zog mich wie Treibsand in ihre Mitte und verschlang mich. Sobald ich mich dagegen wehrte, rutschte ich schneller hinein.

Mein Handy gab erneut einen Piepton von sich. Das Display leuchtete hell in der Dunkelheit des Zimmers. Daneben lieferte nur eine Straßenlaterne vor den Fenstern ein wenig Licht, das durch die schweren Vorhänge fiel, die ich nicht richtig zugezogen hatte. Regen prasselte gegen die Hauswand, verschluckte jeden anderen Laut.

Ich hab einige Kontakte für dich anzapfen müssen. Sei um zwölf Uhr bei dir zu Hause, dann fahren wir zusammen zum Lunch mit Theo. Er hat einen Job für dich.

XO Gabriel

Ich wandte den Blick ab und legte das Gesicht in die Hände. Ich hatte Gabriel versprochen, wieder einzusteigen. Auch wenn es mich meine Seele kostete, wenigstens hatte ich die der anderen gerettet. Sie sollten nicht erfahren, was ich tatsächlich alles für meine Karriere getan hatte und wie schäbig ich mich dabei fühlte.

Seufzend stand ich auf und musste mich kurz sammeln, damit ich nicht wankte. Der Alkohol entfaltete seine Wirkung gerade mit voller Kraft. Als ich langsam Richtung Bad ging, verweilte mein Blick auf dem braunen Papierumschlag, der heute bei meinen Eltern zu Hause eingetroffen war. Meine Mum hatte ihn mir vorbeigebracht, mit den Worten, ich solle doch endlich zu ihnen ziehen, weil es mir dann besser gehe. Als sie endlich weg war und ich den Inhalt gesehen hatte, rief ich umgehend den Zimmerservice und bestellte mir zwei Flaschen Wein. Eine trank ich direkt. Der Schleier reichte nicht aus, dass ich Nash und die wunderschöne Zeichnung, die er von mir angefertigt hatte, vergaß. Im Gegenteil. Ich dachte nur an ihn. Ständig. Und es tat weh. Es riss irreparable Stücke aus meinem Herzen, und ich fragte mich, wann der Schmerz endlich besser wurde. Wurde er es irgendwann überhaupt noch mal?

Ich hielt mich am Türrahmen zum Badezimmer fest, als es plötzlich kräftig gegen die Eingangstür klopfte. Wenn das wieder meine Mum oder Gabriel war, sollte ich mich schlafend stellen. Es war kurz vor

Mitternacht, also wäre das gar nicht mal so undenkbar, dass ich wirklich schlief.

»Mach verdammt noch mal diese Tür auf! Ich höre dich!«

Ich wusste nicht, ob ich lachen oder weinen sollte, als ich Nashs Stimme vernahm. Trotzdem war die Scham zu groß.

»Geh weg!«, rief ich gegen das Türblatt.

»Ich werde nirgendwohin gehen! Hast du vergessen, was ich dir gesagt habe?« Ich lief zur Tür und lehnte meine Stirn dagegen. Hinter dem Holz hörte ich, wie sich Nash unruhig bewegte. »Dass du mein Mädchen bist und es immer bleiben wirst!«

»Ich kann nicht dein Mädchen sein«, antwortete ich leise. »Du willst mich ganz bestimmt nicht.«

»Lass das mal mich entscheiden! Ich stand nicht mitten in der Nacht vor der Tür deiner Eltern, damit du in diesem beschissenen Hotel allein zugrunde gehst.« Sein Schnauben drang durch die Tür. War er sauer? Er hatte allen Grund dazu. »Elli, mach die Tür auf. Bitte«, fuhr er sanfter fort. Ich drückte die Handflächen dagegen und spürte die Kälte der Tür. Fast kroch sie in meine Glieder, aber Nashs Stimme wärmte mich von innen. »Ich brauche dich. Genauso wie du mich brauchst. Wenn wir uns nicht heilen können, wer dann? Gib uns diese Chance«, vernahm ich seine Worte. Tief in meinem Inneren wusste ich, dass ich nicht ohne ihn konnte. Aber er musste alles erfahren, und ob er mich dann noch wollte, war fraglich.

Trotzdem öffnete ich langsam die Tür. Was sollte ich auch sonst tun? Nash stand vor mir. Groß und breit und stark und lächelte liebevoll. Sein Grübchen kam zum Vorschein, die blauen Augen strahlten mich durch seine dunklen Wimpern an, die Haare waren komplett durchnässt und sahen trotzdem perfekt aus. Ich hatte ihn vermisst. Und ehrlich gesagt nicht gedacht, dass ich ihn je wiedersehen würde.

Er zog mich an sich und atmete tief ein, als suchte er den Sauerstoff, den er zum Leben brauchte. Auch mir ging es so. Ich ärgerte mich, dass mich der Alkohol immer noch benebelte und ich Nashs Berührung, seinen sanften Kuss auf meinen Scheitel und seinen Duft nicht richtig genießen konnte. Ich spürte nur die Kälte seiner Lederjacke, als er mich so sehr an sich drückte, dass es fast schmerzte.

»Es tut mir leid«, flüsterte ich nur. »Ich konnte nicht anders. Ich bin schwach, so schwach.«

Nashs Druck um mich wurde stärker, und auch ich hob endlich die Hände und erwiderte seine Umarmung.

»Ist okay, Baby.«

Ich drückte ihn ein Stück von mir weg. »Ich muss dir alles erzählen, danach kannst du entscheiden, ob du wirklich bleiben willst.«

Nash nickte. Er warf den schwarzen Seesack, den er über der Schulter getragen hatte, in eine Ecke, setzte sich auf einen Stuhl gegenüber dem Bett und sah mich erwartungsvoll an. Ich entschuldigte mich einen Moment, ging in das angrenzende Badezimmer und schüttete mir kaltes Wasser ins Gesicht. Danach putzte ich mir die Zähne, um den schalen Geschmack des Weines wegzubekommen, und langsam wurde ich wieder ein wenig klarer. Ich fühlte mich besser, wenn auch nicht wirklich bereit. Aber das würde ich wohl nie sein.

Als ich das Badezimmer verließ, hatte Nash seine Lederjacke ausgezogen und saß noch in dem Stuhl vor dem Bett. Ich nahm auf dem Bettrand vor ihm Platz.

Ich hatte keine Ahnung, wo ich anfangen sollte.

»Unsere Mum hat uns schon als Kinder von einem Schönheitswettbewerb zum anderen geschleift. Sie wollte, dass wir groß rauskamen, berühmt wurden und das meisterten, was sie damals nicht geschafft hatte. Vor unserer Geburt, mit Anfang zwanzig, hatte sie in einigen unbedeutenden Fernsehserien mitgespielt, war aber nie richtig erfolgreich gewesen. Sie wurde nach ein paar Jahren einfach so durch eine jüngere Kollegin ersetzt und gefeuert, und als sie meine Schwester und mich bekam, waren wir ihre größte Aufgabe. Ich hatte es mit sechs drauf, dreißig Minuten lang ein einstudiertes, unechtes Lächeln zu halten, während ich tanzte und dabei drei Bälle jonglierte. Vorhandene Zahnlücken in dem Alter wurden mit Schienen beseitigt, unreine Haut oder Ausschläge, die durch tonnenschweres Make-up kamen, mit noch dickerem einfach überpinselt. Mit zehn war ich bereit für Bikinis und hohe Absätze, mit denen ich besser laufen konnte als manche erwachsene Frau. Kurzum gesagt, hatten wir keine wirkliche Kindheit. Ich durfte die teuren Kleider nicht mit Matsch beschmieren, ja noch nicht mal viel Süßigkeiten essen, damit aus dem Babyspeck kein richtiger wurde. Meine Mum achtete akribisch auf jedes kleinste Detail und wurde damit belohnt, dass ich einen Preis nach dem anderen abräumte. Meine Schwester war weniger erfolgreich, vielleicht auch, weil sie sich mehr gegen meine Mum wehrte und nicht immer das freudestrahlende Lächeln zeigte, das die Jury erwartete. Aber ich wollte das. Ich wollte gefallen, vor allem meiner Mum, weil sie mich jedes Mal nach einem Sieg mit besonders viel Aufmerksamkeit überhäufte. Die, die wir sonst nicht von ihr bekamen, weil sie viel zu beschäftigt war, nach außen hin vorzuspielen, wir hätten mehr Geld, als wir tatsächlich hatten. Mein Dad hielt sich aus dem allen raus. Er war nicht unbedingt verkehrt, aber er nannte das Weiberkram, und als er anfing, jeden Abend länger in seiner Stammkneipe zu verbringen, weil er das Getue meiner Mum nicht mehr ertragen konnte, hatten wir überhaupt keine Rückendeckung mehr. Irgendwann entdeckte mich ein Agent, Gabriel, der mir mit vierzehn meine erste Filmrolle in einer Teenagerkomödie verschaffte. Meine Mum war natürlich überglücklich und ich mit beiden Beinen fest im Filmgeschäft. Dass dort nicht alles so glänzend und prächtig war, wie man sich Hollywood vorstellte, bekam niemand mit. Auch dass ich mich fast jeden Abend in den Schlaf weinte, weil der Druck mit den nächsten Rollen immer größer wurde. Es war egal. Ich musste funktionieren. Und immer noch gefiel es mir, wie meine Mum mich dabei ansah und dass sie mir immer wieder sagte, was für eine gute Tochter ich doch sei. Und nun ist Gabriel wieder hier aufgetaucht. Meine Mum hat ihn eingeladen, wahrscheinlich hatte sie gehofft, dass er mich überredet, wieder im Geschäft einzusteigen.« Ich nahm einen tiefen Atemzug. »Durch ihn war ich immer tiefer und tiefer in die Schauspielszene eingedrungen, hatte eine Rolle nach der anderen, drehte am Stück ohne Rücksicht auf Feierabend oder Wochenende und hatte kaum eine freie Minute. Der Druck war hart, die Konkurrenz noch viel härter, und ich war noch halb ein Kind. Aber wir konnten uns ein größeres Haus kaufen, ich kaufte meiner Schwester ein neues Auto und meinem Dad Tickets für alle Baseballspiele der Saison. Wir waren glücklich. Zumindest meine Familie war es. Dann kam mein siebzehnter Geburtstag.« Ich brauchte einen kleinen Moment, um mich zu sammeln und die Erinnerungen zu ertragen, die mich niederrangen. »Wir feierten eine große Party im Garten mit zahlreichen Gästen, Nachbarn und so was. Ich durfte zum ersten Mal Alkohol trinken, Gabriel hatte mir eine teure Flasche Champagner mitgebracht. Irgendwann, es war weit nach zwei Uhr morgens, waren alle schlafen gegangen. Nur Gabriel und ich waren noch wach. Ich war so aufgekratzt, weil ich gerade einen Job in einem richtig guten Film bekommen und einen Werbedeal abgeschlossen hatte. Ich hatte zu viel von dem Champagner getrunken, und ich dachte, Gabriel auch. Es ist einfach so passiert. Ich kann noch nicht mal sagen, ob ich es wollte oder nicht.« Ich stoppte und knetete nervös meine Hände. Nash hörte aufmerksam zu, ohne mich zu unterbrechen. Seine Augen wirkten nicht ermahnend oder böse, einfach nur warm. Er nahm eine meiner Hände und drückte sie leicht, sodass er mir den Mut gab weiterzusprechen. »Danach wurde es schlimmer. Ich war fast jedes Wochenende mit Gabriel auf einer Party, trank haufenweise Alkohol dort. Am Anfang war das toll und neu und aufregend, bis er mir den ersten Regisseur vorgestellt hatte, der mehr wollte als ein bloßes Vorsprechen für eine Rolle. Ich dachte, das mit Gabriel, das, was wir hatten, wäre einmalig, dass er mich wirklich mochte, wie er es immer sagte, aber er hat mich quasi nur vorbereitet. Um weiter Geld mit mir zu scheffeln.« Die Erinnerungen überwältigten mich, und ich musste mich kurz sammeln.

»Es ist okay, du musst es nicht erzählen.«

»Doch!«, rief ich aus. »Doch. Ich will, dass du es weißt. Alles«, sagte ich weicher. Er nickte. »Je erfolgreicher ich wurde, umso tiefer geriet ich in diesen Rausch aus Trinken, Partys, Arbeiten und älteren Männern, bei denen Gabriel mir sagte, es müsse sein, damit ich im Geschäft blieb. Immer im Hinterkopf, dass meine Mum so stolz auf mich war und mein Dad so glücklich. Irgendwann reichte der Alkohol nicht mehr nur am Wochenende. Ich fühlte mich dreckig und eklig und schäbig. Ich trank immer. Versaute den Geburtstag meiner Schwester. Sie nahm mich in

Schutz, wie sie es immer getan hatte. Bis ich mit ihrem Freund schlief, weil ich keinen anderen Ausweg mehr wusste. Sie sollte mich hassen, damit ich gehen konnte. Ich hatte nur eines nicht gewusst. Sie war schwanger. Und sie hat durch mich und den Stress und die Wut ihr Baby verloren.« Ich schluchzte und hielt mir die Hand vor den Mund. »Hätte ich das gewusst, ich …« Nash zog mich an sich, und ich rollte mich auf seinem Schoß zusammen. Er wiegte mich hin und her, streichelte mir über das Haar und drückte meine Wange an seine Brust. Der Duft seines Shirts übernahm meine Sinne. *Geborgenheit*. *Zuhause*. Das waren die Worte, die in meinem Kopf kreisten.

»Es war nicht dein Fehler. Es wäre vielleicht auch so passiert. Du weißt das nicht.«

»Aber wenn nicht?« Ich bekam kaum noch Luft, so sehr weinte ich. Ich weinte um das Baby. Meine Schwester. Meine verlorene Kindheit. Bis es Morgen wurde und Nash mich immer noch hielt. Zwischendurch war ich immer wieder eingenickt und wachte nur auf, damit die Tränen weiter laufen konnten und ich noch spürte, dass ich nicht allein war. Dass ich lebte. Dass Nash bei mir war und mich hielt. Und ich nie wieder aufstehen wollte.

Kapitel 41

Gegenwart
NASH

Ich konnte ihren Schmerz verstehen, denn es war fast so, als wäre es mein eigener. Am liebsten hätte ich ihn ihr ganz abgenommen. Sie konnte nichts dafür, dass ihrer Schwester so etwas passiert war. Vor allem musste sie aufhören, sich selbst so lange damit zu bestrafen. Ihre Mum hatte schuld. Ihr Manager hatte schuld. Bei dem Gedanken an ihn konnte ich kaum die unfassbare Wut unterdrücken. Ich malte mir aus, was ich mit ihm tun würde, wenn ich ihm das erste Mal über den Weg lief.

Ich war die gesamte Nacht wach und hielt sie in meinen Armen. Keine Sekunde wollte ich verpassen, in der ich sie wieder spüren, sie trösten und ihr Halt geben konnte. Ich wollte für sie da sein. Für den ersten Menschen in meinem Leben, bei dem ich es nicht vermasselte. Weil sie mich genauso sehr brauchte wie ich sie.

Sie schlug die Lider auf. Ihre Augen waren verquollen vom vielen Weinen, aber ihr Blick war klar, und ihre Lippen zeigten ein winziges Lächeln. Sie hatte sich befreit, indem sie es mir erzählt hatte, und ich sah ihr an, dass es ihr gutgetan hatte.

»Wie geht es dir?«, fragte ich.

»Besser. Danke«, antwortete sie leise. Sie kuschelte sich tiefer in meine Umarmung. »Willst du mir jetzt auch alles erzählen?«, fragte sie vorsichtig.

Ich zögerte. Nicht weil ich es ihr nicht verraten wollte, sondern weil ich nicht wusste, wie. Niemand wusste alles. Selbst Tanner und Everett nicht.

»Ich hab dir ja schon von meiner Mum erzählt. Mein Pflegevater, Glenn, bei dem Tanner, Everett und ich gelebt haben, war auch gleichzeitig mein Onkel. Er hat als einzig lebender Verwandter nach dem Tod meiner Mum zugestimmt, dass ich bei ihm leben kann. Um mich weiter zu quälen. Sich an mir für seinen Bruder zu rächen. Das Geld vom Amt zu kassieren. Keine Ahnung. Mein Vater war kurz nach meiner Mum verstorben. Glenn hatte mir erzählt, er sei betrunken vor ein Auto gelaufen, und ich glaubte ihm. Glenn war auch derjenige, der bei meiner Mum war, in der Nacht, in der sie …« Ich schluckte und spürte Elli, die sich noch enger an mich drückte. »Die Polizei sagte etwas von einem Sturz, was nicht merkwürdig war, weil meine Mum oft betrunken war.

Aber sie wussten nicht, dass Glenn bei ihr gewesen war, während ich unter meiner Bettdecke gelegen hatte und zu viel Angst davor hatte, rauszukommen. Verstehst du, ich hätte es verhindern können!«

»Das hättest du nicht, Nash. Wie alt warst du? Sechs? Welcher sechsjährige Junge käme gegen einen erwachsenen Mann an?«

Ich zuckte die Schultern. »Ich hab ihn besucht. Gestern. Und wollte meine Mum rächen. Ich wollte wissen, was genau passiert ist, und er hat es zugegeben! Er hat sie geschubst, geschlagen, vermutlich noch mehr!« Die Wut in meinem Inneren übernahm wieder mal die Kontrolle über meinen Geist. Ich fuhr mir mit einer Hand durchs Gesicht und sah Elli wieder an. Sie war die Einzige, die gerade verhinderte, dass ich durchdrehte. »Ich konnte es nicht. Ich wollte, wirklich. Ich wollte meine Mum rächen, aber er war so fertig, so kaputt und krank. Wenn ich ihn umgebracht hätte, wie ich es mir mein ganzes Leben vorgestellt hatte, wäre er zu einfach davongekommen. Ich wäre im Knast gelandet, und er hätte ein schnelles Ende gehabt. Ich dachte an dich. Ich wollte bei dir sein.« Elli lächelte, und ich lächelte ebenfalls. »Weil ich dir das versprochen habe.« Ich stand auf und hob sie dabei auf meine Arme, denn ich hatte alles gesagt, was ich musste. Dann ging ich mit ihr ins Badezimmer und stellte sie auf ihren nackten Füßen ab. Sie trug nur eine alte Jogginghose und ein ausgeleiertes Chicago-Bulls-Shirt. Es war eines von meinen, das sie mir anscheinend geklaut hatte, bevor sie gefahren war. Ich musste schmunzeln, während ich es ihr über den Kopf zog und ihren perfekten, nackten Körper darunter bewunderte.

»Danke für die Zeichnung. Sie ist wunderschön«, sagte sie ehrfürchtig, und ich fing ihren Blick wieder ein. Diesen weichen Ausdruck in ihren Augen, so dunkel wie die tiefste Klippe, in der ich je gesteckt hatte, mit einem winzigen Glimmen, das alles für mich bedeutete und mein Sicherheitsseil war. *Hoffnung. Liebe. Zukunft.*

»Nicht so schön wie du. Ich war etwas eingerostet.«

Sie umfasste mein Gesicht und zog es zu sich herunter. »Es ist perfekt. Und es bedeutet mir unglaublich viel!«

»Ich liebe dich.« Hatte ich diese Worte gerade gesagt? Es fühlte sich so richtig an, so selbstverständlich, ihr das zu sagen, dass ich überhaupt nicht nachgedacht hatte. Ihre Augen weiteten sich überrascht, dann presste sie ihre Lippen auf meine und küsste mich. Ich umschlang sie und zog sie dichter an mich, aber es war zu wenig. Mein Shirt störte, also warf ich es achtlos auf den Boden und spürte endlich ihre warme Haut auf meiner.

»Ich dich auch, Nash«, wisperte sie zwischen unseren Küssen, und ich musste lächeln. Ich war glücklich, und das Glück platzte fast aus meiner Brust. Aber selbst wenn es mich dabei umgebracht hätte, ich würde niemals bereuen, das empfunden zu haben. Ich hätte gleichzeitig lachen und schreien können, als ich sie hochhob und sie ihre Beine um meine Hüften schlang, während sie überrascht aufschrie und kicherte. Ich würde die Geräusche, die sie machte, niemals vergessen. Ihr süßes Kichern. Ihr Stöhnen, das mir durch den Körper direkt in meinen Schwanz fuhr, als ich an ihrem Hals knabberte. Noch halb bekleidet trug ich sie unter die Dusche und drückte sie gegen die Fliesen, während wir uns immer inniger und wie verrückt küssten. Sie saugte kurz überrascht die Luft ein, als uns das kalte Wasser traf, nachdem ich den Hahn angestellt hatte. Endlich wurde es wärmer und floss über unsere Gesichter. Wir schnappten nach Luft, aber lösten uns nicht voneinander. Erst als ich kaum mehr Atem hatte, ließ ich sie herunter. Wir zogen unsere nassen Hosen aus, schmissen sie nach draußen, während wir lachten und ich jeden Zentimeter ihrer weichen Haut küsste.

Ich fühlte mich befreit. Endlich. Zum ersten Mal in meinem Leben, und ich spürte, dass es auch ihr so ging.

Ich atmete. Ich liebte. Ich lebte.

Und ich würde dieses Gefühl nie wieder loslassen. Genauso wenig wie sie. Mein Mädchen.

Kapitel 42

Gegenwart
ELINOR

Nach der Dusche ging es mir besser. Nash bestellte beim Zimmerservice ein großes Frühstück, das wir in dem breiten Doppelbett zusammen aßen, und wir unterhielten uns darüber, wie wir uns die Zukunft vorstellten. Gemeinsam.

Er erzählte mir auch etwas von dem Brand, und kurz wurde ich traurig. Aber nur bis Nash und ich beschlossen, in den nächsten Tagen zurück zur Ranch zu fahren. Zu Sophia. Zu Matt. Zu Buck. Zu Haddy. Zu Hope und allen anderen.

Aber zuerst musste ich noch eines tun. Ich musste mich vollständig von meinen Dämonen befreien, denn es reichte nicht, dass ich darüber gesprochen hatte. Sie würden mich immer wieder einholen, egal wie weit ich von ihnen davonlief. Ich musste es wie Nash tun. Damit abschließen, damit sie keine Macht mehr über mich hatten und ich endlich das Leben leben konnte, das ich mir vorstellte. Mit Nash an meiner Seite würde mir das gelingen.

Wir zogen uns an und machten uns mit Nashs Motorrad auf den Weg zu dem Haus meiner Eltern. Vorher hatte ich meiner Schwester noch eine Nachricht geschrieben und sie gebeten, ebenfalls vorbeizukommen. Sie hatte nicht geantwortet.

Es fühlte sich gut an, hinter Nash zu sitzen, während er die vielen Pferdestärken seiner Maschine durch die Straßen von Los Angeles lenkte. Die Muskeln seines Oberkörpers spannten sich bei jeder Kurve an, und ich umklammerte ihn fester und drückte mich noch enger an ihn. Das Gefühl, jemanden zu haben, der für einen da war, der einen so nahm, wie man war, ohne Wenn und Aber, war neu für mich, doch unglaublich schön. Ich hatte immer noch den Eindruck, ich träumte und würde irgendwann aufwachen und realisieren, dass es Nash überhaupt nicht gab.

Unsere Dämonen würden uns weiter begleiten, aber zusammen schafften wir es, sie einzusperren, damit sie keine Macht mehr über uns hatten. Allein hätte ich das sicherlich nicht geschafft.

Ich lotste Nash durch die Straßen unseres Viertels, bis wir vor dem protzigen Haus meiner Eltern anhielten. Ich hatte einmal die Villa einige Grundstücke die Straße runter besessen. Genauso groß. Genauso viel zu viel von allem. Und deshalb hatte ich sie vor meinem Aufenthalt in Texas auch verkauft. An eine fünfköpfige Familie zum Spottpreis, weil sie mit ihrem Budget und den Kindern kaum etwas anderes gefunden hätten. Ich sah den kleinen Nic im Garten spielen, als wir vorbeifuhren, und musste lächeln.

Bis ich Gabriels Auto vor der Tür sah und am liebsten umgedreht wäre. Langsam stieg ich von dem Motorrad, und Nash tat es mir gleich. Ich gab ihm meinen Helm, den er neben seinen an einen Lenker hängte, bevor er mich in seine Arme zog.

»Du hast nichts zu befürchten, okay? Ich hab dich«, wiederholte er meine eigenen Worte, die ich damals zu ihm in dem Zelt gesagt hatte, nachdem ich einen seiner furchtbaren Albträume mitbekommen hatte.

»Dann mal los«, meinte ich, nahm Nashs Hand, und wir gingen über die Steintreppe hinauf zum Eingang. Nachdem ich geklopft hatte, öffnete mein Vater die Tür und sah mich überrascht an.

»Elli? Was tust du denn hier?«

Also hatte meine Mum sogar ihm nichts von ihrer Lüge erzählt. Ohne ein Wort umarmte ich ihn und drückte ihn fest, obwohl er sich verspannte, denn normalerweise taten wir das nicht. Wir zeigten unsere Gefühle nicht so offen, aber es war mir in diesem Moment egal. Ich war nur froh, ihn zu sehen. Ein Geruch nach Aftershave, Kaffee und Speck haftete an ihm. Ich löste mich von ihm. Die Knöpfe seines karierten Pyjamas spannten über seinem großen Bauch. Er hatte zugenommen, aber er sah gesund aus. Erleichtert atmete ich aus.

»Es tut gut, dich zu sehen, Dad. Was ich hier will, kann dir Mum vielleicht sagen«, erwiderte ich, und er verdrehte die Augen, als wüsste er die Antwort bereits.

»Du kannst froh sein, dass ich heute Nachtschicht habe, sonst wäre ich nicht hier«, sagte er. Er arbeitete also immer noch in der alten Schuhfabrik beim Eingang im Sicherheitsdienst. Obwohl meine Eltern durch meinen Verdienst nie wieder arbeiten müssten, hatte mein Vater seinen Job nie aufgeben wollen. »Und wer ist der junge Herr?« Er beäugte Nash skeptisch, die Tattoos auf seinem Arm, die man durch das kurzärmelige dunkelblaue Shirt erkennen konnte.

»Nash Stokes, Sir. Freut mich, Sie kennenzulernen«, sagte Nash und hielt ihm die Hand hin. Mein Vater schüttelte sie, und sein Gesichtsausdruck entspannte sich ein wenig. Mein Dad war im Grunde kein verkehrter Kerl. Er interessierte sich nur viel mehr für Footballspiele im Fernsehen, das Angeln und seinen Job als für alles andere. Dabei verschloss er die Augen vor Sachen, die Stress bedeuteten und ihn abhielten, weiter in Ruhe sein Ding durchzuziehen. Doch ich war mir sicher, er liebte uns und wollte es uns eigentlich allen recht machen. Um genau zu sein, hatte ich mich niemals bei ihm für meinen Lebensstil beschwert, vielleicht hätte er dann etwas dagegen getan. Keine Ahnung.

Ich hörte Stimmen und Gelächter im Esszimmer. »Deine Mum und Gabriel sind da drin, ich frühstücke in der Küche. Wenn ihr etwas zu essen wollt, könnt ihr euch gerne was machen. Du weißt ja, wo alles steht, Elli«, sagte er. Ich wusste, dass er es nicht leiden konnte, wie überzogen sich meine Mum bei Gabriel verhielt. Wahrscheinlich weil sie dachte, sie vergraule ihn sonst. Genau das hatte ich jetzt vor.

»Danke, Dad, aber wir sind nicht hungrig. Ich komme später noch mal zu dir.«

Er nickte und schlurfte mit seinen abgelatschten alten Pantoffeln zur Küche.

Nash nahm erneut meine Hand und küsste meine Fingerknöchel, bevor wir auf das Esszimmer zusteuerten.

Ich drückte die Tür auf und hätte sie am liebsten wieder zugemacht. Gabriel schreckte zurück, er hatte sich halb über meine Mum gelehnt und strich ihr über das Gesicht. Mir wurde übel. Also hatte er das nicht nur bei mir abgezogen. Eigentlich war er die Hure, die sich für Geld bei anderen verkaufte.

»Elinor, da bist du ja.« Gabriel drückte den Rücken durch und richtete seine weinrote Krawatte, während er mich aus Adleraugen fixierte. Sein Blick huschte zu Nash. »Und du hast jemanden mitgebracht. Wie nett.« Er verzog das Gesicht, und man sah ihm seine Missbilligung an.

»Darling, wer ist das?«, sagte meine Mum, als hätte ich sie nicht gerade dabei erwischt, wie sie fast meinen Vater betrogen hätte. Doch wahrscheinlich hatte sie es schon mehrmals vorher getan.

»Wir sind hier, um euch mitzuteilen, dass ich nicht wieder einsteigen werde. Ich bin raus. Endgültig.«

Meine Mum lachte schrill und ein wenig hysterisch und sah Hilfe suchend Gabriel an.

Der lächelte uns weiterhin falsch an. »Setz dich doch erst mal, Elli. Dein Freund kann so lange draußen warten.«

»Das glaube ich nicht«, sagte Nash mit dunkler Stimme, drückte meine Hand, und Gabriels Blick flackerte kurz unruhig zu ihm. Er spürte die körperliche Bedrohung, die von Nash ausging, merkte dabei allerdings nicht, dass eine noch viel größere in mir steckte.

»Du wirst jetzt aus unserem Haus verschwinden und dich von meiner Familie und mir fernhalten, Gabriel. Ich will dich nie wiedersehen.«

»Elinor!«, tadelte meine Mum und stand auf.

»Mum, auch wenn ich dir nicht dafür danke, was du die ganzen Jahre für mich getan hast und in welche Richtung du mich gedrängt hast, kann ich es doch irgendwie verstehen. Ich verzeihe dir.«

»Verzeihen? Elinor.« Sie lachte einmal nervös auf und fasste sich an ihre Perlenkette. »Was ist los mit dir?«

»Du hast mich belogen und mich gedrängt. Für ein wenig Aufmerksamkeit von dir hätte ich alles für dich getan. Dass du es ausgenutzt hast, ist verzeihbar. Allerdings kann ich immer noch nicht fassen, dass du mich diesem Mann ausgesetzt hast, obwohl du bestimmt ganz genau wusstest, was er von mir verlangt. Was er auch von dir verlangt. Er setzt alle unter Druck, um das zu bekommen, was er möchte. Ich würde mein Kind beschützen, wenn ich eines hätte, wie eine Löwin. Du hast mich den Löwen zum Fraß vorgeworfen. Für ein bisschen Ruhm.«

Sie verstummte, und ich sah ihr ihre Betroffenheit an.

»Schätzchen, das ist das Geschäft. Was denkst du denn? Dass du besonders bist? Oder man dich nicht ersetzen kann? Du bist nur eine von vielen, da muss man eben einen Preis für bezahlen«, sagte Gabriel, und Nash trat einen Schritt vor.

»Nicht nur für diese Worte würde ich dir zu gern das Maul stopfen. Du kannst froh sein, dass mich mein Mädchen zurückhält, du mieser Wichser.«

Gabriel lachte. »Mein Mädchen? Wie süß. Ist das der Typ? Habt ihr euch etwa im Entzug kennengelernt? Das passt ja, dann könnt ihr zusammen abstürzen. Viel Spaß.«

Die Worte prallten an mir ab, denn ich wusste, Gabriel war eigentlich nur zu bedauern. Sein Leben, alles, was er sich in seiner Scheinwelt aufgebaut hatte. Die in den nächsten Minuten nun über ihm zusammenfallen würde.

»Ich werde überhaupt nichts mehr für dich tun.« Gabriel schloss sein Jackett, nahm seine Ledertasche, die auf einem Stuhl gestanden hatte, und ging auf uns zu. »Werdet glücklich in eurer bunten Junkiewelt.«

»Du auch, Gabriel. Ich hoffe es sehr für dich«, sagte ich, während er an uns vorbeilief. »Ach, und richte doch gleich den Paparazzi vor der Tür meinen lieben Gruß und einen Dank aus, dass sie es so schnell hierhergeschafft haben.« Gabriel blieb stehen und erstarrte. »Sie reißen sich wirklich alle um die Story des Agenten, der seine Klienten missbrauchte und für andere Dinge benutzte. Was glaubst du, wie schmerzhaft wird der Fall aus deinem Luftschloss sein, Gabriel?«

Langsam drehte er sich um. »Das hast du nicht.«

»Du kannst einpacken. Am besten schnappst du dir deine Sachen und ziehst in ein anderes Land, denn deine Tage als erfolgreicher Agent sind gezählt. Niemand wird dich mehr engagieren, du wirst von jetzt an immer der Typ sein, an dem Dreck klebt. Ach ja, auch noch liebe Grüße von Brandy, Vanessa, Kira und wie sie alle heißen. Wir sehen uns vor Gericht.«

Gabriel schnaubte, als würde er mir keinen Glauben schenken. Als er jedoch unsere Haustür aufzog und das laute Klicken von Kameras, Rufe von Reportern und heftiges Blitzlicht in unser Haus strömten, wurde er eines Besseren belehrt. Ich musste fast lächeln, weil die Genugtuung warm durch meine Adern floss.

»Was ist hier denn los?«, fragte mein Dad, der hinter uns im Flur auftauchte.

Ich sah meine Mum an, die immer noch geschockt vor uns stand. »Entweder sagst du es ihm oder ich«, meinte ich leise, dann drehte ich mich um, drückte meinen Dad noch einmal an mich und wollte mit Nash zur Tür gehen. Doch meine Schwester bog auf einmal um die Ecke.

»Kann ich kurz mit dir sprechen?«, fragte sie. »Alleine?«

Nash ließ meine Hand los. »Ich warte hier.«

»Danke.«

Mara und ich gingen in die Küche, um unseren Dad und unsere Mum im Esszimmer allein zu lassen.

Sie lehnte sich gegen die Küchenzeile und sah mich einige Zeit an, während sie auf ihrer Unterlippe kaute.

»Ich hab alles gehört. Aber das macht die Sache trotzdem nicht ungeschehen.«

Ich schüttelte den Kopf. »Nein, das macht es nicht. Mara, es tut mir so leid. Ich hab in einer Spirale festgesteckt und keinen Ausweg mehr gefunden.«

»Weißt du, dass du dich nie richtig bei mir entschuldigt hast?«, fragte sie, und ich atmete überrascht ein. »Du hast nie gesagt: ›Es tut mir leid.‹ Du hast versucht, dich umzubringen! Meine kleine Schwester, die mir alles bedeutet, lag mit einer Überdosis Pillen im Krankenhaus. Als ich dich eines Tages besuchen wollte, warst du einfach weg. Verschwunden. In Texas, ohne ein Wort! Kein Anruf! Nichts! Wir wussten erst zwei Monate später, wo du bist, weil du eine einzige E-Mail von Mum beantwortet hast, verdammt! Es ging mir nicht um Paul! Ein richtiger Mann wäre nicht mit meiner Schwester ins Bett gestiegen! Dass ich mein Baby verloren habe, war schlimm, und ich denke heute noch daran, aber auch das wäre kein Grund gewesen, sauer auf dich zu sein. Aber du bist einfach abgehauen und hast es nicht für nötig gehalten, mit mir zu sprechen! Du hast nichts von alldem mit Gabriel zu mir gesagt! Nie! Und das, obwohl wir mehr als Schwestern waren! Schon immer!« Sie strich sich mit dem Handrücken eine Träne aus dem Gesicht. »DAS hat mich wirklich traurig und wütend auf dich gemacht. Dass du mich ignoriert hast.«

»Es tut mir leid. Auch wenn diese Worte jetzt vielleicht zu spät sind. Ich hab immer an dich gedacht und wollte dir so oft schreiben. Aber ich hab mich geschämt, so unfassbar geschämt.«

Sie schniefte, und auch aus meinen Augen rannen die Tränen wie Sturzbäche.

»Es tut mir leid«, wisperte ich noch mal.

Sie nickte und fixierte stumm den Boden. Ich wusste nicht, wie ich reagieren sollte. Am liebsten hätte ich sie an mich gezogen und ihr gesagt, dass ich alles so sehr bereute, dass es mich tagein, tagaus innerlich auffraß.

»Mir tut es leid, dass ich dich da nicht rausgeholt hab«, sagte sie nach einer Ewigkeit, und ich sah überrascht auf. »Ich hätte es früher sehen und etwas dagegen unternehmen müssen.«

»Nein! Mum hätte das! Nicht du! Wir waren Kinder, Mara!«

»Vielleicht«, erwiderte sie leise, dann breitete sie die Arme aus, und ich stürzte mich, ohne weiter zu überlegen, in ihre Umarmung. Einige Minuten standen wir so beieinander. Verbunden. Wie Schwestern es nur sein konnten.

»Ich hab dich vermisst, Elli.«

»Ich hab dich auch vermisst, Mari.«

Wir lösten uns voneinander. »Tu das nie wieder!« Ich schüttelte schnell den Kopf.

»Was macht ihr nun? Du und dein Freund?«

»Nash. Er hat mich gerettet.« Ich schaute kurz zur Tür und wieder zurück. »Wir fahren wieder zurück nach Texas. Dort ging es mir gut, weißt du? Aber wir besuchen dich ganz bald. Dich und …«

»Scott. Mein Freund heißt Scott.« Sie lächelte.

»Darf ich fragen, wie weit du jetzt bist?«, sagte ich vorsichtig.

»Zwanzigste Woche. Sie wird im gleichen Monat Geburtstag haben wie du.«

»Sie?«

Meine Schwester nickte, und ich umarmte sie noch einmal. »Ich freu mich so für dich.«

Sie strich mir einmal über den Kopf. »Melde dich, wenn ihr angekommen seid. Wir verabreden uns dann noch mal für ein richtiges Essen, dann kannst du Scott kennenlernen und ich deinen Nash.«

»Unbedingt!«

Als wir uns verabschiedet hatten, waren meine Eltern immer noch im Esszimmer und die Tür geschlossen. Ich würde später mit meinem Dad darüber sprechen und ihn fragen, was er nun tun wollte. Wenn er sich von Mum trennen wollte, könnte ich das verstehen. Obwohl auch sie eine zweite Chance verdient hatte, endlich frei von ihren Zwängen leben zu können.

Nash begrüßte mich im Flur mit einer Umarmung. »Alles okay?«

»Ja«, erwiderte ich leise. »Komm, lass uns nach Hause fahren.«

Er nahm meine Hand, und wir gingen vor die Tür.

»Stimmt es, dass Gabriel Harsen auch Sie missbraucht hat, Miss Raver?«

»Ist es richtig, dass Mister Harsen diese Machenschaften schon seit Jahren betreibt?«

Ich sah über die Menge, durch die sich Gabriel wohl gerade gekämpft hatte, denn von seinem Jaguar fehlte jede Spur.

»Alle Anschuldigungen sind wahr. Mehr können Sie von meinen Anwälten erfahren.« Damit ging ich mit Nash durch die Menschenmasse. Er lief vor und schirmte mich mit seinem breiten Körper von den Paparazzi ab. Ich konnte es kaum erwarten, bis wir von hier wegkamen und uns wieder in der Ruhe von Sophias und Matts Farm befanden.

Ich mit Nash. Endlich konnte ich das Leben führen, das ich mir immer ersehnt hatte.

Kapitel 43

Vergangenheit
NASH

Der wummernde Beat ging mir durch den gesamten Körper. Keine Ahnung, wie ich hierhergekommen war, aber in Boston war es eindeutig gerade besser als in Philly. Wo Connor auf mich wartete. Oder in New York. Wo ich gerade vor Tanner und Everett geflüchtet war. Mal wieder. Aber es ging nicht. Nach drei Tagen auf Tanners Couch dachte ich nur noch an Stoff. Egal welchen. Hauptsache, ich konnte mir die Birne wegballern und die Träume vergessen, die mich in jeder einzelnen Nacht heimgesucht hatten.

Außerdem hatte Tanner genug Stress mit seinem eigenen Leben. Er hatte eben erst eine Bar in New York eröffnet und ich hatte mitbekommen, dass er Cassie wiedergetroffen hatte und sie zurückgewinnen wollte. Das ginge nicht mit einem drogensüchtigen

Bruder auf Entzug zu Hause. Ich war Ballast. Ich musste gehen. Damit ich zumindest ein Stück weit das wiedergutmachen konnte, was ich Tanner alles für unsere Jugend schuldete.

Auch wenn das hieß, dass ich keine Ahnung hatte, wo ich hingehen sollte. Dieser Club hier war eine schnelle Möglichkeit, an Stoff zu kommen und zumindest einige Stunden der Nacht nicht auf der Straße verbringen zu müssen. Der Schleier meiner ersten Runde Speed lichtete sich ein wenig, und ich dachte schon wieder an die nächste. Shit. Willkommen zurück im Rummel des Vergessens, Junkie!

»Was soll der Scheiß?! Ich will das nicht!«

Ich sah nach links. Am Ende der Bar stand eine blonde Frau. Sie trug ein ziemlich enges und kurzes schwarzes Kleid, ihre Füße steckten in wahnsinnig hohen Schuhen, und ihre blonden Haare waren hochgesteckt. Ein schmieriger Typ im Anzug stand vor ihr und hielt sie grob an ihrem Handgelenk fest. Sie schwankte, und das, was ich von ihrem Gesicht durch die Dunkelheit des Clubs und meinen Drogennebel erkennen konnte, wirkte ziemlich betrunken.

Der Typ zog sie zu sich ran und sagte mit ernster Miene etwas zu ihr. Ich verstand seine Worte nicht, aber es bedeutete definitiv nichts Nettes. Bilder traten in meinen Kopf. *Hätte ich damals etwas getan, dann wäre meine Mum noch am Leben.*

Ich stand auf. Auch wenn ich selbst nur auf wackeligen Beinen stehen konnte, musste ich etwas tun. Die

Frau brauchte Hilfe, das sah man ihr an, aber niemand hier im Club schien es zu interessieren.

»Gabriel! Lass mich verdammt noch mal los, du tust mir weh!«

»Du gehst jetzt sofort wieder da hoch und tust das, was ich dir gesagt habe! Du willst diese verdammte Rolle doch, oder?«, zischte der Typ. Diesmal verstand ich ihn, weil ich kurz vor ihnen stand. Er sah mich an und musterte mich. »Verpiss dich!«

»Ich denke nicht«, antwortete ich ihm. Die Blonde blinzelte einige Male und formte die Augen zu Schlitzen, als könnte sie mich nicht richtig erkennen. »Lass sie los.«

Dieser Typ lachte verächtlich, zog die Blonde an sich und legte seinen Arm um ihre Schultern. »Ich glaube nicht, dass dich das etwas angeht.« Sie versuchte, sich von ihm wegzudrücken, nahm zu viel Schwung und stürzte. Bevor sie den Boden berührte, packte ich ihren Arm und zog sie hoch. Sie stützte sich auf meiner Brust ab. »Danke«, nuschelte sie, und ich roch ihren alkoholdurchtränkten Atem.

»Ich glaube, für dich ist der Abend vorbei, oder?«, fragte ich sie, aber sie blinzelte mich nur an, als verstünde sie mich gar nicht richtig.

Der Typ ging auf uns zu und streckte die Hand nach ihr aus. »Schatz, kommst du bitte wieder? Wenn, dann gehen wir verdammt noch mal zusammen!«

Sie löste sich von mir und griff nach seinen Fingern.

Er war also ihr Freund? Auch wenn er schmierig und nicht gerade freundlich wirkte – wieso mischte ich mich eigentlich ein? Vielleicht war er nur sauer, weil sie zu viel getrunken hatte?

Sie warf mir noch einen letzten Blick zu, bevor sie mit ihrem Freund eine Treppe nach oben auf die Galerie zuging. Ich atmete durch und griff in meine Hosentasche. Ich sollte das einfach vergessen. Zwischen meinen Fingern spürte ich den letzten Rest Speed, den ich brauchte, damit sich der Nebel nicht komplett lichtete. Ich ging Richtung Klo. Vielleicht würde ich heute Nacht einfach da drinnen pennen.

Epilog

Gegenwart
NASH

»Wir kommen zu spät!« Elli hob mit einer Hand ihr bodenlanges Kleid nach oben, sodass sie mit ihren hochhackigen Sandalen besser über den Waldboden kam. Der pfirsichfarbene Stoff sah auf ihrer gebräunten Haut einfach bombastisch aus. Die Haare hatte sie hochgesteckt, aber einige Strähnen waren ihr aus der Frisur herausgerutscht. Es wäre eine Lüge, würde ich behaupten, ich hätte damit nichts zu tun gehabt.

»Aber nur, weil du nicht genug von mir kriegen kannst«, erwiderte ich, schnappte ihre freie Hand und zog sie ein Stück in meine Richtung, sodass sie stehen bleiben musste.

Sie verdrehte die Augen und musste dabei grinsen. »Ich glaube, das ist wohl eher andersrum, oder wer hat mich vom Anziehen abgehalten?«

Ich fuhr ihren Rücken hinunter zu ihrem Po und drückte sie an mich. »Hmm, ich werde nie genug von diesem Körper bekommen. Gewöhn dich dran.«

»Das sollst du auch gar nicht«, wisperte sie, und ich hauchte ihr einen Kuss auf die Lippen. »Aber los jetzt! Du bist schließlich einer der Trauzeugen.«

»Und du eine Brautjungfer. Mach dich nicht kleiner, als du bist.«

»Dein Job ist trotzdem wichtiger.« Sie zwinkerte mir zu, drückte mich von sich weg und stürmte weiter in Richtung des kleinen Sees, der hinter einigen Baumreihen und inmitten des Sterling Forest State Park lag. Es war klar, dass sich Tanner und Cassie etwas Besonderes für ihre Hochzeit überlegten, denn nicht nur der Ort war es, auch die Tageszeit. Es war mitten in der Nacht. Die Sterne standen am höchsten Punkt am Himmel. An einigen Bäumen waren Lichterketten um die Stämme gewickelt und zeigten so den Weg zu dem Ort, an dem die Trauung stattfinden sollte. Wir kamen gerade noch pünktlich, bevor das Orchester die Musik anstimmte. Tanner und Everett standen bereits vorne vor dem Standesbeamten. Hinter ihnen lag der See. Seine Wasseroberfläche war still und glatt wie aus Glas, und auf ihr reflektierten sich die Sterne und der helle Vollmond wie in einem Spiegel.

Überall rundherum waren weitere Lichterketten angebracht, auch auf dem Rundbogen aus weißen Dahlien, der hinter Tanner, Everett und Cassies Freundin Clary, der anderen Brautjungfer, stand.

Fünf Stuhlreihen waren voll besetzt. Tanner und Cassie hatten eine private und kleine Hochzeit gewollt. Trotzdem saßen hier ungefähr vierzig Gäste, die auf die Ankunft der Braut warteten, sich aber zuerst mit dem Anblick von Elli und mir begnügen mussten, wie wir eilig durch den Zwischengang der Stuhlreihen hechteten. Ich nickte Matt, Sophia, Buck und Haddy kurz zu. Tanner und Cassie hatten uns in der letzten Zeit oft auf der Ranch besucht und sich ebenso mit allen dort angefreundet, sodass sie sie kurzerhand auch eingeladen hatten.

»Na, verschlafen?«, neckte mich Everett und grinste breit, als ich mich neben ihn stellte und mein schwarzes Jackett richtete. Ich hatte in meinem ganzen Leben noch keinen Anzug getragen. Der obere Knopf meines weißen Hemdes hatte mich zu sehr eingeengt, deshalb verzichtete ich auf eine Krawatte. Elli hatte Bedenken gehabt, dass es zu leger war, aber wenn ich mir Tanner, komplett in Schwarz, ebenfalls ohne Schlips, so ansah, war ich zufrieden, so entschieden zu haben. Everett hatte tatsächlich die pfirsichfarbene Krawatte, die passend zu den Kleidern der Brautjungfern ausgewählt war, angezogen. Hätte ich ihm gar nicht zugetraut.

»So kann man es ausdrücken«, antwortete ich auf Evs Frage und warf Elli einen vielsagenden Blick zu, die sich neben Clary gestellt hatte. Ihre Wangen waren immer noch errötet, sicher nicht nur von unserem Rennen, pünktlich hierherzukommen. Sie lächelte mich an. Ich konnte nicht beschreiben, wie sehr ich diesen Ausdruck auf ihrem schönen Gesicht liebte.

»Du stehst so was von unter der Fuchtel, Bro«, wisperte Ev, und seine braunen Augen funkelten amüsiert.

»Warte nur ab, kleiner Bruder. Auch dich wird es eines Tages erwischen, und du wirst dir wünschen, sie schon früher getroffen zu haben.«

»Die Welt ist groß, Buddy, und die Frauen schön. Alle miteinander. Sie alle wollen ein kleines Stück von Everett Hayes abhaben, das kann ich ihnen doch nicht verwehren.«

Ich musste lachen, und Tanner warf uns einen nervösen Blick zu, als die Musik zu spielen begann. Wir lächelten ihm beide aufmunternd zu und drehten uns in die Richtung, aus der Cassie kommen sollte.

Als sie zwischen den Baumreihen auftauchte, atmete die Menge durch. Ihr teerschwarzes Haar war offen und locker gewellt. Auf ihrem Kopf lag ein dünner Kranz aus Wildblumen. Das Kleid, das sie trug, war nicht pompös, sondern schwang leicht bei ihren Schritten, ging bis zum Boden und bestand fast komplett aus Spitze. Elli hatte irgendwas von Vintage gesagt, oder wie dieser Stil auch immer heißen sollte. Der Name war egal, es zählte nur, dass Cassie wirklich atemberaubend aussah. Und sie hatte nur Augen für Tanner, genauso wie er für sie. Ich spürte seine

Anspannung, als sie langsam immer näher kam. Das Knistern, die Spannung und die Liebe lagen förmlich in der Luft und waren zum Greifen nah. Als sie an Ev und mir vorbeiging, roch ich den Duft eines leichten blumigen Parfüms, das ausgesprochen gut zu ihr passte.

Tanner zog sie an sich und ignorierte den Umstand, dass man das mit den Küssen erst hinterher machte, aber wir drei hatten ja bekanntlich noch nie viel von irgendwelchen Regeln gehalten. Die Menge jubelte, als der Kuss immer länger wurde, und wir vorne am Altar mussten ebenfalls lachen.

Als sich die beiden wieder voneinander lösten, sahen sie sich immer noch tief in die Augen. Sie vergaßen fast vollständig, dass wir noch hier waren. Sie sahen nur sich. Und die Tiefe ihrer Liebe.

Ich freute mich unwahrscheinlich für meinen Bruder, der selbst so viel hatte ertragen müssen, dass er das, was er mit Cassie nun teilte, mehr als verdient hatte. Und auch für Cassie freute ich mich, dass sie den Krebs vollständig besiegen konnte, und wünschte ihr, dass dieser nie zurückkam.

Ich sah rüber zu Elli, und auch sie schaute mich an.

»Ich liebe dich«, formte ich mit den Lippen, und sie lächelte ihr wunderschönes Lächeln, während sie wisperte: »Ich dich auch.« Ich konnte es kaum erwarten, bis ich ihr endlich den Klunker anstecken konnte, den ich seit einer Woche mit mir herumtrug.

Aber es würde nicht mehr lange dauern.

Danksagung

In 2016 habe ich mit meinem ersten Buch eine völlig neue Welt entdeckt. Voller leidenschaftlicher, toller Menschen, die das gleiche lieben wie ich. Bücher. Lesen. In Geschichten einzutauchen.

Ich liebe euch dafür. Wirklich.

Jedes Mal, wenn ich einen eurer Posts sehe, muss ich grinsen oder sogar heulen, weil ihr genau das fühlt, was ich mit meinen Geschichten übermitteln möchte.

Eure Begeisterung und Hingabe und vor allem euer Feingefühl mit unseren Babys, die uns so viel bedeuten (ja, Autoren sind wirklich sensible Wesen, wenn es darum geht), ist großartig.

Ich danke meinem Stammteam, von denen die meisten schon seit Anfang an an meiner Seite sind und es hoffentlich noch lange bleiben!

Doreen, Marina, Regina, Daniela, Silvia, Christiane, Lea, Stefanie, Yvonne, Jeanette, Juliane, Brina, Nina, Rena, Iris, Bella, Andra, Beate, Anna, Ricarda, Elvira, Sarah-Jane, Corinna, Sarah, Sabrina, Stefy, Dominique, Melanie, Nadja, Ursula, Nina, Agata, Diane, Diana, Mareike, Shari, Daniela, Anne B., Irene, Kerstin, Monika, Nicole, Jasmin, Milena, Saskia, Beate, Ines, Ane, Julia, Anne M.

Ich danke meinen verrückten Insta-Blogger-Mädels. Für eure Storys, eure Bilder, eure Freundlichkeit, eurem ALLEM.

Buecher_Herz86, Gospa, _eat.read.love_, Alex, Claudias_buecherwelt, Claudia, zeilenwanderzauberin, Sandra, Lauras.Bookshelf, Laura, Buechremoehre, Sonia, Mama.Marlenchen_liest, Steffi und alle anderen, die ich jetzt nicht erwähnt habe!

Danke ihr wundervollen Menschen.

Reihe

Second Chance – September 2018

Sie sagten, ich wäre nicht gut genug für sie.
Sie sagten, sie und ich, das könnte niemals funktionieren.
Sie sagten, sie hätte etwas Besseres verdient.

Sie hatten recht.

Aber es interessierte mich nicht. Und ich zog sie hinab in die Dunkelheit. Bis ich selbst daran zerbrach.

Drogen, Armut und ein prügelnder Pflegevater. Das ist Tanners Leben, bevor Cassie auftaucht.
Tanner und Cassie wachsen in zwei unterschiedlichen Welten auf und fühlen sich doch zueinander hingezogen. Mit siebzehn verlieben sie sich bedingungslos, bis Tanner eine folgenschwere Entscheidung trifft und Cassie verlässt.

Sieben Jahre später treffen sie wieder aufeinander. Doch es ist kein Zufall. Tanner hatte sieben Jahre, um zu dem Mann zu werden, den Cassie verdient.
Aber Cassie ist eine andere geworden. Kühl. Distanziert. Eiskalt.

Macht es Sinn, um etwas Altes zu kämpfen, wenn dich das Neue von sich stößt?
Oder vergisst man sich dabei unweigerlich selbst?

Es gibt so viele Gründe, dich zu lieben. Du bist mein Licht in der Dunkelheit und ich will endlich wieder sehen.

Fourth Chance – Januar 2019

Ich habe versucht, mich einzugliedern. Ein wertvolles Mitglied dieser Gesellschaft zu werden. Aber mit meiner Vergangenheit funktionierte es nur bedingt.

Und ich fühle mich verloren. Wie bereits mein ganzes Leben.

Bis ich dich traf. Wild. Ungestüm. Und genauso wenig fähig, dich anzupassen wie ich.

Everett ist der jüngste der drei Brüder, seine Vergangenheit genauso geprägt von Ablehnung, Einsamkeit und Enttäuschung. Doch er hat es überwunden. Oder?

Auch wenn er sein Ziel direkt vor Augen hat und ihm jeder sagt, er werde es schaffen, fühlt es sich nicht so an. Wieso? Er ist der Witzige, Lockere der drei, der mit seiner Vergangenheit abgeschlossen hat. Das zumindest denken alle, weil Everett es wie kein anderer beherrscht, seine Gefühle unter der Oberfläche zu verbergen.

Bis sie vor ihm steht. Lori hat eine große Klappe, ist frei und lässt sich von niemandem etwas sagen. Schon gar nicht von Everett. Trotzdem ist er absolut fasziniert von ihr und will sie kennenlernen.

Doch sie weckt in ihm alte Emotionen, von denen er gedacht hatte, sie für immer vergessen zu können. Um sie zu retten, muss er wieder in sein altes Leben zurück. Oder ist es am Ende sie, die ihn befreit?

Leseprobe Fourth Chance

Prolog

Vergangenheit
EVERETT

Meine Beine wippten vor und zurück. Das Bett war viel zu hoch, als dass ich dabei den Boden berührte. Gerade so schaffte ich es mittlerweile, allein raufzuklettern, ohne dass eine Betreuerin oder eines der großen Kinder mir helfen musste. Weil sie mir meistens sowieso nicht halfen. Aber ich hatte gelernt, allein klarzukommen.

Das musste man. Außerdem war ich doch schon ein großer Junge.

Ich strich mir noch mal eine helle Strähne aus dem Gesicht. Marie, das Mädchen, das hier im Heim schon lange wohnte, hatte mir die Haare gemacht und sogar ein wenig ihres Gels hineingetan, damit meine langen Haarsträhnen, die mir mittlerweile bis zur Schulter gingen, schön aussahen. Für meinen großen Tag.

Ich drückte den Rücken durch und zog meinen kleinen Koffer zu mir ran. Viel hatte ich nicht, was ich zu meiner neuen Familie mitnahm, aber ich brauchte auch nicht mehr. Vielleicht würde mir mein neuer Daddy eines dieser elektrischen Autos kaufen, die ich im Fernsehen gesehen hatte. Meine neue Mummy würde mich jeden Abend zudecken, wenn ich ins Bett ginge, und mir vielleicht sogar eine Geschichte vorlesen.

Mann, ich mochte Geschichten! So konnte man jeder sein, der man wollte, und an andere Orte reisen. Weg von hier. Weit weg.

Vor allem im Winter wollte ich an einem anderen Ort sein, denn die Heizung ging in dem großen Schlafsaal, den ich mir mit zwanzig anderen Kindern teilte, nicht mehr richtig. Wir froren alle, aber die Betreuerinnen sagten, das könnten sie nicht ändern. Sie waren nicht sehr nett. Alle bis auf eine.

Die silbernen Schnallen meines Koffers waren schon ein bisschen angelaufen und sprangen mit einem Klack auf, als ich sie öffnete.

Alles, was ich besaß, lag vor mir. Ich hatte ein Gummiband, das ich mal bei einem Ausflug draußen gefunden hatte. Den alten Mister Brummbär, dem ein Auge fehlte und dessen Fell an manchen Stellen schon abgewetzt war, sodass man den dreckigen Stoff darunter sehen konnte. Marie hatte ihn mir geschenkt, damit er mich beschützte. Außerdem hatte ich noch meine Zahnbürste und einen blauen Pullover eingepackt. Mehr brauchte ich nicht. Die anderen Klamotten gehörten sowieso nicht mir, und meine neuen Eltern würden mir neue Kleidung kaufen und Kuscheltiere, sodass mein ganzes neues Bett damit vollgestellt wäre und ich kaum darin schlafen könnte!

Ich freute mich auf meine neue Familie! Mit einem Grinsen auf den Lippen schloss ich den Koffer, legte ihn zurück neben mich auf mein Bett, und meine Beine wippten schneller vor und zurück. Ich war unglaublich aufgeregt und begann zu pfeifen. Es klappte noch nicht so, wie die großen Kinder es konnten, aber ich fand die Melodie ganz okay.

Die Tür zum Schlafsaal ging auf, und eine der Betreuerinnen kam herein. Rebecca war jünger als die anderen. Ich mochte sie, weil sie uns manchmal heimlich Schokolade mitbrachte und nach Erdbeeren roch.

Sie kam zu mir und ging vor mir in die Hocke. Lächelnd streckte sie mir einen kleinen Schokoriegel entgegen, und meine Augen wurden größer.

»Hier, nimm ihn. Aber das bleibt unser Geheimnis«, sagte sie, und ich schnappte ihn mir ganz schnell. Vorsichtig schälte ich ihn aus dem Aluminiumpapier und biss ein Stück davon ab. Noch mehr als Schokolade mochte ich Vanilleeis, aber das hatte ich erst einmal gegessen.

»Sind meine neue Mummy und mein neuer Daddy schon da?«, fragte ich mit vollem Mund, obwohl ich wusste, dass man mit vollem Mund gar nicht sprechen durfte. Aber ich war so aufgeregt.

Rebecca sah traurig aus. Wieso? Vielleicht weil ich ging und sie mich dann vermissen würde.

»Sie kommen nicht, Everett.«

»Kommen sie morgen?« Ich biss noch ein Stück ab. In der Schokolade waren kleine Haselnüsse, sie schmeckte wirklich super.

Rebecca schüttelte den Kopf. »Auch morgen nicht. Weißt du, manchmal bekommen Mummys und Daddys eigene Kinder und haben dann keine Zeit mehr für ein weiteres Kind.« Ein eigenes Kind? Aber ich war doch jetzt ihr Kind! »Wie alt bist du jetzt?«

Ich hob einige Finger in die Höhe. »Vier, Ma'am.«

Rebecca lächelte. »Bevor du fünf wirst, verspreche ich dir, finden wir für dich einen Ort, an dem du wohnen kannst. Okay?«

Ich nickte. Als Rebecca aufstand und aus dem Zimmer ging, schob ich mir den letzten Rest des Riegels in den Mund. Dann sickerten ihre Worte erst so richtig in meinen Kopf.

Sie wollten mich nicht, weil sie ein eigenes Kind bekamen, weil eigene Kinder mehr wert waren als Kinder, die in Heimen lebten.

Mit einem großen Satz sprang ich vom Bett und öffnete meinen kleinen Koffer. Ich legte Mister Brummbär zurück auf mein Kopfkissen und versuchte, bei jedem der Dinge, die ich ausräumte, mühsam, nicht zu weinen. Weil die großen Kinder die kleinen Kinder verprügelten, wenn sie weinten. Weil weinende

Kinder niemand haben wollte.

Aber mich wollte ja sowieso niemand haben. Also konnte ich auch weinen.

Kapitel 1

Gegenwart
EVERETT

Was wäre, wenn du an dem Tag, an dem du pünktlich loswolltest, nicht verschlafen hättest?

Wenn du nur eine Sekunde früher losgefahren wärst, weil du nicht noch deinen Kaffee in eine Thermoskanne gefüllt hättest?

Wenn du nicht den Umweg gefahren wärst, um dem Stau zu entkommen?

Wenn du statt der Landstraße wie immer die Autobahn genommen hättest?

Wenn du nicht unaufmerksam gewesen wärst, weil die Thermoskanne den Kaffee über deinen Sitz verteilt hätte, da du sie in der Eile nicht richtig zugemacht hast?

Wenn das Mädchen statt seinem neuen Fahrrad wie immer den Bus genommen hätte?

Und was wäre gewesen, wenn meine Mum einfach nicht schwanger geworden wäre?

Dinge, die wir nicht in der Hand haben, aber über die man sich doch Gedanken macht. Dinge, die das Leben eines anderen oder dein eigenes in eine völlig andere Bahn schieben. Gute wie schlechte. Oder liegt alles für dich sowieso bereit?

Glaubt ihr an Schicksal oder an Vorherbestimmung?

Kapitel 2

Gegenwart
EVERETT

Während *Imagine Dragons* mit *Natural* aus den Boxen dröhnte und die Sitze meines metallicblauen Shelby 1000 vibrieren ließ, fuhr ich die Fensterscheibe nach unten und beobachtete die Ampel, die einige Sekunden zuvor auf Rot gesprungen war. Ich trommelte den Takt des Liedes auf mein Lederlenkrad.

Eine Blondine mit rot geschminktem Kussmund und langen, schlanken Beinen in engen Jeans, die ich gerne um meine Hüften geschlungen sehen würde, lief über den Fußgängerüberweg. Ich verkniff mir ein Pfeifen. Das wäre plump und irgendwie nicht meine Art. Wobei. Wenn ich es recht überlegte, hatte ich gar keine Art. Ich machte das, was mir gerade im Sinn stand, weil es niemanden gab, den es stören könnte. Und das war auch gut so.

Ich lehnte mich aus dem Fenster.

»Hey, der Sitz neben mir ist ziemlich leer, vielleicht kann ich dich und deinen scharfen Hintern irgendwohin mitnehmen?«

Sie blieb stehen und drehte sich um. Während sie mein Auto und mich musterte, was an sich schon mal eine ziemlich geile Kombination war, sah ich ihr an, dass sie in ihrem hübschen Köpfchen die Möglichkeiten durchging.

Möglichkeit A: Ich war ein ziemlich gut aussehender Serienkiller, der sie nach zehn Minuten in meinem Auto umbrachte.

Möglichkeit B: Ich war ein ziemlich gut aussehender Typ, der sie nach zehn Minuten in meinem Auto durchvögelte.

Möglichkeit C: Wie war das noch mal mit B?

»Na komm schon, die Ampel ist nicht ewig rot, Baby.«

Sie verdrehte die Augen, zeigte mir den Mittelfinger und ging weiter. Ich musste lachen.

Möglichkeit D war zwar unwahrscheinlich gewesen, aber anscheinend doch gerade eingetroffen.

Eigentlich hätte ich sowieso keine Zeit gehabt, denn ich war auf direktem Weg aus New York raus, um alte Freunde in Philly zu besuchen. Dort hatte ich vor einigen Jahren mit meinen Brüdern Tanner und Nash gelebt. Aber diese Zeit stand auf einem anderen Blatt.

Nun fuhr ich ab und zu nur noch zum Spaß dorthin, traf Leute von damals, feierte ein bisschen und machte mich irgendwann wieder auf den Weg zurück nach Hause. Ich arbeitete seit einiger Zeit als Chefkoch in einem von Tanners Bars und hatte ihn mittlerweile dazu bekommen, auch mittags zu öffnen, damit ich mehr zu tun hatte, als ewig nur Snacks zu alkoholischen Getränken zu kochen. Weil man das eben nicht wirklich kochen nennen konnte. Ich fühlte mich im Moment ein wenig unterfordert und langweilte mich, auch wenn ich Tanner für ewig dankte, dass er mir so eine Chance bot. Vielleicht lenkte mich der Besuch in Philly ein wenig ab und erinnerte mich daran, wie gut es mir im Moment eigentlich ging. *Im Moment. Wie lange noch?*

Eine Stimme neben mir riss mich aus den Überlegungen, die mein Hirn gerade wieder im Begriff war einzunehmen, und lenkte mich glücklicherweise ab. »Hey, hast du nur dumme Sprüche auf Lager, oder steckt in deiner Kiste vielleicht sogar so etwas wie ein Motor?«

Mein Kopf ruckte weiter nach links. Ein dunkelhaariger Typ lehnte sich zum offenen Beifahrerfenster. Die Goldkette um seinen dicken Hals wirkte irgendwie deplatziert. Wie die Dinger, die Regisseure Möchtegerngangstern in irgendwelchen bescheuerten Filmen umhängten, damit sie noch lächerlicher aussahen als ohnehin schon. Auch dieser Typ hatte sich seinen unverwechselbaren Style direkt da abgeguckt, denn die schlecht blondierte Kaugummi kauende

Lady auf seinem Beifahrersitz war Klischee Nummer zwei. Der aufgemotzte Honda mit Flic-Flac-Lackierung Nummer drei.

Ich liebte es, solchen Idioten zu zeigen, dass ihr Schwanz eben nicht so lang war wie meiner. Gott war in der Beziehung sehr gnädig mit mir gewesen. Oder wer auch immer dafür verantwortlich war.

»Klar, ich kann Sprüche klopfen UND dich fertigmachen. Baby, willst du nicht lieber zu mir ins Auto steigen? Denn dein Freund hier wird gleich ganz schlechte Laune kriegen, dann ist der Tag für dich sowieso gelaufen. Bei mir hast du es warm und kuschlig.«

Sie musterte mich, als überlegte sie das tatsächlich. *Austauschbar*, fiel mir als Erstes ein, als ich sie länger als zwei Sekunden betrachtete.

Der Typ lehnte sich immer noch herüber, nur eine Hand auf dem Lenkrad, als würde er mit der anderen schon den Schaltknüppel umfassen, um rechtzeitig loszukommen.

»Wichser«, bellte mir das Eminem-Double entgegen.

»Bei Grün. Das ist dann, wenn das Licht unten ist, du Luftpumpe«, sagte ich und setzte mich zurück in den Sitz.

Der Typ ließ wirklich sein Gas mehrmals aufheulen. Oh Mann. Das würde leicht werden.

Na ja, eigentlich ging es mir nicht um das Gefühl des Sieges, wenn man ein anderes Auto abhing.

Es ging mir um den Speed an sich. Das Adrenalin, das durch meine Venen rauschte. Das Gefühl der tausend PS starken Gewalt unter meinem Arsch, während es mich bei der Beschleunigung in die Sitze drückte. Zu spüren, dass ich lebte. Dass ich all das selbst in der Hand hatte. Die Kontrolle gehörte mir.

Nur eines machte mich traurig dabei.

Dass ich mein heißes Auto niemals auf den schwerbefahrenen Straßen New Yorks ausfahren konnte. Vielleicht fuhr ich deswegen immer den Weg nach Philly. Um ab und zu wenigstens aus der viel befahrenen Stadt rauszukommen und ein wenig Gas geben zu können.

Die Ampel schaltete auf Grün. Während der Vollidiot vor lauter Panik, nicht loszukommen, zu viel Gas gab und sich seine Räder auf der Stelle drehten, setzte ich erst jetzt meinen Fuß auf das Gaspedal und tippte es an, sodass mein Shelby in einer Sekunde über die Kreuzung schoss. Im Rückspiegel sah ich, dass der Typ endlich loskam. Aber er war jetzt schon viel zu weit hinter mir. Das würde er mit seinem Schrotthonda niemals aufholen können, wenn er kein begnadeter Rennfahrer war. Und das war er garantiert nicht.

Ich gab Gas und wechselte eine Spur nach links, um ein Auto vor mir zu überholen. Der Honda schloss zu mir auf, hing mir am Kofferraum, weil ein grüner Mittelklassewagen meinen Weg verschloss.

Fucking New York. Ein gutes Rennen konnte man hier einfach nicht fahren.

Mit einem leichten Schlenker drückte ich mich in eine Lücke rechts. Schob mich an einem Bus vorbei, der aus seiner Spur fahren wollte. Schnitt ein Taxi, das hupend meinen Weg bejubelte.

Die Ampel vor mir begann zu blinken. Ein Auto stand bereits. Die Kreuzung war voll. Ich sah in den Rückspiegel. Der Hondatyp gab genauso viel Gas. Meine Finger wurden feucht. Mein Grinsen größer.

Ich. Lebte. Für. Den. Scheiß. Oder *durch* den Scheiß?

Der Motor meines Shelby heulte auf, als ich Gas gab. Viel Gas.

Die Ampel war bereits rot, als ich über die Haltelinie schoss. Ein Taxi war seitlich angefahren, und mit quietschenden Reifen wich ich ihm aus. Der Sechs-Punkt-Gurt hielt meinen Körper fest im Sportsitz. Ich atmete erst wieder, als ich auf der anderen Seite angelangt war und im Rückspiegel sah, dass der Hondatyp vor dem Taxi anhalten musste.

Ich streckte meinen Arm aus dem noch geöffneten Fenster und winkte ihm mit dem Mittelfinger zu.

Während mein Auto weiter durch die Straßen glitt und ich zufrieden das Radio noch lauter drehte, flachte der Rausch ab. Mein Herz pumpte langsamer, meine Atmung normalisierte sich. Und obwohl sich meine Lippen immer noch zu einem zufriedenen Lächeln verzogen hatten, dachte mein Kopf doch ganz anders. Er war der rationale Teil, den ich auszuschalten versuchte, indem ich mich in Gefahr brachte. Immer wieder. Und wie das mit einem guten Rausch so war, man wurde süchtig danach.

Obwohl ich meinen Bruder Nash immer dafür verurteilt hatte, wie sehr er sich in seiner Drogensucht verloren hatte, war ich doch selbst eigentlich nicht besser. Aber ich brauchte diesen Kick, dieses Gefühl, diesen Speed, diesen Eindruck, mein Leben selbst in der Hand zu haben. Endlich einmal. Wenn das Schicksal oder die Vorbestimmung es mir nehmen wollte, nur zu. Ich war ohnehin bereit.

Bereits erschienen

Ich freue mich auf deinen Besuch auf meiner Webseite oder Social Media Seiten!
Dort erfahrt ihr alle heißen News rund um meine Bücher, Neuveröffentlichungen und mehr! Meldet euch doch auch zu meinem Newsletter an, um nichts zu verpassen!

www.rose-bloom.de
www.facebook.com/rosebloomautorin
www.instagram.com/rosebloom_autorin

Bereits erschienen:
Bad Girls: Charlotte & Kian
Merci Paris - Liebe auf den ersten Klick
Rollercoaster - Liebe ohne Plan
Stolen Love
Vier Brüder: Aiden
Zwei Wochen im Sommer
Rage: Fight for Desire
Rage: Fight for Love
Breaking the Rules
Beautiful Sin

Bad Boy - Bad Girl
Stage Fright
Second Chance

FSC
www.fsc.org

MIX

Papier aus ver-
antwortungsvollen
Quellen
Paper from
responsible sources

FSC® C105338